CRASH: UN CROSSOVER DIRTY ANGEL MC/BLOOD FURY MC

édition française

Blood Fury MC®

Tome 8.5

JEANNE ST. JAMES

Traduction par

LITERARY QUEENS

ST. JAMES

————

Crédits :
Photographe: Eric Battershell
Couverture: Golden Czermak at FuriousFotog
Modèle de couverture: Burton Hughes
Traduction de l'anglais au français: Literary Queens

————

www.jeannestjames.com

Inscrivez-vous à ma lettre d'information pour recevoir des informations privilégiées, des nouvelles d'auteurs et des nouveautés: https://www.authorjeannestjames.com/

Pour ne rien rater de ses actualités et de ses parutions, consultez son site web www.jeannestjames.com ou inscrivez-vous à sa newsletter (Seulement en anglais): https://www.authorjeannestjames.com/

La série Blood Fury MC

ÉDITION FRANÇAISE

Blood & Bones: Trip (livre 1)
Blood & Bones: Sig (livre 2)
Blood & Bones: Judge (livre 3)
Blood & Bones: Deacon (livre 4)
Blood & Bones: Cage (livre 5)
Blood & Bones: Shade (livre 6)
Blood & Bones: Rook (livre 7)
Blood & Bones: Rev (livre 8)
Crash: Un crossover Dirty Angel MC/Blood Fury MC
(livre 8.5)
Blood & Bones: Ozzy (livre 9)
Blood & Bones: Dodge (livre 10)
Blood & Bones: Whip (livre 11)
Blood & Bones: Easy (livre 12)

Note de l'autrice

Chers lecteurs,

Merci d'avoir suivi les aventures du MC Dirty Angels et du MC Blood Fury.

L'histoire de Crash se lit mieux après avoir lu toute la série du MC Dirty Angels, et entre Blood & Bones : Rev (Blood Fury MC, tome 8) et Blood & Bones : Ozzy (MC Blood Fury, tome 9). Considérez-le comme le tome 13 de la série du MC Dirty Angels et le tome 8,5 du MC Blood Fury.

D'autres crossovers entre les clubs sont à venir !

Vous trouverez l'ordre chronologique de lecture de mes livres ici : https://www.jeannestjames.com/reading-order

Liste des chansons

Tangled Up in You - Staind
(Jazz chante cette chanson lors de la cérémonie de mariage)

I Want to Spend My Lifetime Loving You - Marc Anthony & Tina Arena
(Jazz chante cette chanson à Crow)

Autres chansons mentionnées dans le livre :
Forever – KISS
Man in the Box - Alice in Chains

Chapitre Un

LES JAMBES ÉCARTÉES, les mains sur les hanches, Crash était debout au bord de la cour du MC Blood Fury et scrutait le champ devant lui.

Une mer de tentes, de camping-cars, de caravanes empruntées et de fourgonnettes louées remplissait le champ à perte de vue.

Des meules. Des rangées entières. Le soleil de mi-juin se reflétant sur le chrome les faisait briller comme des diamants. Toutes des motos mortelles et pas une seule en mauvais état. Il y avait quelques Indian, mais la plupart étaient des Harley. Toutes fabriquées dans la bonne vieille Amérique. Pas une seule bécane de sport à l'horizon.

Comme il se devait.

Certaines de ces meules avaient même été conçues et customisées par Jag Jamison dans son atelier de carrosserie à Shadow Valley. Et maintenant par Badger et Olly, que Jag avait pris sous son aile comme apprentis. Submergé par toutes ses commandes de customisation, Jag avait décidé de transmettre son savoir-faire aux deux nouveaux et plus jeunes membres patchés du club et de se concentrer davantage sur la partie conception.

Avec ses œuvres d'art, qui se vendaient régulièrement à un putain de prix d'or, le frère n'était pas en manque de blé.

Crash n'avait pas la patience nécessaire pour le travail minutieux requis afin de construire une meule customisée, alors il s'en tenait à l'essentiel dans le garage. Il effectuait des réparations et reconstruisait des moteurs. Ça lui permettait de payer ses factures, de se faire un peu de blé en plus et de renflouer les caisses du club.

Les affaires marchaient bien.

La vie était belle.

Et ce week-end de folie allait être une putain de tuerie.

Avec tous les arrêts en cours de route, il avait fallu plus de cinq heures aux Angels pour rejoindre Manning Grove depuis Shadow Valley, tout au nord de la région. Heureusement, c'était une journée magnifique pour commencer un week-end de fête.

C'était la première fois que les trois clubs de l'alliance de l'ouest de la Pennsylvanie se réunissaient au même endroit.

Son MC, les Dirty Angels, ainsi que les Dark Knights, avaient été invités au quartier général du MC Blood Fury pour célébrer le mariage de leur président et de sa vieille dame.

À ce moment précis, Crash était prêt à faire la fête et à se perdre dans la baise, la drogue et du bon vieux rock'n'roll.

Il sourit, puis sa paume effleura ses cheveux courts et il se maudit d'avoir tout rasé lors d'un pari fait quelques mois plus tôt alors qu'il était bourré. Il s'était rasé la barbe en même temps, une partie malheureuse du pari, et arborait depuis un certain temps déjà un visage imberbe et un crâne rasé.

À cause de cette perte, à la fois celle du pari et de sa chevelure, ses frères prenaient un putain de malin plaisir à lui casser les couilles.

Ils commençaient enfin à repousser, mais il avait décidé de laisser tomber la barbe pour le moment. En fait, certaines femmes de la sororité du MCDA avaient menacé de lui botter le cul s'il la laissait repousser, maintenant qu'elles avaient vu la fossette au menton qui était cachée sous sa barbe touffue. C'était comme ça qu'elles l'appelaient, une putain de fossette au menton.

Bref. Il s'en foutait royalement. Le creux lui donnait surtout plus de mal à se raser. Ce week-end, il ne se raserait pas une seule fois. Les filles de la sororité pouvaient aller se faire foutre si elles n'étaient pas contentes, car il n'avait de comptes à rendre à aucune d'entre elles.

Putain, il n'avait de comptes à rendre à aucune femme. Il avait évité ça pendant plus de quarante ans et n'avait pas l'intention de changer de sitôt.

La plupart des femmes avec lesquelles il avait vaguement envisagé une histoire étaient plus jeunes que lui. En âge de procréer. Pétries d'envie de fonder une famille.

Crash était satisfait de sa vie actuelle.

Vivre libre, mourir libre.

Libre de toute entrave. Libre de tout enfant. Ses seules responsabilités étaient son garage, son MC et sa fraternité.

Simple.

Il pouvait même s'autoriser à picoler au point de perdre un pari stupide sans que ça n'ait d'importance pour personne d'autre que lui.

Mais ouais, ses putains de cheveux lui manquaient. Avant de perdre son pari, il ne les avait pas coupés depuis son adolescence, cette l'époque où sa mère le traînait chez le coiffeur quand ils devenaient trop longs.

Il se retourna pour faire face à la cour et jeta un coup d'œil vers la droite, où se trouvait le pavillon du Fury. Il était deux fois plus grand que celui du MCDA, mais la ferme du Fury était beaucoup plus spacieuse que la propriété sur laquelle se trouvaient la chapelle de son club et La Taverne du Cheval d'Acier.

Le bâtiment du MCDA et le terrain sur lequel il se trouvait étaient peut-être plus petits, mais grâce à ça, leur chapelle était bien plus facile à défendre. Il jeta un coup d'œil autour de lui. Des ennemis pourraient s'approcher de tous les côtés sans se faire repérer. Il y avait trop d'espace ouvert.

Son regard caressa l'énorme structure ressemblant à une grange sur sa gauche. Au moins, Trip avait suivi le conseil de Zak et avait omis les fenêtres au rez-de-chaussée de leur chapelle et de leur dortoir. Malin.

Une dure leçon apprise lorsque les Warriors avaient canardé La Taverne du Cheval d'Acier pendant une fête de Noël pour tenter de tous les tuer.

Pour le moment, le Fury n'avait pas de rivaux, mais il avait entendu des rumeurs concernant une pseudo milice locale composée de péquenauds. Trip avait assuré à Z et Romeo, le président des Dark Knights, que ces ploucs déjantés ne constitueraient pas une menace ce week-end.

Crash ignorait pourquoi ce week-end serait différent des autres, mais ce n'était pas son problème. C'était la tâche du MCBF de protéger les clubs en visite en veillant à la sécurité de l'événement. Évidemment, les deux autres MC interviendraient si les choses dérapaient.

Crash ne serait pas contre casser quelques mâchoires ce week-end. La vie était devenue un peu ennuyeuse au bercail depuis que les Shadow Warriors, leur rivaux, avaient été anéantis et que la plupart de ses frères du club vivaient désormais avec leur famille dans un quartier résidentiel, loin de la chapelle.

Un ennui mortel.

Bon sang, Dawg était déjà grand-père. Ils auraient bientôt besoin de laisser leurs meules au garage et de sortir leurs vieux scooters de mobilité. Peut-être que Jag pourrait les customiser aussi.

Crash ricana et jeta un coup d'œil vers le pavillon lorsqu'il entendit une conversation animée.

Des enfants de tous âges commençaient à se rassembler dans les environs pour se divertir et être gardés par quelques-unes des souris domestiques que les Knights et eux avaient emmenées dans le nord. Ce n'était pas surprenant qu'il y ait autant d'enfants, vu que les motards avaient tendance à aimer procréer. Ou du moins à aimer pratiquer la procréation.

Surtout les Dirty Angels.

Quand il serait tard, ces enfants seraient emmenés autre part afin qu'ils ne soient pas témoins des activités réservées aux adultes.

Mais tous les enfants n'étaient plus si jeunes.

Le plus âgé était Zeke, le fils de Zak, un adolescent de quatorze ans très borné, suivi d'Ash, le fils de Hawk, et de Violette, l'aînée des trois filles de Diesel.

Crash ne comptait plus Lily parmi les enfants, car elle avait déclaré haut et fort qu'à dix-neuf ans, elle était désormais adulte. Dawg et Emma contestaient le terme « adulte ». *Bon Dieu*, même la plus jeune, Emmalee, affectueusement surnommée Lee-Lee, avait déjà onze ans.

Et bien sûr, elle détestait désormais qu'on l'appelle Lee-Lee.

Quand est-ce que sa génération d'Angels était devenue si vieille ? Il était membre du MCDA depuis près de vingt-six ans. Vingt-six putains d'années ! Et il mourrait membre du club. Même s'il n'était pas né dans le MC comme certains de ses frères, il l'avait tout de même dans les veines.

La famille, c'était tout ce qu'ils avaient. Ils se soutenaient les uns les autres, protégeaient les femmes et élevaient les enfants.

Le dicton « il faut tout un village pour élever un enfant » était tout à fait vrai. Et le quartier que Zak avait construit derrière un portail électrique et des murs surélevés, à l'époque par nécessité, était certainement devenu un village entre les familles du MCDA et les Ombres de Diesel vivant également dans l'enceinte.

Il semblait que Trip, le prez du Blood Fury, faisait quelque chose de similaire ici, dans la ferme dont il avait hérité, en construisant un complexe où tout le monde vivait à proximité. Une véritable famille et un village qui leur appartenait.

C'était sacrément intelligent. Sans aucun doute.

Une grande silhouette sombre avança vers Crash d'un pas lourd, vêtue d'un cuir noir indiquant clairement son identité et à quel gang il appartenait, mais Crash n'eut pas besoin de lire ses patchs pour le reconnaître.

Magnum s'arrêta devant Crash et, après s'être salués en haussant le menton, ils se serrèrent la main et se cognèrent les épaules.

— Frère, salua Crash.

— Frère, répondit le Sergent d'Armes des Dark Knights.

— Elle est où ta vieille ?

Ça faisait un moment qu'il n'avait pas vu Cait, la fille de Dawg. Depuis qu'elle s'était mise avec Magnum et avait enfanté Asia, leur fille, il ne la voyait presque plus à la chapelle du MCDA.

— Avec ses sœurs et Asia, répondit Magnum.

Cait passait probablement plus de temps dans l'enceinte du MCDA avec la famille de Dawg qu'à traîner à la chapelle. Magnum était très protecteur envers sa femme, et Dawg était toujours très protecteur envers sa fille aînée.

Cait et Magnum ne vivaient pas dans l'enceinte du MCDA et n'avaient pas l'intention d'y emménager non plus, car lui, et maintenant Cait, portaient les couleurs des Knights. Toutefois, Dawg et Emma auraient préféré qu'ils vivent près d'eux.

Crash ne vivait pas non plus dans le quartier résidentiel. Il vivait toujours au-dessus de la chapelle avec le reste des membres célibataires et certains des prospects. La plupart d'entre eux étaient beaucoup plus jeunes que lui. Une génération totalement différente de celle qu'il avait connue à leur âge.

Il avait vraiment besoin de se tirer de là. À quarante-quatre ans, il était trop vieux pour vivre dans une chambre minuscule avec des chiottes qui l'étaient encore plus. Vivre là gratuitement pendant toutes ces années lui avait permis d'économiser assez de blé pour pouvoir verser un acompte pour l'achat d'un endroit vraiment sympa sans devoir s'endetter.

Mais s'il faisait ça, Zak le pousserait à construire une maison dans l'enceinte et Crash n'était pas certain d'être prêt à faire ça ni à dépenser autant de blé. Un célibataire n'avait pas besoin d'une maison énorme. Juste d'un petit endroit simple où il pourrait se reposer et avoir un peu d'intimité quand il estimait en avoir besoin.

Ouais, il ne lui fallait qu'un lit gigantesque, une douche immense et une télévision à écran plat de la taille d'un terrain de foot avec un système de son surround pour regarder des films d'action et jouer à la console. Bien qu'il serait perdu à l'intérieur, une cuisine serait sympa aussi. Au moins, il aurait un réfrigérateur où ranger ses bières.

Continuer de vivre au-dessus de la chapelle avait de nombreux avantages. Premièrement, la cuisine professionnelle entre le club et La Taverne du Cheval d'Acier, avec des cuisiniers et Maman Ourse pour le nourrir. Deuxièmement, un bar en libre-service bien approvisionné dans les parties publiques et privées du bâtiment. Troisièmement, des jolis culs à portée de main dès qu'il avait envie de s'amuser un peu. Quatrièmement, des jolis culs et des prospects pour nettoyer sa petite chambre et ses chiottes.

Ouais, pas question de déménager. Il était sacrément bien loti où il était.

— Tu loges où ? demanda Crash à l'homme qui devait

le dépasser d'au moins dix centimètres et peser une bonne vingtaine de kilos de plus.

— Dans une sorte de logement d'urgence de l'autre côté de la lisière. Daddy Dawg et Emma ont décidé de camper pour pouvoir passer du temps « à deux ». Lee-Lee et Lily sont avec nous.

— Je suis surpris que Lily ait voulu venir.

Magnum haussa un sourcil sombre.

— Elle n'a pas voulu. Mais Daddy Dawg a dit... Attends, je vais te citer les mots exacts de mon beau-daddy : « Je vais pas laisser ton cul dans cette baraque alors qu'on part tous dans le nord. Plutôt passer sous un putain de train. On va revenir et trouver la piaule en putains de ruines. »

Crash éclata de rire.

— Ouais, c'est à peu près ça. Elle vient d'avoir dix-neuf ans, donc bien sûr qu'elle va faire la bringue si ses parents s'absentent quelques jours. On est peut-être vieux, mais on se souvient de cet âge-là.

— Parle pour toi. Moi, à ton âge, je bossais comme un chien vu que j'avais déjà deux gamins. Qui m'ont d'ailleurs tous les deux rendu grand-père il y a un moment. Daddy Dawg a aussi dit à Lily qu'il avait déjà assez de petits-enfants et qu'il n'était pas encore assez vieux pour être grand-père une deuxième fois.

Magnum sourit de toutes ses dents.

— Et j'ai répondu : « À ton putain de service. »

Crash rit à nouveau.

— Ça a dû le mettre de bonne humeur.

— Je peux pas laisser passer une occasion de lui rappeler que j'ai mis sa petite fille en cloque et que j'ai bien l'intention de recommencer bientôt.

— C'est probablement ce qui l'a poussé à traîner Lily avec lui pour le week-end.

— Il deviendrait fou si Lil tombait en cloque à son jeune âge.

— Elle n'est pas jeune, lui rappela Crash.

— C'est vrai. Elle nous rappelle que c'est une grande fille plusieurs putains de fois par jour. Heureusement que Cait n'est pas aussi agaçante que sa petite sœur.

— Qu'est-ce qui est arrivé à cette petite fille douce et innocente ? demanda Crash.

— Qui ? Cait ?

— Lily.

Magnum gloussa.

— Il lui est arrivé nous tous. On a tous une mauvaise influence.

—Je pense pas qu'Em se fasse trop de souci là-dessus.

— Bien sûr que non. Parce que même si on a une mauvaise influence, on bottera le cul du premier qui oserait toucher à ses filles.

— Comme toi avec Cait ?

—Je l'ai pas touchée. J'ai fait d'elle ma vieille dame et je lui ai passé la bague au doigt *avant* de lui mettre mon bébé dans le ventre.

— C'est vrai, murmura Crash. Tu vas où là ?

— À une réunion dans leur chapelle. Tous les prez, vice-présidents et Sergents d'Armes seront là.

— Elle déchire leur chapelle, hein ?

— Elle est mieux que la nôtre. Je pense qu'on devrait trouver un autre endroit que le taudis où on est actuellement.

Crash sourit, car il avait vu le bâtiment miteux qui servait de QG aux Knights.

— C'est Sully qui officie ?

Sully avait marié Diesel et Jewel il y a quelque temps. Et certains de ses autres frères lorsqu'ils avaient finalement décidé de prendre leur vieille dame pour épouse. Être allié à un autre club possédant un officiant ordonné avait ses avantages.

—Ouaip.

— C'est cool, frère. Va faire ce que t'as à faire.

Magnum marqua une pause.

— Où t'as atterri ? Dans une de ces putains de tentes ?

Crash ricana et secoua la tête.

— Jamais de la vie. Je déteste camper et je suis trop vieux pour dormir par terre comme un putain de clébard. Rig et moi, on partage une chambre dans l'auberge du Fury en ville, je crois qu'elle s'appelle The Grove Inn. Il nous a enregistrés, mais je n'y suis pas encore allé.

— Le club a un bon cocktail de business.

— Je te jure. Ils sont en train de bâtir un putain d'empire.

— Y a rien de mal à ça, répondit Magnum. Bon. Je dois y aller, mon frère. Je vous rejoins plus tard, les autres et toi.

Crash se retrouva encore une fois debout là tout seul.

Il regarda Magnum franchir les doubles portes grandes ouvertes sur le côté de La Grange. Comme ils étaient tous arrivés aujourd'hui, on leur avait dit que le bar à l'intérieur était bien approvisionné et qu'ils pouvaient se servir eux-mêmes si personne n'était au comptoir.

Mais ce dont il avait besoin avant tout, c'était de se remplir le putain de bide. Puis d'un whisky ou d'une bière. Ou de quelques shots de whisky, *puis* d'une bière ou deux. Après ça, peut-être d'une femme, s'il en trouvait une à son goût.

D'après ce qu'il avait vu jusqu'à présent, il n'aurait aucun mal à en trouver une de sympa. Toutes les vieilles dames avaient reçu l'ordre de porter leur cuir « Propriété de » afin d'indiquer qu'elles étaient intouchables, même si elles ne le portaient pas habituellement. Ce week-end, s'en passer n'était pas une option.

Même si les filles de Diesel étaient encore très jeunes, elles portaient toutes un gilet « Propriété de Diesel » en jean, et non en cuir. Bien sûr, pas pour la même raison que les femmes plus âgées, mais parce qu'il aimait indiquer à qui appartenaient ses filles.

À qui ses filles appartiendraient toujours.

Crash avait pitié de tout homme qui tenterait de lui enlever ses filles. Et pas nécessairement en les kidnappant ou quelque chose comme ça, mais juste en tentant d'obtenir un rencard avec elles.

Vi approchait de l'âge où elle commencerait à voulait parler à des garçons en dehors de la famille du MCDA. Que Dieu leur vienne en aide. Son père avait été surnommé « La Bête » par sa mère pour une putain de bonne raison.

Quelqu'un avait mentionné qu'un buffet avait été installé à l'intérieur pour le protéger de la chaleur de juin. Crash traversa la cour dans cette direction, saluant les motards qu'il ne connaissait pas d'un hochement de tête, serrant la main et tapotant l'épaule de ceux qu'il connaissait.

Il franchit les mêmes doubles portes que Magnum et fut une fois de plus émerveillé par la chapelle du Fury. Elle lui rappelait un complexe touristique, mais façon motards.

Les tables de billard étaient prises d'assaut, la musique à l'intérieur était entraînante, plusieurs parties de fléchettes battaient leur plein, et une partie de poker bruyante et animée se déroulait dans un coin. Il aperçut Slade et Moose assis à cette table, car ils étaient tous deux doués aux cartes et pouvaient généralement rafler la mise et repartir les poches pleines.

Moose avait amené une strip-teaseuse du Paradis des Anges qu'il se tapait. Elle était assise sur les genoux du colosse avec ses bras autour de son cou et ses énormes seins plaqués contre son torse. Crash n'avait aucune idée de comment elle s'appelait, mais elle était devenue la dernière régulière de Moose. Pour ce mois-ci, en tout cas. Le mois prochain, ce serait peut-être une autre strip-teaseuse. Et le mois d'après...?

Contrairement à l'époque où Dawg dirigeait le Club pour Hommes du Paradis des Anges, Moose ne voyait pas d'inconvénient à fricoter avec ses employées. Et il le faisait souvent. À cause de ça, contrairement à Dawg, il devait gérer un tas de crêpage de chignons entre les filles.

Ce que Crash ne voyait pas pour l'instant, c'était une multitude de peaux nues. Des peaux féminines. Ça allait changer une fois que le soleil serait couché et que les enfants auraient été envoyés autre part.

Il balaya le grand bâtiment du regard, avec sa cheminée en pierre au centre et son immense bar en bois le long du mur en face de l'entrée. Ouais, étonnamment, les jolis culs des trois clubs étaient encore habillées. Par contre, elles chauffaient certains des gars avec beaucoup d'insistance, donc elles ne risquaient pas de rester habillées très longtemps.

Il faudrait juste qu'elles fassent leurs petites affaires quelque part où ne traîneraient pas de jeunes yeux et de jeunes oreilles. Ce n'était pas très difficile, vu qu'il y avait un dortoir à l'arrière de La Grange et un champ rempli de tentes, de camping-cars et de caravanes où ils pourraient se cacher pour s'adonner à leurs plaisirs charnels.

Ouais, une fois que l'alcool et la bière commenceraient à couler à flots et que la fumée, autant de tabac que de cannabis, créerait un énorme nuage au-dessus de leurs têtes, les choses changeraient très rapidement. Il était presque certain que même les plus grands enfants seraient envoyés au lit assez tôt ce week-end, afin que les adultes puissent passer les jours suivants à revivre la vie qu'ils avaient avant de devenir parents.

C'était pour ça aussi qu'il ne voulait pas de gamins, ils foutaient votre vie en l'air. Rien n'était plus pareil après leur naissance. Il en avait eu la preuve trop souvent. C'était presque suffisant pour qu'il prenne rendez-vous pour se faire couper les tuyaux. Comme ça, il ne risquerait pas de devenir le papa de l'enfant d'une mère célibataire.

Il aperçut le buffet sur deux longues tables le long du mur avant de La Grange et se dirigea dans cette direction. Une fois de plus, obligé de s'arrêter toutes les quelques secondes pour saluer un membre des Knights ou de son club qu'il reconnaissait. Il ne connaissait personne du Fury à part Trip, alors peut-être qu'une fois qu'il se serait rempli le ventre, il irait faire quelques parties de billard et tailler le bout de gras.

Ça semblait être un plan mortel.

Il n'était qu'à quelques mètres de sa destination lorsqu'il l'entendit.

Un rire féminin s'élevant au-dessus du vacarme.

Il en avait déjà entendu pas mal, mais le son rauque du rire de cette femme le fit tourner la tête. Il s'arrêta et promena son regard sur la foule qui se trouvait autour du long bar fait sur mesure.

Il ne la voyait pas. Il entendit son rire une fois de plus. Elle devait se trouver derrière le mur de corps couverts de jean et de cuir qui lui bloquait la vue.

Puis il la vit. Celle à qui appartenait ce rire.

Au début, il ne vit qu'un éclair de cheveux blonds, alors qu'elle se déplaçait derrière le comptoir. Puis il aperçut une partie de son visage illuminé d'un large sourire alors qu'elle heurta l'épaule d'une autre femme qui travaillait avec elle derrière le bar. Toutes deux servaient des bières et préparaient des cocktails pour tous ceux qui souhaitaient se désaltérer.

Elle disparut derrière un groupe de motards, puis il l'aperçut à nouveau au bout du bar, près de l'endroit où il se tenait.

Merde.

Elle portait un gilet en cuir. Elle avait été revendiquée et appartenait déjà à quelqu'un d'autre. Ça voulait dire qu'elle était intouchable.

Il ne devrait pas être déçu, car il y avait sûrement plein d'autres femmes disponibles ce week-end. Mais il l'était quand même. À son âge, il en fallait beaucoup pour attirer son attention. Il ne se contentait plus de fourrer sa bite dans n'importe quel trou, comme dans ses jeunes années.

À l'époque, il ne voulait que baiser et se vider les couilles. Maintenant, c'était plutôt l'expérience qui l'intéressait. La qualité plutôt que la quantité.

Il secoua la tête et reporta son attention sur la nourriture disposée devant lui, puis prit une assiette jetable posée en bout de table.

— Laisse-moi faire ça pour toi, bébé. Je serais ravie de te servir.

Crash se tourna vers la voix féminine et vit une fille, pas une femme. Elle ne devait pas être beaucoup plus âgée que Lily. Peut-être deux ans de plus, grand max. Probablement en âge de boire. Il n'était pas doué pour deviner l'âge des gens.

Avoir vingt et un ans, ou presque, était peut-être suffisant pour faire d'elle une femme aux yeux de la loi, mais Crash n'était pas attiré par les filles qui avaient la vingtaine. Le fossé générationnel était beaucoup trop large pour lui.

Il était de la vieille école. Il aimait les femmes qui ne se plaignaient pas à tout bout de champ. Il aimait les femmes qui ne cherchaient pas à mettre le grappin sur un frère sans attaches.

Il aimait les femmes qui savaient ce qu'elles foutaient quand elles étaient à poil et qui n'avaient pas besoin d'ins-tructions pour sucer une bite comme il fallait ou donner leur cul. Ou pour faire tout ce qui lui passerait par la tête. Mais ce qui était certain, *pour l'amour du ciel*, c'était qu'il ne voulait pas apprendre à une jeune fille comment se comporter au pieu.

Encore une fois, il privilégiait désormais la qualité à la quantité.

Cette fille était mignonne et avait de super nichons, mais son intérêt n'allait pas plus loin que ça.

Elle tendit la main et enfonça le bout de son doigt dans sa fossette au menton.

— C'est tellement sexy !

Bon sang, après ce week-end, il se laisserait assurément repousser la barbe.

La brunette lui arracha l'assiette en plastique des mains et commença à la remplir d'une variété de trucs. Il recula et la laissa faire, et pendant qu'elle bavardait sans réfléchir, il décida qu'il refuserait tout ce qu'elle lui proposerait à part une assiette de nourriture.

Après avoir fait le tour de la table et empilé une montagne de mets dans son assiette, elle revint vers lui.

— Voilà. Je parie qu'un homme comme toi doit beaucoup manger, dit-elle en tenait l'assiette fermement.

— Pas plus qu'un autre, répondit-il en lui prenant l'assiette pleine et en cherchant une fourchette.

Avant qu'il puisse s'éloigner, elle glissa une main dans son cuir ouvert et la posa sur son ventre.

— T'as des muscles bien durs là-dessous.

La jeune fille lui sourit et lui fit un clin d'œil.

— Si t'as encore un petit creux après avoir mangé tout ça, j'ai une tente dans le champ et je la partagerai avec personne... sauf avec toi.

—Je suis assez vieux pour être ton père, grommela-t-il.

—Je peux t'appeler papa, si tu veux.

Elle lui fit un nouveau clin d'œil, tout aussi maladroit et peu sexy que le premier. Elle devrait s'entraîner devant un miroir.

Mais, *putain de merde*, il dut réfléchir à sa proposition à deux fois avant de l'envoyer balader. *Si* elle avait eu dix ans de plus, il l'aurait peut-être suivie jusqu'à cette foutue tente et lui aurait fait l'appeler papa, et bien d'autres choses encore.

Il baissa les yeux vers son assiette, puis les releva vers elle.

— T'appartiens à quelqu'un ?

Elle sourit et secoua la tête.

— Juste à toi, si tu veux de moi.

— T'es avec personne ?

— Non. Je suis juste là pour faire la fête ce week-end. Une bonne amie à moi traîne régulièrement avec le Fury.

— C'est un joli cul ?

Elle hocha la tête, la lèvre inférieure coincée entre ses dents blanches et parfaitement alignées. Elle devrait s'entraîner à faire ça aussi.

— Mais toi, t'en es pas une ?

— Non, en ce moment, ils en ont trop et pas assez de frères pour se les partager. Si je deviens un joli cul, je limite le nombre de personnes avec qui je peux traîner.

Traîner.

— Ça veut dire que là, tu peux baiser des prospects, mais si tu devenais un joli cul, tu pourrais plus, expliqua-t-il, connaissant la musique.

— Exactement ! Je suppose que c'est pareil dans ton MC.

— Ouais.

— Alors tu connais les règles.

— Moi aussi j'ai une règle, dit Crash.

— Laquelle ?

— Je touche pas aux jeunes filles.

— Je suis pas si jeune que ça.

Elle fit la moue.

Ouais, cette moue mit fin à ses hésitations.

— Trop jeune pour moi. J'apprécie la proposition, mais là, je vais aller me gaver. Et plus tard, je trouverai quelqu'un d'un peu plus âgé sur qui m'asseoir.

Elle retira sa main du ventre de Crash et la fit glisser vers sa queue, molle et totalement indifférente.

— Eh bien, si tu trouves pas la bonne, je serai dans le coin tout le week-end.

Elle lui fit un autre clin d'œil maladroit, puis, *merci mon Dieu*, se retourna et jeta son dévolu sur quelqu'un d'autre.

Il soupira et emporta son assiette vers le bar. Et, plus important encore, vers la femme au rire rauque pour la voir d'un peu plus près. Il s'installa sur un tabouret au fond et se jeta sur une montagne de salade de pommes de terre maison. En mâchant, il se pencha légèrement en avant, jeta un coup d'œil le long du bar et l'aperçut.

Elle servait une bière à quelqu'un accoudé au comptoir, un homme qui reluquait ses seins sans même prendre le soin de s'en cacher. Sa poitrine généreuse était coincée dans un caraco blanc moulant et doté d'un peu de dentelle au niveau du col en V. Le haut révélateur était rentré dans son jean et une large ceinture en cuir noir assortie à son gilet en cuir soulignait sa taille.

Elle souriait à l'homme qui la reluquait, se fichant complètement de le voir mater ouvertement ses seins.

Est-ce qu'il pourrait être son vieux ? Dans le cas contraire, il ne pouvait pas imaginer que son vieux tolérerait l'intérêt évident que lui portait un autre mec. Crash savait que lui, à sa place, n'apprécierait pas du tout. Pas si elle était à lui. Personne ne s'approcherait assez près pour mater ses atouts. Les atouts qui *lui* appartenaient. À lui.

Ouais, dommage que quelqu'un l'ait déjà revendiquée. Peut-être que son vieux ne verrait pas d'inconvénient à la partager.

Il étouffa un ricanement. Si son vieux ressemblait un tant soit peu aux Angels, il ne partagerait que dalle. Une fois que ses frères revendiquaient leur vieille dame, elle était à eux. Personne ne touchait ni ne partageait sa femme. Sauf avec leurs enfants.

Alors qu'il portait à sa bouche une autre aile de poulet Buffalo super épicée, elle apparut devant lui comme par magie, agitant une serviette en papier devant son visage.

— J'ai remarqué que t'avais besoin de ça.

Il la lui prit des mains et avala sa bouchée en essayant de ne pas laisser la sauce piquante le faire grimacer.

— Ah ouais ? Vraiment ? Je crois que j'ai surtout besoin d'une bière pour me rafraîchir la bouche après ces ailes.

Il essuya la sauce sur ses doigts et ses lèvres en feu. Il allait avoir besoin de plus d'une serviette.

— C'est moi qui ai préparé ces ailes.

Il haussa un sourcil.

— Vraiment ?

Un lent sourire se dessina sur le visage de la femme et elle hocha la tête.

— Tu supportes pas un peu de piquant ?

— Bébé, je peux supporter une putain de montagne de piquant. Et toi ?

— Plus c'est piquant, mieux c'est, dit-elle avec un clin d'œil qui n'avait rien à voir avec celui de l'autre fille.

Il était plus naturel chez elle. Et sacrément plus sexy.

— Surtout à deux, murmura-t-il.

— Oh, on parle toujours des ailes de poulet ?

Le regard de Crash se posa sur le patch nominal à l'avant de son cuir.

— Lizzy, murmura-t-il.

— C'est moi, répondit-elle gaiement. Je vais te chercher une bière. Bouge pas.

Il n'en avait pas l'intention.

Elle n'avait pas vingt et un ans. Plutôt la trentaine. Ce n'était pas son visage qui trahissait son âge, mais ses yeux marron clair. Elle avait de l'expérience. Elle n'était pas jeune, naïve et en manque d'éducation. Elle était à un moment de sa vie où elle pouvait endosser le rôle de professeure.

Il aimait ça.

Il aimait beaucoup ça.

Ce qu'il n'aimait pas, c'était ce qu'il vit lorsqu'elle se retourna pour aller chercher sa bière au bar. Le cuir ressemblait à ceux que portaient les vieilles dames, sauf que le rocker du haut indiquait « Propriété de » et que celui du bas ne portait pas de nom mais l'inscription « MC Blood Fury ».

Il fronça les sourcils. *C'est quoi ce putain de bordel ?*

Chapitre Deux

Le regard de Crash suivit la blonde sexy qui lui rapportait sa bière, toujours un sourire aux lèvres. Il se demanda si c'était juste le genre de personne à être de bonne humeur la plupart du temps ou si elle voulait faire bonne figure, car son MC avait des visiteurs et qu'on leur avait demandé d'être accueillants.

Quoi qu'il en soit, son sourire illuminait son visage et une lueur difficile à ignorer scintillait dans ses yeux.

Ses longs cheveux blonds étaient plutôt foncés et parsemés de mèches plus claires. Sa peau semblait douce et était dorée, comme si elle passait beaucoup de temps au soleil. Ses yeux étaient presque de la même couleur, d'un marron clair avec quelques reflets dorés et peut-être quelques taches vertes.

Grands et observateurs.

Elle était mince, mais avait des courbes à tous les bons endroits. Aux hanches, aux fesses et aux seins. Elle avait sans doute travaillé dur pour obtenir cette silhouette. Ses efforts avaient porté leurs fruits.

— Désolée, je suis pas barmaid. C'est juste le rôle que je

joue à la télé, plaisanta-t-elle en posant devant lui le gobelet rouge rempli à ras bord.

Quelques bagues en or entouraient ses doigts fins, rien d'encombrant ni de trop voyant, juste des bijoux simples. Ses longs ongles étaient vernis d'une couleur assortie à celle de ses lèvres. Il était certain que cette nuance de rouge avait un nom sophistiqué dont il se foutait éperdument. Pour lui, c'était juste du rouge.

— Je suis vraiment horrible avec la mousse.

Crash leva les yeux de la main avec laquelle elle tenait son gobelet.

— Quoi ?

Ses oreilles étaient percées à plusieurs endroits, mais d'après ce qu'il voyait sous ses cheveux, elle ne portait que de petits anneaux en or qui soulignaient le contour délicat de ses oreilles et des lobes qu'il avait envie de sucer. Aucun de ses bijoux, même le simple cordon noir doté d'un pendentif autour de son cou, n'était extravagant ni aussi éblouissant qu'un énorme diamant.

Elle pouvait s'habiller simplement et sembler tout de même être sur son trente-et-un.

Elle n'avait pas l'air d'être du genre à se préparer pendant des heures, mais elle semblait aussi pouvoir se faire belle et mettre les petits plats dans les grands si l'occasion l'exigeait. Elle pourrait se tenir à côté de son vieux et avoir l'air à sa place, vêtue exactement comme elle l'était ce soir. Tout comme elle pourrait porter une robe chic et être au bras d'un homme en smoking, une flûte de champagne à la main.

Elle pourrait se salir les mains ou porter une manucure hors de prix et avoir l'air naturelle dans les deux cas.

Il aimait ça.

Il aimait les femmes qui vous laissaient deviner à quel point elles pouvaient être coquines dans l'intimité.

— J'ai dit que j'étais pas douée pour servir des bières

pression. La mousse finit toujours par être trop épaisse ou trop haute, ou peu importe comment on appelle ça. Il y a des gens ici qui sont bien meilleurs que moi dans ce domaine.

Il leva son gobelet et but un peu de mousse jusqu'à ce qu'il atteigne la bière en dessous.

— On s'en fout. C'est gratuit, c'est frais et c'est servi par quelqu'un comme toi.

Il lui fit un clin d'œil en espérant ne pas être aussi ridicule que la fille qui lui en avait fait un plus tôt.

Elle sourit, posa ses deux mains sur le comptoir et se pencha en avant. Il essaya de ne pas mater ses seins comme l'avait fait l'autre type à l'autre bout du bar. Mais il jeta peut-être un coup d'œil. Pendant plus d'une seconde. Ou deux.

— T'es mignon. Tes patches disent Shadow Valley et Crash. Donc je suppose que t'es un Angel ?

Il était tout sauf un putain d'ange et il aurait adoré avoir l'occasion de le lui montrer, mais avant tout, il devait comprendre ce que voulait dire le putain de cuir qu'elle avait sur le dos.

Il hocha la tête en buvant une longue gorgée de bière. Il voulut essuyer la mousse sur sa lèvre supérieure, mais se rappela qu'il n'avait plus de barbe à laquelle elle pourrait s'accrocher.

Encore une fois, ça allait changer à partir de ce week-end. Il n'avait pas emporté de rasoir exprès.

— Je suppose aussi que Crash est ton nom de route et que ta maman ne t'a pas appelé comme ça à la naissance. Je suis sûre qu'il y a une histoire intéressante derrière.

— Pas vraiment.

— Alors, t'as jamais rien crashé ?

— Oh, j'ai crashé des trucs. Plein de trucs...

Elle lui prit la main et la souleva avant d'inspecter ses doigts calleux et le bout de ses ongles noircis en permanence. Il avait beau se laver les mains à la pierre ponce, elles n'étaient jamais assez propres. Il avait fini par abandonner.

— Un vrai travailleur, hein ?

Les doigts chauds de la barmaid effleurèrent le dos de sa main, puis elle la retourna et longea sa ligne de vie du bout de l'ongle.

— T'es pas qu'un joli minois, murmura-t-il en suivant le mouvement de son doigt et en appréciant sa douce caresse.

— Tu fais quoi dans la vie ?

C'est toi que j'aimerais me faire.

— Je serre des boulons.

Elle lâcha sa main et prit un œuf mimosa de l'assiette du motard.

— Mécanicien ? On en a quelques-uns par ici.

Elle mit la moitié de l'œuf dans sa bouche.

Elle ferma brièvement les yeux en mâchant et laissa échapper un petit gémissement.

— Mmm. C'est bon.

Il regarda sa gorge remuer lorsqu'elle avala.

Putain.

Il tendit le bras et ajusta sa queue, car il avait maintenant une demi-molle et elle se trouvait à un endroit où elle ne devrait pas être.

— Je suis pas juste mécanicien, je dirige un garage.

Elle ouvrit les yeux.

— On en a un par ici aussi. T'es le propriétaire ?

— Il appartient au club. En fait, c'est un atelier de carrosserie où on fait des réparations générales, mais surtout de la customisation de bécanes. C'est de là que vient la majeure partie de notre blé. Je bosse là-bas depuis que j'ai dix-huit ans et que je suis devenu un prospect.

— T'as été un Angel toute ta vie d'adulte.

— Et j'en serai un jusqu'à la mort.

— Quel dévouement.

Il inclina la tête.

— La loyauté, c'est très important dans notre club.

— Ici aussi.

— Ça fait plaisir à entendre.

Il mit un bretzel dans sa bouche et le rinça d'une autre longue gorgée de bière.

— On t'appelle Lizzy. C'est ton vrai prénom ?

— Elizabeth.

— Tu préfères Lizzy ?

— Non, mais c'est resté.

Elle hésita.

— Je déteste pas.

— Tu préfères quoi ?

— Avant…

Elle s'interrompit.

— Avant…

Elle agita la main devant elle, indiquant La Grange.

— Les gens de mon entourage m'appelaient Liz.

Il l'observa.

— Ils t'appellent encore comme ça ?

Son sourire éclatant s'éteignit.

— Il ne reste plus personne qui pourrait m'appeler comme ça. Du moins, personne de proche.

— Bien sûr que si. Cette ferme est pleine de monde.

— C'est pas ce que je voulais dire.

— Je sais ce que tu voulais dire. Exige qu'ils t'appellent comme tu préfères.

Elle pencha la tête et le fixa un moment.

— Je suis pas en position d'exiger quoi que ce soit.

Toutes les vieilles dames du MCDA qui exigeaient quelque chose obtenaient ce qu'elles voulaient. Peut-être que les vieilles dames de ce club n'avaient aucun pouvoir, ce qui était courant dans la plupart des MC. Les Angels étaient un peu différents, car ils aimaient faire en sorte que leurs femmes soient heureuses.

Femme heureuse, vie heureuse, comme on dit. En résumé, ça

voulait dire qu'en rendant sa femme heureuse, en retour, elle ferait plaisir à son homme de différentes manières.

— Dis-moi, Liz. Pourquoi tu portes un patch « Propriété de » sans nom dessus ?

Elle passa un doigt sur son patch.

— Il y a mon nom dessus.

— Le nom que t'aimes pas trop. Mais tu vois ce que je veux dire.

Elle lui adressa un demi-sourire.

— Je vois ce que tu veux dire.

— Alors, explique.

Il commençait déjà à comprendre. Et s'il avait raison, elle n'était pas intouchable, mais il voulait d'abord s'en assurer. Il ne voulait pas marcher sur les plates-bandes d'un autre et causer des problèmes entre les clubs.

Avant qu'elle ne puisse développer, un homme portant un cuir s'approcha derrière elle. Il ne se contenta pas de s'approcher, mais lui attrapa les hanches à deux mains et pressa son entrejambe contre son cul.

Un geste ayant clairement pour but de revendiquer ce qui lui appartenait.

Crash lut ses patches. *Ozzy. Secrétaire. Manning Grove. Originel.*

Il appartenait au Fury. Tout comme Liz.

C'était peut-être son vieux, car il ne pouvait pas s'imaginer faire ce que cet Ozzy venait de faire à l'une des vieilles dames du MCDA, à moins qu'il n'ait envie de voir ses couilles être envoyées en orbite par un coup de genou bien placé. Et après ça, il n'aurait même pas le temps d'aller retrouver ses couilles, car il aurait affaire à l'un de ses frères. Et pas l'un des plus joyeux.

— Oz, c'est Crash. Un des Angels en visite, dit-elle prudemment, comme si le membre du Fury avait besoin d'une piqûre de rappel.

— Ouais, je sais. C'est pour ça que je suis venu, lui

répondit-il en écartant les cheveux de Liz de son cou et en posant ses lèvres sur sa peau.

En faisant ça, son regard croisa celui de Crash et s'y attarda.

Une fois qu'il eut fini de marquer son territoire, l'homme qui avait à peu près l'âge de Crash, se redressa et s'adressa à lui.

— Elle appartient au MCBF. T'es peut-être un putain d'analphabète.

Propriété du MCBF. Crash trouva cette affirmation révélatrice et commença à penser que son intuition concernant la femme qui se tenait entre eux était peut-être correcte.

— Tu la revendiques ?

Son hésitation aussi en apprit beaucoup à Crash. Ozzy tenait toujours fermement ses hanches et la maintenait contre lui, son dos plaqué contre son torse.

— Elle est à toi ou elle est à vous tous ? Parce que le patch sur son cuir indique qu'elle appartient à vous tous. Ton nom n'est pas inscrit sur le rocker du bas. Pour moi, ça veut dire qu'elle n'est pas à toi. Peut-être qu'elle appartient au Fury, mais elle n'est pas la propriété d'Ozzy.

Il se pencha par-dessus le bar, tendit la main devant Liz et planta son doigt dans le patch nominal d'Ozzy.

Ce dernier lâcha les hanches de Liz, s'avança vers le bar et la poussa hors de son chemin. À présent, seul le bar séparait Crash et l'autre homme. Il ne faudrait pas grand-chose pour qu'il n'y ait plus rien entre eux. Juste deux pas vers la gauche, puisque Crash était assis sur un tabouret au bout du comptoir.

Il attendit de voir si Ozzy avait l'intention de faire ces deux pas. Il ne les fit pas. Probablement parce qu'il essayait de revendiquer la propriété d'une femme qui ne lui appartenait pas exclusivement.

— Elle appartient au club, grogna finalement Ozzy.

— Mais pas à toi.

Il jeta un coup d'œil à Liz.

— Il te revendique ?

Le regard de la barmaid vacilla entre Ozzy et Crash tandis qu'elle mordillait sa lèvre inférieure. Son attitude ensoleillée avait disparu depuis longtemps et des nuages orageux pointaient à l'horizon.

Il était un peu agacé que son intérêt pour elle ait provoqué ça, mais il voulait clarifier certaines choses avant de battre en retraite. *S'il* battait en retraite. Il n'avait pas encore pris de décision.

Il prit une autre gorgée de bière et la reposa lentement sur le bar, avant de regarder Ozzy droit dans les yeux.

— En gros, ce que tu dis, c'est qu'elle est assez bien pour s'allonger dans ton lit en tant que régulière, mais pas assez pour porter ton nom sur son dos.

— Tu mets des mots dans ma putain de bouche.

— J'essaie juste de comprendre ta façon de penser. Pourquoi t'es possessif envers quelqu'un qui t'appartient pas.

— Elle nous appartient.

— T'arrêtes pas de dire *nous*.

Il jeta un coup d'œil à Liz, une certaine inquiétude maintenant visible dans ses yeux. Elle serrait aussi le bras d'Ozzy. Probablement pour lui rappeler, une fois de plus, que Crash était un invité et que les deux hommes devaient absolument éviter d'en venir aux mains. Surtout après quelques heures d'un long week-end où l'alcool et les excès seraient au rendez-vous. Ils s'attendaient tous à quelques échauffourées, mais pas alors que tout le monde était encore sobre.

— T'atterris que dans son lit ?

Elle jeta un rapide coup d'œil à Ozzy, mais fit face à Crash lorsqu'elle lui répondit.

— Non.

Crash hocha la tête. Il avait vu juste quant à la signification du rocker au bas de son cuir. Il n'en avait jamais vu de tel sur un joli cul. D'autant plus que la plupart d'entre elles ne restaient jamais très longtemps. Principalement parce qu'elles pensaient qu'être un joli cul leur garantissait de devenir une vieille dame à un moment donné. En vérité, ça arrivait assez rarement, donc au bout d'un moment, quand elles en avaient marre d'être passées de main en main, elles décidaient de s'en aller.

Mais peut-être que les choses se passaient un peu différemment ici. Même si c'était le cas...

— Je savais pas que les jolis culs étaient intouchables ce week-end, à moins qu'elles refusent. Comme convenu, on a amené les nôtres, les Knights ont amené les leurs. On dirait que vous êtes les seuls à refuser de partager.

— Personne ne refuse quoi que ce soit. Y a plein de jolis culs disponibles entre les trois clubs.

— Peut-être, mais il a fallu que tu viennes jusqu'ici pour me faire savoir que Liz appartient à votre club. Je suppose que ça veut dire que vous ne voulez pas la partager. C'est bien ça ?

Ozzy haussa son menton barbu, qui contenait beaucoup plus de poils gris que la barbe de Crash quand il avait une.

— C'est bien ça.

À ce moment précis, il était évident que l'homme voulait sérieusement égorger Crash. Ce dernier le voyait bien et était prêt à ce qu'Ozzy bondisse par-dessus le comptoir d'un putain de moment à l'autre. Cet enfoiré ne voulait pas revendiquer la femme qui se trouvait devant lui, mais ne voulait pas non plus qu'elle aille voir ailleurs.

Il la maintenait dans une situation incertaine, ce qui était complètement absurde.

— C'est ton choix d'être intouchable ? Ou le sien ?

Il détestait mettre Liz sur la sellette, mais il était franchement sur les nerfs. Comme elle ne répondit pas, il s'adressa à Ozzy.

— Ça me semble carrément égoïste. Mais bon, si elle était à moi, je serais égoïste aussi.

Il bondit du tabouret.

— À plus tard, Liz.

Il ignora l'autre motard, prit son assiette encore pleine et ce qui restait de sa bière, puis retourna dehors. Il avait besoin de prendre ses distances avant de céder à l'envie de mettre Ozzy K.O. et de lui prendre sa « femme ».

Ça lui apprendrait une bonne putain de leçon.

Mais il ne ferait pas ça. Au lieu de ça, il irait trouver quelqu'un d'autre. Ce qui était certain, c'est que ça ne serait pas la blonde qui se tenait derrière le bar.

Et ça, c'était franchement à chier.

———

LE PLATEAU du camion de Rig était bien meilleur que celui de Trip, même si Crash était certain que celui du président du Fury faisait l'affaire. La dépanneuse à plateau avec « Buck You Recovery » peint à la main sur les portes ne servirait pas à remorquer de véhicules ce week-end. Elle était plutôt garée entre la cour et le champ de tentes.

Le groupe de Nash avait installé son matériel à l'arrière de la dépanneuse et jouerait ce soir et dimanche soir également. Demain, Nash prendrait sa soirée pour pouvoir faire la fête après le mariage, car le MCBF avait engagé les services d'un autre groupe.

Crash espérait juste que cet autre groupe serait à moitié aussi bon que Dirty Deeds, qui aurait déjà signé chez une maison de disque si Nash n'avait pas refusé de quitter Shadow Valley et son homme, Cross.

Nash avait préféré le poulet à la gloire et l'argent. Le groupe s'en sortait tout de même plutôt bien, car il était très demandé dans les petites salles de la côte est et dans certains

États à l'ouest et au sud de la Pennsylvanie. Cross, quand il le pouvait, accompagnait Nash en tournée.

Mais ça allait probablement prendre fin dans peu de temps et Cross finirait par rester à la maison pendant que Nash serait sur la route, une fois que l'adoption des jumeaux plus âgés, un garçon et une fille qui avaient passé trop de temps en famille d'accueil et ne pouvaient plus être séparés, serait finalisée.

Un immense feu de joie, composé de bois de récupération et de palettes, rugissait à droite de la dépanneuse. La lueur des flammes projetait des ombres sur la foule qui dansait, fumait et buvait jusqu'à en perdre conscience devant le camion.

La plupart des valeurs morales et des vêtements encore présents allaient bientôt disparaître. Tout comme les couples, voire les trios, prêts à se livrer à des ébats torrides.

Des fûts de deux cents litres étaient éparpillés dans la grande cour, tous allumés et éclairant les visages et les corps qui passaient. La Grange disposait de projecteurs extérieurs pour éclairer les lieux, mais ils avaient tous été éteints dès que le groupe avait commencé à jouer et que les enfants avaient été emmenés autre part.

En passant, il avait entendu dire qu'ils organisaient une soirée cinéma avec des snacks et une soirée pyjama loin de l'endroit où se déroulaient les « activités pour adultes ». Les enfants du MCDA n'étaient pas du tout isolés et avaient déjà vu beaucoup de ces « activités pour adultes ». Tout le monde veillait à ne pas faire tout un plat de la nudité, ni même du sexe, car la plupart des parents ne voulaient pas que leurs enfants aient honte de leur corps.

Il avait rencontré beaucoup de femmes complexées et espérait que toutes ses « nièces » grandiraient en s'acceptant telles qu'elles étaient. Même si elles étaient toutes très jeunes, Violette étant la plus âgée à treize ans, elles étaient déjà très sûres d'elles et même un peu têtues. Mais ça, bien sûr, c'était dans leurs gènes.

Crash était assis sur une table de pique-nique sous le pavillon, les bottes posées sur le banc, et écoutait Dirty Deeds jouer leur dernier morceau. Il ne savait pas quand les choses allaient se calmer, mais à en juger par l'ambiance actuelle, ce ne serait pas pour tout de suite.

Pour lui, ça ressemblait à une émission de télé-réalité intitulée « Parents en délire ».

Crash ricana, leva le joint à sa bouche et tira une longue taffe avant de secouer les cendres. Rig le rejoignit avec la fille qui avait servi à manger à Crash et s'était offerte à lui en même temps.

Bon sang. Apparemment, Rig se foutait royalement de son âge. Et Crash supposait que la fille se foutait aussi de l'âge de l'associé de Crash.

Ils avaient tous les deux déjà l'air complètement ravagés.

— Comment tu rentres au motel ? lui demanda Crash, connaissant déjà la réponse.

— On prend ma meule.

— On ?

— Ouais.

Rig agrippa les épaules de la fille un peu plus fort et la tira contre lui.

— Ouais, répéta-t-il avant de froncer les sourcils. Moi et... et...

Crash renifla à nouveau et tira une autre taffe sur le joint. Comme la réponse ne venait toujours pas, il haussa les sourcils.

La fille rit et donna une tape sur le bras de Rig.

— Callie.

— Ouais, t'as raison, lui dit Rig. Tu t'appelles Callie.

— Oh, frère, grogna Crash. Elle a dit qu'elle avait une tente quelque part par là. Tu devrais peut-être passer la nuit là-dedans.

— Je suis trop vieux pour dormir par terre.

— On va pas dormir ! s'exclama Callie avec un rire ivre et une autre tape sur le bras de Rig.

— Trop vieux pour te taper des bébés, rappela Crash à Rig.

— J'ai vingt et un ans ! hurla Callie en faisant la moue.

— Alors fais-toi plaisir, mon frère, dit Crash en jetant un regard à son frère.

— Je veux bien partager, proposa Rig sans comprendre la remarque de Crash.

Il tendit la main et Crash lui passa le joint.

— Pas moi, répondit Crash. Fais-toi plaisir.

Rig inspira profondément, retint la fumée, puis expira un nuage épais.

— Et toi ?

— Je cherche toujours, répondit Crash.

— Si t'attends trop longtemps, tu vas rater le coche.

Il avait déjà raté le coche. Celle qu'il voulait était accompagnée d'un emmerdeur d'une quarantaine d'années.

Crash leva sa bouteille de bière, réalisa qu'elle était vide et la reposa sur la table.

— Va nous chercher une bière…, dit Rig automatiquement.

— Callie, lui suggéra-t-elle.

— Ouais, ça. Va nous chercher une bière.

— Et si t'évitais de faire ça, Callie, et que t'allais plutôt montrer ta tente et tes seins à Rig. Il préférera ça à une autre bière.

Callie se libéra de l'étreinte de Rig et tira sur son t-shirt violemment, couvrant sa tête mais dévoilant ses jeunes seins fermes.

— Je voulais dire dans ta tente pendant que tu chevauches sa queue, dit Crash sèchement mais aussi légèrement amusé.

Elle rabaissa son t-shirt et rit.

— Oh.

— Ah, bon sang. Mieux vaut que ce soit toi, mon frère, marmonna Crash en secouant la tête.

Rig gloussa et passa un bras autour du cou de Callie.

— Ouais, un buisson me semble mieux qu'une bière là tout de suite.

— J'ai pas de buisson. Tu veux voir ? demanda-t-elle.

— Ouais, bébé, je veux le voir quand il sera sur mon visage.

Rig fit pivoter la jeune fille.

— À plus tard, mon frère. Ne nous attends pas.

Il rit.

— J'en ai pas l'intention, marmonna Crash en les regardant s'éloigner dans l'obscurité vers le champ derrière le groupe.

Maintenant que ce problème était réglé, il se rendit compte qu'il en avait deux autres à résoudre.

Il fallait qu'il trouve quelqu'un pour occuper son lit vide à l'auberge, surtout si Rig finissait par passer la nuit dans la tente de Callie.

Il fallait aussi qu'il se trouve une autre bière.

Pas nécessairement dans cet ordre.

Chapitre Trois

CRASH N'EUT aucun mal à trouver une bière.

Comme il devait retourner à l'auberge et pas juste rejoindre une caravane ou une tente dans le champ, il s'en était tenu à ça plutôt que de passer au whisky. Il avait également siroté ses bières toute la nuit dans l'espoir de trouver quelqu'un d'autre que Liz qui accepterait de partager son lit.

Jusqu'à présent, pas de chance.

Principalement parce qu'il avait du mal à se sortir la blonde du ciboulot.

Le fait que le motard plus âgé soit possessif envers quelqu'un qui ne lui appartenait pas était encore plus difficile à avaler pour Crash.

Ce connard devait la revendiquer ou se casser.

Le comportement d'Ozzy était un peu comme de dire à une femme « tu ne peux pas m'avoir pour toi toute seule, mais personne d'autre ne peut t'avoir non plus ». Et ça, ce n'était pas cool du tout.

Il finit sa bière et décida de jeter l'éponge pour la nuit. Demain serait un autre jour et peut-être que quelqu'un d'autre attirerait son attention.

Quelqu'un de disponible.

Quelqu'un qui ne venait pas d'enlever ses couches non plus.

Il traversait la cour éclairée par les fûts enflammés lorsqu'il aperçut quelque chose.

Quelqu'un.

Une blonde. Mais cette blonde avait des mèches violettes dans les cheveux. Ce n'était donc pas Liz, mais son prénom commençait également par un L.

Lily.

Elle était assise sur une table de pique-nique dans un coin sombre du pavillon avec un type qui ne portait pas de couleur debout entre ses jambes et penché vers elle.

Il s'arrêta, regarda fixement et se demanda s'il devait aller voir ce qui se passait. Il jeta un coup d'œil autour de lui pour voir s'il pouvait apercevoir Dawg ou Emma, mais il ne les trouva nulle part.

Il supposa qu'ils avaient déjà rejoint leurs sacs de couchage pour profiter d'un moment d'intimité bien mérité, car ils n'en avaient probablement pas beaucoup à la maison entre leurs filles et leur petite-fille Asia.

Toutefois, ça laissait leur fille cadette en liberté.

Crash savait qu'ils avaient forcé Lily à venir ce week-end pour que leur fille n'invite pas un mec à la maison et ne leur donne pas un autre petit-enfant avant l'heure. Mais d'après ce que Crash avait sous les yeux, l'avoir emmenée avec eux avait peut-être augmenté ce risque. Entre les trois clubs, beaucoup trop de mecs célibataires et en chaleur se promenaient parmi eux.

Y compris Crash.

Malgré tout, elle était loin d'être une fille innocente. Avec son physique, son intelligence et son attitude, ça annonçait des ennuis avec un E majuscule.

— Putain, murmura-t-il.

Lily n'était pas sa responsabilité. Elle était celle de Dawg et était aussi légalement « adulte ». Il devait s'occuper de ses putains d'oignons.

Il soupira. Il n'allait pas s'occuper de ses putains d'oignons.

Il changea de direction et se dirigea vers le pavillon, ignorant les autres couples qui se faisaient plaisir en se servant des tables de pique-nique et des poteaux comme accessoires pour leurs sexcapades déjantées.

Il jeta un rapide coup d'œil pour s'assurer qu'il n'y avait personne qui ne devrait pas être là, réalisa qu'il n'avait aucune idée de qui étaient ces putains de gens, et continua vers sa destination.

Il se tint derrière le type, qui était grand comme une putain de girafe, tandis que les deux se galochaient.

Crash grimaça lorsque Lily attrapa les fesses du mec et grogna. *Putain de merde.* Il était difficile de ne plus la voir comme une petite fille.

Il attendit quelques secondes pour voir s'ils se rendraient compte de sa présence, et lorsqu'il constata qu'ils étaient trop occupés avec leurs langues et leurs mains pour remarquer quoi que ce soit, il tapota finalement sur l'épaule du mec.

Pas de réponse.

Il tapota plus fort.

— Yo.

Le mec sursauta et s'éloigna de la fille de Dawg. Il jeta un coup d'œil par-dessus son épaule, mais ne dit pas un putain de mot. Il n'avait pas l'air inquiet du tout. Il devrait, pourtant.

— Oh merde, murmura Lily lorsqu'elle l'aperçut. Qu'est-ce que tu fais, Crash ?

— Qu'est-ce que *tu* fais ?

— On m'a forcée à venir et on m'a dit de m'amuser. Alors je fais ce qu'on m'a dit.

— On dirait bien. Mais je doute que ce soit ce que tes parents avaient en tête.

— Pourquoi ? Papa est en train de baiser maman dans leur tente.

Crash haussa les sourcils.

— Et tu sais ça comment ?

— Parce que je les ai entendus en passant devant. Crois-moi, je les ai entendus assez souvent pour le savoir. Ils baisent tout le temps. La seule différence, c'est qu'ici, il n'y a pas de tête de lit qui claque contre le mur.

Est-ce qu'elle était sérieuse ? Il n'était jamais sûr avec elle.

— Tu leur as dit que tu les entendais ?

Elle hocha la tête.

— Et alors ?

— Ils m'ont dit que c'était comme ça que Lee-Lee avait été conçue.

Crash ricana.

— Sans déconner.

Lily haussa les épaules.

— Sans déconner.

— Alors, c'est une bonne raison pour pas faire pareil. Je doute que tu sois prête à donner naissance à ta propre Lee-Lee.

— À ton âge, tu devrais savoir comment faire l'amour sans avoir d'enfants, rétorqua-t-elle avec sarcasme.

— Ouais, mais je suis pas une gamine de dix-neuf ans qui serait assassinée par son père si elle se faisait prendre en train de baiser un inconnu ce week-end.

— C'est pas un inconnu.

Crash haussa un sourcil.

— Oh, alors tu le connais ?

— Maintenant, oui.

Il se tourna vers le mec et, après avoir vu son visage,

Crash s'aperçut qu'il n'était pas beaucoup plus âgé que Lily, voire pas du tout.

— Depuis combien de temps vous vous connaissez ? lui demanda-t-il.

Le gamin jeta un rapide coup d'œil à Lily avant de répondre.

— Environ une heure.

Crash soupira.

— T'as l'âge de boire ?

— Pas encore, répondit-il.

— Elle non plus. Ça veut dire que si je découvre que tu l'as saoulée et que t'as foutu ta queue en elle, ça va mal finir pour toi.

— Mon père est l'Exécuteur du Fury.

— Il pourrait être le bon Dieu que j'en aurais rien à foutre. J'ai dit ce que j'ai dit. Compris ?

— Crash ! cria Lily, en rogne qu'il se mêle de ses affaires.

Il n'en avait rien à foutre. Il ne pouvait pas partir en bonne conscience sans avoir lancé cet avertissement. Il ne voulait pas que Lily détruise son avenir à cause d'une erreur avec un adolescent excité qu'elle ne connaissait même pas. Sa sœur aînée avait été une grossesse non désirée. Dawg n'avait appris son existence que lorsque Caitlyn eut environ treize ans. Il avait été exclu de sa vie depuis sa naissance, jusqu'à ce qu'il se batte pour obtenir un droit de visite lorsqu'elle eut quatorze ans. Dawg n'aurait peut-être jamais su qu'il avait une fille si quelqu'un n'avait pas commis l'erreur de le lui dire.

— Pourquoi vous devez toujours tout gâcher ?

— Parce qu'on peut le faire, lui répondit Crash. Faites ce que vous avez à faire pour vous amuser. Mais assurez-vous de le faire en gardant vos vêtements.

C'était ce qu'il pouvait faire de mieux et il espérait qu'ils tiendraient compte de son avertissement.

Il se tourna vers l'homme-enfant.

— Garde ta bite dans ton froc. Et si tu peux pas faire ça, va trouver quelqu'un d'autre.

— Crash !

— J'ai fini, marmonna-t-il avant de rejoindre la file de meules pour trouver la sienne.

En s'éloignant, il se demanda s'il devait retourner à sa chambre, ou rester dans les parages pour s'assurer que Lily et son nouveau copain ne disparaissent pas ensemble.

Lily n'est pas ta responsabilité, se rappela-t-il. Il pourrait peut-être envoyer un texto à Dawg pour le prévenir. Mais il ne voulait pas vraiment l'inquiéter, ni gâcher le temps qu'il passait seul avec sa femme.

Il soupira, passa une main dans ses cheveux courts, puis la fit glisser le long de sa joue. *Super*, putain, une barbe de quelques jours commençait à pousser. Elle serait bien remplie lorsqu'il enfourcherait sa meule pour retourner à Shadow Valley lundi. Plus personne ne viendrait tripoter sa fossette au menton et il ne serait plus tenté de casser les doigts de ceux qui le feraient.

Il marcha lentement le long de la rangée de motos, ayant du mal à trouver la sienne dans l'obscurité. Ce n'était pas comme s'il pouvait sortir un porte-clés de sa putain de poche et appuyer sur le bouton pour faire clignoter les phares et actionner le klaxon comme sur une cage.

Mais ça aurait été très utile dans une situation comme celle-ci.

Il aperçut un mouvement du coin de l'œil et tourna la tête pour voir s'il connaissait la personne.

C'était le cas.

Même si la personne se déplaçait dans l'obscurité, il la reconnut. Car même si elle ne lui avait parlé que quelques instants, elle était restée gravée dans son esprit.

Il quitta la rangée de motos et se dirigea à grands pas dans sa direction. Il n'avait aucune idée de l'endroit où elle allait, mais il était bien décidé à lui couper la route et à le découvrir.

Avec un peu de chance, il ne passerait peut-être pas le reste de la nuit seul dans son lit.

Elle sursauta, poussa un petit cri surpris et porta une main à sa bouche lorsqu'il apparut devant elle dans l'obscurité.

Elle se détendit clairement lorsqu'elle le reconnut.

— T'es toujours là.

Pour l'amour du ciel, sa voix rauque suffirait à lui donner le barreau comme s'il avait dix-huit ans. À l'époque, si le vent soufflait dans une certaine direction, il bandait. Maintenant, à quarante-quatre ans, plus vraiment.

Au moins, son équipement fonctionnait encore comme il fallait. *Dieu merci.*

— J'allais justement partir. T'as un endroit où dormir ?

— J'habite dans le coin, tu te souviens ?

Ouais, c'était une question stupide. Mais bon, tout le sang alcoolisé qui irriguait son cerveau était maintenant dans sa queue.

— Je voulais dire un endroit où tu serais pas seule.

Elle agita la main en l'air.

— Par ici, on n'est jamais seul.

Elle interprétait délibérément ses mots de travers.

— Elle est où ta cage ?

— Je... on m'a déposée.

— Tu veux que je te ramène ?

— J'ai déjà quelqu'un.

Même dans l'obscurité, il pouvait le lire sur son visage. Poser la question n'était pas nécessaire, mais il le fit quand même.

— Tu rentres avec lui ?

Elle hocha la tête.

— Tu l'aimes ?

Elle ouvrit la bouche, la garda ouverte une longue seconde, puis s'exprima enfin.

— Je dois y aller.

Crash lui attrapa le poignet et l'empêcha de s'échapper.

— Il ne mettra pas son nom sur ton dos, mais t'agis comme s'il était là.

— Il m'attend, murmura-t-elle en jetant un coup d'œil derrière lui.

— T'es pas à lui, dit Crash. Il l'a dit lui-même. Ça veut dire que t'appartiens au club tout entier.

— J'appartiens à personne, dit Liz d'un ton plus ferme et semblant un peu vexée. Je suis juste prêtée.

— Ça veut dire quoi ça, putain ?

— Ça veut dire qu'une fois que j'en aurai fini avec tout ça, ce sera fini. Personne ne pourra décider ça à ma place.

— Tu parles d'être un joli cul.

Elle haussa une épaule.

— Oui.

C'était la première fois qu'elle admettait clairement ce qu'elle était.

— T'es du genre à penser que ça te permettra de devenir vieille dame ?

— C'est pas un de mes objectifs.

— Pourquoi ça ?

— J'ai mes raisons.

Elle commençait franchement à le faire rager.

— Nos trois clubs ont accepté de partager leurs jolis culs. Aucune d'intouchable. Ça veut dire que tant que t'es d'accord, ça ne posera pas de problème.

— Ça pourrait poser problème.

— Parce que tu veux pas ? Ou parce qu'il causera des problèmes ? T'as dit tout à l'heure que c'était pas le seul avec qui tu couchais.

— Non.

— Mais il fait comme si tu lui appartenais.

— Oui.

— Il te partage ?

Une nouvelle hésitation, puis elle finit par hocher la tête.

Cette réponse le surprit, car cet Ozzy se montrait sacrément possessif.

— Ça te dérange ?

Elle jeta un nouveau coup d'œil derrière Crash.

— J'ai pas entendu ta réponse.

— Je connais le marché, dit-elle doucement.

— Pourquoi t'as accepté ce marché ?

— Encore une fois, j'avais mes raisons.

— Et tu comptes pas partager ces raisons.

— Je te connais pas.

— Ouais, mais tu pourrais apprendre à me connaître. Dis-moi juste que t'es d'accord et on va où tu veux. Chez moi, chez toi, n'importe où.

Il était prêt à la suivre n'importe où.

À ce stade, il se foutait même qu'ils baisent ou non. Il avait cette envie forte et étrange de faire sa connaissance d'abord.

Bon sang, c'était la preuve qu'il *était* en train de vieillir. Dans le passé, il n'avait jamais eu besoin de connaître une femme avant de la baiser, tant qu'elle était consentante et lui avait tapé dans l'œil. Parfois, il ne prenait même pas la peine de leur demander leur nom. Elles ne restaient pas assez longtemps pour que ce soit nécessaire.

Le rugissement des pots d'échappement fendit l'air lorsqu'une meule roula dans leur direction.

Crash ne prit même pas la peine de se retourner. L'expression de Liz lui annonça qui c'était.

— T'as le choix, lui rappela Crash. J'ai une place à l'arrière de ma meule. Ton cul serait parfait dessus.

Un sourire finit par éclairer son visage.

— T'es déterminé, n'est-ce pas ? Je suis qu'un joli cul.

C'était des conneries.

— Tu parles. J'ai côtoyé des jolis culs pendant vingt-six ans. Donc pendant bien plus longtemps que t'as passé à en être une. Crois-moi quand je te dis que t'es pas juste un joli cul. T'as dit en plaisantant que tu jouais une barmaid à la télé, je pense que c'est un peu la même chose avec le cuir que t'as sur le dos. Tu joues un rôle pour une raison quelconque et je suis curieux de savoir pourquoi.

La meule s'arrêta à côté d'eux.

— Allons-y, grogna Ozzy par-dessus le bruit des pots d'échappement.

Crash l'ignora.

— Encore une fois, il se comporte comme si tu lui appartenais.

Le regard de la jeune femme vacilla entre Ozzy sur sa meule et Crash planté devant lui.

Ozzy tourna plusieurs fois la poignée d'accélérateur pour faire vrombir le moteur et cria par-dessus le vacarme.

— Allons-y, Lizzy !

— Je dois y aller, dit-elle.

Le sourire de Liz disparut à nouveau et sa bouche se crispa.

— Ouais, Liz. Vas-y, alors. À plus tard.

Il grinça des dents en regardant Liz se servir de l'épaule d'Ozzy pour grimper derrière lui.

Crash resta debout sur place en les regardant s'éloigner sur le long chemin de terre et de cailloux avant de disparaître dans la nuit.

Il avait perdu cette putain de main. Mais il n'abandonnerait pas la partie, car il était déterminé à ne pas se coucher. Putain, non. Il était plus déterminé que jamais à gagner et à réclamer la pile de jetons qui se trouvait au centre de la table.

Le prix se trouvait être une blonde nommée Élizabeth.

Qui se trouvait également être la propriété d'un autre club.

———

LE CERVEAU EMBRUMÉ de Crash prit conscience d'un grincement agaçant provenant à la fois d'un matelas et d'une femme.

Aucun des deux ne lui appartenait.

Il grogna et réalisa que sa langue était également engourdie. Après avoir regardé Liz s'éloigner à l'arrière de la meule d'Ozzy la nuit dernière, il était entré dans La Grange, avait pris une bouteille de Jack et l'avait rapportée au Grove Inn pour s'en donner à cœur joie.

À un moment donné, avant le retour de Rig, il avait dû s'endormir. Ou s'était évanoui. Vu la façon dont sa tête le lançait, il penchait plutôt pour la seconde hypothèse.

Mais Rig avait fini par revenir et n'était pas revenu seul.

Crash se retourna vers le lit de son frère et ouvrit une paupière.

Callie, nue, la tête renversée en arrière et crachant des sons d'écureuil, chevauchait le visage de Rig en s'agrippant à la tête de lit. On dirait qu'ils avaient finalement fait l'impasse sur sa putain de tente.

— Bon sang, marmonna-t-il.

Il aurait peut-être dû monter une putain de tente lui-même. Et pas celle qui se trouvait actuellement dans son boxer.

Il se frotta le visage à deux mains, puis fit l'effort d'ouvrir l'autre paupière pour regarder Callie en pleine action.

— Tu respires toujours, mon frère ? demanda-t-il d'une voix qui eut l'air d'un croassement.

Il s'éclaircit la gorge.

Rig leva la main dont il se servait pour agripper le cul de la jeune femme et haussa le pouce vers lui.

— D'accord, t'étouffe pas surtout. Parce que je te ferai pas de bouche-à-bouche après ça.

Il roula hors du lit, attrapa son jean là où il l'avait laissé tomber la nuit dernière et l'enfila à toute vitesse sur ses jambes nues. Il trouva son t-shirt jeté sur le dossier d'une chaise et l'enfila par-dessus sa tête. Il passa ensuite pieds nus devant le lit qui tanguait et se rendit aux chiottes pour se brosser les dents.

Il n'attendit pas assez longtemps pour que son érection matinale dégonfle et lui permette de pisser. Au lieu de ça, il revint dans la chambre et vit que l'action avait progressé à tel point que Crash devait quitter cette pièce pour se débarrasser de sa trique.

D'autant plus que Callie était toujours face à la tête de lit, agrippée à celle-ci, mais que Rig était maintenant à genoux et la prenait par-derrière. Malheureusement, elle poussait à présent des cris d'écureuil poignardé à chaque fois qu'il la pénétrait.

Au moins, quelqu'un prenait son pied. En secouant la tête, il repéra ses bottes et ses chaussettes. Il s'assit sur le bord de son lit pour les enfiler, observant avec intérêt ce qui se passait sur le lit voisin.

La technique de Rig méritait un bon sept, tandis que celle de Callie... Elle aurait de la chance d'obtenir un cinq, voire un six. Peut-être.

Il était content d'avoir refusé l'offre de la femme. Elle était trop jeune, trop maigre, trop criarde, trop... pas son genre.

Il avait déjà une putain de migraine, elle n'aurait fait qu'empirer les choses.

En se levant, il attrapa son paquet de Marlboro et son briquet sur la table de chevet qui se trouvait entre les deux lits, vérifia dans sa poche arrière qu'il avait bien la carte magnétique de la chambre, enfila son cuir et sortit. Il grimaça lorsque la lumière du soleil frappa ses yeux injectés de sang.

Il glissa une cigarette entre ses lèvres, l'alluma, inspira profondément la fumée dont il avait tant besoin et attendit que la nicotine imprègne son sang engourdi. Il fit les cent pas sur le parking devant l'auberge jusqu'à ce que son érection dégonfle suffisamment pour qu'il puisse enfin vider sa vessie douloureuse.

Il se dirigea vers le bord du parking, se tourna vers les buissons, sortit sa demi-molle et se vida librement.

Les yeux fermés et la tête penchée en avant, il tira une taffe de sa cigarette sans les mains et grogna de soulagement lorsque son réservoir fut enfin vidangé. Il secoua sa queue pour se débarrasser des dernières gouttes de pisse et la rangea dans son froc avant de se retourner et de se diriger vers l'arrière de l'auberge, car il avait du temps à tuer avant que Rig ne finisse de se vider les couilles.

The Grove Inn était une vieille auberge qui avait été rénovée récemment. Comme les anciens motels et auberges typiques, il se composait d'une seule rangée de chambres d'un étage. Le bureau était situé au milieu, divisant la rangée de chambres en deux, et était la seule partie du bâtiment à avoir deux étages. Il supposa que le deuxième était l'appartement du gérant, comme la plupart des vieilles auberges en avaient un.

Le MCDA aurait dû se lancer dans le business des auberges. Dans la région de Shadow Valley, il y avait beaucoup de vieilles auberges et de motels qui pourraient être retapés et transformés en mines d'or. Il faudrait peut-être qu'il en parle à Ace, le trésorier du club.

En se promenant à l'arrière, il tira une longue taffe sur sa cigarette en se demandant où il pourrait trouver un petit-déjeuner copieux et bien gras dans cette ville.

La zone pavée à l'arrière était vide et étroite, car les chambres n'avaient pas d'accès direct de ce côté-là. Enfin, presque vide. Il fut surpris de trouver une superbe Harley garée derrière le bâtiment, à côté de deux autres cages. Son regard suivit les lignes sexy de la nouvelle Iron 883 Sportster.

Ouais, c'était clairement une belle moto, même si elle n'était pas customisée. Il pourrait peut-être convaincre le propriétaire de l'emmener au garage pour que Jag opère sa magie. Il ne manquerait pas de laisser une carte à la réception pour le propriétaire de la meule. Trouver quelques clients ce week-end permettrait à Crash et Jag de se remplir les poches, ainsi que celles du club.

Un bruit très différent des cris d'écureuils qui avaient accompagné son réveil lui fit lever les yeux vers une terrasse à l'arrière du bâtiment, lui confirmant qu'il ne s'était pas trompé. Le deuxième étage était bien un appartement.

Alors qu'il portait à nouveau sa cigarette à ses lèvres, sa main s'arrêta brusquement lorsqu'il réalisa que la terrasse n'était pas vide.

Putain, non, pas vide du tout.

Une épaisse tignasse blonde couvrait le visage de la femme qui était penchée sur la balustrade de la terrasse, face à la rangée d'arbres à l'arrière. L'un de ses seins était sorti de son haut et était agrippé par l'homme derrière elle, ce qui la faisait émettre le bruit qui avait attiré son attention tout à l'heure. De là où il se trouvait, il ne voyait pas le bas de son corps à cause d'un meuble qui lui bloquait la vue.

Il n'avait pas besoin de la voir pour deviner qu'elle était nue sous la taille.

Il n'avait pas besoin de voir son visage pour savoir qui elle était.

Il l'avait reconnue dès qu'il avait vu la personne qui la prenait par-derrière.

Sans perdre le rythme, Ozzy jeta un coup d'œil à Crash et lui fit un signe de tête de petit con arrogant. Il lui offrit ensuite un sourire en coin et gifla les fesses de la jeune femme tellement fort que Crash put entendre et sentir sa douleur de l'endroit où il se trouvait.

Il serra les dents.

Pas ses affaires.

Elle appartenait au Fury.

Ozzy avait tout à fait le droit de lui donner sa bite et Crash n'avait pas le droit de dire le moindre mot.

Mais ça ne voulait pas dire qu'il n'en avait pas envie. Il avait beaucoup de putains de choses à dire.

Tu gaspillerais ta putain de salive, imbécile.

Crash ne prit pas la peine de détourner le regard, ni même de leur laisser un peu d'intimité. Au lieu de ça, il décida d'être aussi con qu'Ozzy. Il s'adossa contre le bâti-ment, plia un genou et posa sa botte sur le revêtement. Une fois bien installé, il continua de fumer sa cigarette avec désinvolture en les observant.

Jusqu'à présent, il n'avait aucune idée que c'était un de ces deux-là, ou même tous les deux, qui gérait l'auberge. Mais c'était la seule chose qui pouvait justifier le film de cul qu'ils étaient en train de tourner sur la terrasse.

Ils ne s'attendaient probablement pas à voir quelqu'un se promener à l'arrière, car à part le spectacle auquel il assis-tait actuellement, il n'y avait rien à voir. Mais ce connard pouvait aller se faire mettre s'il pensait que Crash allait fuir leur petite exhibition comme une prude effarouchée et lui montrer à quel point ça le faisait chier.

Donc au lieu de ça, il décida de rester. S'il finissait sa cigarette avant eux, il allumerait un joint. Mais il ne bougerait pas un putain de muscle avant qu'ils aient terminé.

Parce que cet enfoiré pouvait aller se faire voir.

Ozzy attrapa les cheveux de Liz et, s'en servant comme d'une poignée de porte, la tira jusqu'à ce qu'elle soit face à l'endroit où Crash avait décidé de se poser, avant de lui relever la tête brusquement pour que Crash puisse voir son visage.

Elle écarquilla légèrement les yeux et, même de là où il se tenait, il vit ses joues rougir. Mais elle n'arrêta pas Ozzy, même si elle cessa de crier, tandis qu'il continuait de la baiser en lui assénant des coups de reins encore plus puissants que lorsque Crash les avait surpris tout à l'heure.

Il voulait faire passer un message.

Mais Crash aussi.

Le membre du Fury se pencha sur le dos de Liz et lui murmura quelque chose à l'oreille avant de passer ses mains sous son t-shirt et de le remonter jusqu'à ce que ses deux seins soient exposés. Il en saisit un, le serra fort et lui mit un autre coup de reins encore plus puissant.

Le corps de la jeune femme était ébranlé par chaque coup de butoir. Chaque claquement de peau provoqué par les hanches d'Ozzy contre les fesses de la barmaid remplissait l'air d'un nouveau coup de tonnerre. Son sein libre balançait au rythme de leur parade nuptiale alors qu'il tordait le téton du sein qu'il tenait bien trop fermement.

Quelques minutes plus tard, Ozzy grimaça, son corps se contracta et il lui mit un dernier coup de reins avant de s'immobiliser.

Crash soutint le regard de Liz pendant toute la durée de l'orgasme du motard. Si elle voyait à quel point il bandait, il n'en avait rien à foutre.

Mais *putain de merde*, il voulait tellement être l'homme qui se trouvait sur cette terrasse.

Il voulait être l'homme qui venait de jouir en elle.

Il voulait être l'homme qui avait écarté ses cheveux de son cou et pressé ses lèvres contre sa douce peau.

Lorsque l'autre motard s'écarta, Crash jeta son mégot et s'approcha de la terrasse.

Il croisa à nouveau le regard de Liz. Il devait supposer que ses joues étaient rouges à cause de la fatigue et non de la gêne, car il n'avait jamais vu un joli cul avoir honte. Si faire l'amour devant d'autres personnes, de coucher avec plusieurs membres à la fois, ou même de se donner en spectacle devant d'autres jolis culs les mettait mal à l'aise, alors elles n'étaient pas faites pour être des filles de club.

Les femmes comme ça ne faisaient pas long feu.

Elles devaient avoir la peau dure et une estime de soi à toute épreuve. Surtout face à des motards qui pouvaient être grossiers, impolis et brutaux. Voire irrespectueux.

Donc, ouais, ça ne pouvait pas être de la gêne. Sinon, elle n'était pas un joli cul depuis très longtemps et devrait certainement reconsidérer son choix.

Il s'arrêta juste en dessous de la terrasse, où Ozzy la maintenait plaquée contre la balustrade, et leva les yeux vers son visage.

— T'as joui au moins ? Ou ce connard égoïste t'a laissée en galère ?

Le visage de Liz disparut soudainement et fut remplacé par celui d'Ozzy, qui se pencha par-dessus la balustrade, le regard dur et la mâchoire qui l'était encore plus.

— Va te faire foutre, connard. Elle m'a trempé la queue. Tu veux monter voir ? T'es tellement désespéré que tu serais prêt à grimper lécher mon sperme dans sa chatte ? C'est ce que tu veux ?

Ce qu'il voulait, c'était monter là-haut et tabasser cet enfoiré. Puis le jeter par-dessus la terrasse.

Il ne pouvait pas en venir aux putains de mains avec un membre du MCBF. Ils étaient alliés. Se taper sur la gueule créerait des problèmes entre les deux clubs. Z et Diesel le tueraient pour avoir causé ce problème. Donc il devait garder son putain de calme.

Pour l'amour du ciel, ça faisait longtemps qu'il n'était plus l'adolescent impulsif qui se bagarrait partout et tout le temps pour des filles.

Depuis une vingtaine d'années, il menait une vie facile et sans contrainte. Il y avait plein de femmes disponibles dans le monde, il n'avait pas besoin d'en voler une à un autre mec.

Ou à un autre club.

Joli cul ou pas.

C'était juste une putain d'idiotie.

Mais même à son âge, il était parfois difficile d'éviter de faire des choses idiotes.

Crash haussa un sourcil.

— Tu la revendiques à ta table aujourd'hui ?

Les narines d'Ozzy se dilatèrent.

— Sinon, tu sais ce qu'on dit : qui va à la chasse, perd sa place, fils de pute.

— Elle n'est pas à toi, grogna Ozzy.

Crash pivota et retourna vers le coin de l'auberge.

— Elle n'est pas à toi non plus, balança-t-il par-dessus son épaule sans s'arrêter.

Et il allait le prouver.

Que la partie commence.

Chapitre Quatre

Liz tira sur son t-shirt et attendit que Crash soit hors de vue et hors de portée de voix pour se retourner vers Ozzy.

Elle avait réprimé sa colère jusqu'à maintenant, car elle ne voulait pas jeter de l'huile sur le feu qui brûlait déjà entre les deux hommes.

Mais c'était elle qui était en ébullition à présent.

Son cœur cognait dans sa poitrine et sa colère ardente lui échauffait les joues. Elle le poussa violemment et il dut faire un pas en arrière pour retrouver son équilibre.

— T'as fait ça exprès, Oz. Tu savais qu'il séjournait ici !

Il le savait, mais pas elle. Elle avait été choquée de voir le membre du MCDA qu'elle avait rencontré la veille appuyé contre un mur à l'arrière de l'auberge et les observant.

— Je savais pas qu'il traînerait dans le coin et qu'il four-rerait son nez partout comme une fouine.

Non, mais Ozzy espérait probablement que Crash le ferait.

— Il fouinait pas. Il savait pas qu'on était là.

Le pauvre homme était sorti fumer une cigarette et avait eu bien plus que ce qu'il avait commandé.

— Pourquoi tu te mets dans cet état ? Tu veux cet enfoiré ?

— Que je le veuille ou non, c'est pas la question. Tu le provoques délibérément. Si tu le pousses à bout et que vous en venez aux mains, Trip te fera la peau ! Il vous a dit de pas vous taper dessus. T'as oublié ça ?

—J'ai rien oublié du tout. Peut-être que toi, oui.

Elle releva brusquement la tête.

—J'ai rien oublié, Ozzy. Je sais qui je suis. Ce que je suis pour ce club. Mais merci pour ce rappel inutile. Trip a dit que si on voulait participer à ce week-end, on devait se rendre disponibles. Tout comme leurs jolis culs sont à votre disposition. C'était l'un des accords conclus entre les clubs.

— Seulement si vous êtes consentantes, lui rappela Ozzy avec un visage s'assombrissant à vue d'œil et en serrant les poings. Et vu ta façon d'agir, j'imagine que t'es plus que consentante, putain !

Elle n'avait pas besoin de lui rappeler que si un joli cul n'était pas consentante, elle avait été invitée à rester loin de la ferme ce week-end. Aucune d'entre elles n'avait choisi cette option. Elles étaient toutes venues prêtes, disposées et capables non seulement d'aider à organiser le mariage, mais aussi à faire en sorte que les clubs en visite se sentent les bienvenus et à l'aise, que ce soit juste en leur apportant une bière ou... un peu plus. Un peu comme des hôtesses.

Liz n'avait aucun problème à remplir ce rôle. Mais Ozzy avait clairement un problème avec ça, alors qu'il ne le devrait pas.

Elle sentit sa poitrine se serrer douloureusement.

—Je t'appartiens pas, Ozzy.

Il releva la tête et la fixa pendant une longue minute.

— Tu t'imaginais que c'était lui qui te baisait, Liz ?

—Non.

— T'en es sûre ? T'es devenue sacrément silencieuse quand tu t'es rendu compte qu'il regardait.

—Je voulais pas me donner en spectacle pour te divertir. Parce que c'est ce que ça aurait été. Tu voulais juste faire passer un putain de message. Eh bien, devine quoi ? Tu l'as fait passer. Mais à la mauvaise personne.

Elle secoua la tête, attrapa son short et sa culotte au sol et les enfila rapidement. Elle partit en trombe et claqua la porte derrière elle.

Elle ne prit pas la peine de l'enfermer dehors, car elle n'était pas chez elle. En réalité, elle n'était qu'une invitée, même s'il insistait pour qu'elle dorme dans son lit presque tous les putains de soirs.

Certaines de ces nuits, ils n'étaient d'ailleurs pas seuls.

Ozzy n'avait aucun problème à baiser tout ce qui bougeait. Il partageait même Liz avec ses frères. Mais même dans ce cas, il le tolérait juste, tant qu'il pouvait regarder ou participer à l'action.

Il devenait plus possessif d'un mois à l'autre, mais ne l'avait jamais invitée à l'accompagner lors d'une des virées de club. Il ne lui avait pas non plus demandé si elle était intéressée par l'idée de devenir sa vieille dame.

Pas une seule fois.

Il ne lui avait jamais posé de questions sur son enfance, sur l'endroit où elle avait grandi ou sur l'identité de ses parents. Rien. Elle avait donc compris qu'il ne s'intéressait pas assez à elle pour lui poser ces questions.

Il voulait qu'elle soit à sa disposition, mais ne l'aimait pas assez pour faire d'elle sa seule et unique. Elle pensait que ça lui convenait, mais après ce qu'elle avait vu ce matin, elle n'en était plus si certaine.

Elle aimait le sexe. Elle n'avait aucun complexe là-dessus ni à propos de son corps. Ça ne la dérangeait pas de coucher avec des femmes ou avec plusieurs hommes. Elle aimait tout ça. Et être bisexuelle lui permettait de tout avoir.

Être un joli cul lui permettait aussi d'avoir toutes les relations sexuelles qu'elle souhaitait et comme elle le souhaitait. Elle pouvait se faire plaisir sans être jugée. Et, surtout, dans un endroit sûr.

Donc, elle avait accepté tout ce qu'Ozzy voulait d'elle.

Ce qu'elle n'acceptait pas, c'était qu'il se serve d'elle comme d'un pion pour foutre les boules à un homme qui lui avait vraiment témoigné de l'intérêt.

Un homme qui semblait vouloir apprendre à *la* connaître et pas juste découvrir à quoi elle ressemblait à poil et si elle suçait bien.

Ça faisait longtemps qu'elle n'avait pas fait l'expérience d'un intérêt de ce genre. Maintenant, elle savait pourquoi. Parce qu'Ozzy avait levé la jambe et pissé sur elle comme un chien marquant son territoire.

Crash avait raison. Elle était assez bonne pour partager son lit, mais pour une raison quelconque, pas assez pour qu'Ozzy plaque son nom sur le dos de son cuir.

Peut-être qu'il pensait que les choses changeraient s'il le faisait. Peut-être qu'il pensait qu'elle deviendrait possessive et ne lui laisserait plus la liberté dont il jouissait actuellement. La liberté de baiser qui il voulait, quand il voulait et comme il voulait.

Ça ne serait jamais arrivé, car restreindre sa liberté sexuelle aurait signifié limiter la sienne également. À seulement trente-deux ans, elle n'était pas prête pour ça. Ou du moins, elle n'avait encore rencontré personne pour qui elle serait prête à sacrifier cette liberté.

Toutefois, Ozzy et elle n'en avaient jamais parlé.

Eh bien, *qu'il aille se faire foutre,* trop tard maintenant.

Elle se rendit directement dans la chambre du motard et claqua cette porte aussi. Elle fit les cent pas dans la pièce, une main sur le front, tentant de décider quoi faire ensuite.

Soit elle laissait les choses telles quelles et acceptait la situation, soit elle devait changer quelque chose.

En vérité, elle ne s'était pas attendue à fricoter avec

Ozzy si longtemps, ni même à passer autant de temps dans le club.

Elle s'était rendue à La Grange un soir, par curiosité et sur un coup de tête. Elle avait entendu parler d'une fête organisée par le Fury et avait décidé d'aller voir. Il lui suffisait de connaître quelqu'un à la fête pour obtenir une invitation.

Vivant à Parsington, la ville voisine, se procurer le droit d'entrée n'avait pas été difficile. Un local connaissait toujours quelqu'un qui connaissait quelqu'un au sein du Fury. Le concept classique des six degrés de séparation.

Elle avait décidé de voir pourquoi Trip avait ressuscité le Fury et ce que ça voulait dire pour elle.

Si ça voulait dire quoi que ce soit.

Elle avait aussi espéré comprendre certaines choses. Des détails qui l'intriguaient, mais dont elle n'avait jamais parlé à personne. Seulement à sa mère, dans le passé.

La porte de la chambre s'ouvrit et Ozzy s'arrêta sur le seuil, la regardant faire les cent pas comme une lionne en cage.

— Qu'est-ce qui va pas chez toi, putain ? grogna-t-il.

— Rien... Tout... Je sais pas.

Elle s'arrêta brusquement.

— Non, je sais. Et c'est triste que toi, tu ne le saches pas.

— T'avais aucun problème avec notre façon de faire avant que cet enfoiré se pointe hier. Il te montre un peu d'attention et tout à coup, t'as un problème avec la situation. Si t'aimes pas être un putain de joli cul, alors tu sais comment arrêter de l'être.

— Tu veux dire l'option autre que devenir une vieille dame.

— Je savais pas que tu voulais mon nom sur ton cuir, Lizzy. T'as jamais dit un putain de mot là-dessus.

— Et tu me l'as jamais proposé.

Ça aurait été sympa qu'il se soucie assez d'elle pour lui poser la question.

— Mais non, je veux pas.

— Alors c'est quoi le putain de problème ?

Il leva les bras en l'air de frustration, puis les laissa retomber le long de son corps.

— Tu te sers de lui pour me foutre en rogne ? Pour me pousser à faire de toi ma vieille dame ? Parce que tu viens d'admettre que tu veux pas mon nom dans ton dos. À moins que ce soit un putain de mensonge.

— Non.

— Alors c'est quoi ?

Elle ouvrit brusquement la porte de son placard, attrapa son sac de voyage et commença à arracher ses vêtements des cintres avant de les enfoncer dans le sac.

— Tu fais quoi ?

— Je rentre chez moi.

— Où chez toi ?

Elle s'arrêta et lui fit les gros yeux.

— Où ? Chez moi. Tu sais, le duplex que je paie tous les mois, mais dans lequel je suis quasiment jamais parce que t'insistes pour que je dorme avec toi.

— Je croyais que tu voulais être ici.

— Je le veux... Je le voulais... Quand j'ai commencé à fréquenter le club, c'était amusant.

Et instructif.

— Maintenant...

Il attendit.

— Maintenant, c'est comme une relation à sens unique.

— Je vais le répéter, t'étais contente jusqu'à ce que cet enfoiré te drague hier soir.

Qu'elle se fasse draguer par des hommes n'était pas nouveau. Mais ce qui l'était, c'était qu'elle soit intéressée par la personne qui lui faisait du rentre-dedans. Elle était surprise que quelque chose chez Crash l'ait attirée sans qu'ils n'aient vraiment eu l'occasion de passer de temps ensemble.

Encore une fois, à cause d'Ozzy.

Elle voulait explorer l'intérêt qu'elle lui portait. C'était plus que le simple « Salut, ça serait sympa de coucher avec toi ». Mais pourquoi lui ?

Oui, il était sexy et dans la tranche d'âge qu'elle préférait, mais presque tous les motards qu'elle avait vus hier et la nuit précédente étaient sexy d'une manière ou d'une autre.

Mais en vérité, les hommes comme Ozzy et Crash, les hommes d'une quarantaine d'années avec une forte personnalité, avaient tendance à l'attirer. Même quand elle était plus jeune, elle avait toujours préféré les hommes plus âgés que ceux de son âge ou plus jeunes.

C'était peut-être parce que les hommes plus âgés étaient un peu plus expérimentés au lit. C'était pareil avec les femmes, même si elle était le joli cul le plus âgé du Fury. Les autres étaient des bébés. Même si coucher avec elles était fun, elles étaient trop immatures pour qu'elle ait envie de passer du temps avec elles hors de la chambre.

Elle fourra un autre haut dans son sac et leva les yeux vers lui.

—Je suis heureuse, Oz ? Comment tu le sais ? Tu m'as posé la question ? Ou est-ce que tu supposes juste que c'est le cas parce que c'est ce que tu veux voir ?

Il tira sur sa barbe et un froncement de sourcils assombrit son joli visage.

—Je suis généralement quelqu'un de joyeux, Oz, tu le sais bien. Je suis facile à vivre. Je suis le rythme de la musique. Mais j'ai mes limites. La nuit dernière et ce matin m'ont montré ce qu'elles étaient, et devraient te l'avoir montré aussi.

— OK, t'as fait passer le putain de message. Mais pourquoi tu fais tes valises ?

— Parce que j'en ai marre d'être traitée comme ta pute

personnelle, Ozzy ! C'est pas ce pour quoi j'ai signé. Et pourtant, c'est ce que c'est devenu.

— Non, tu veux juste être la pute de tout le monde, grogna-t-il.

Elle se figea en entendant ses mots. *Tu veux juste être la pute de tout le monde.*

Elle laissa tomber son sac au sol et, en deux enjambées, se retrouva devant lui. Elle balança son bras en arrière et le gifla tellement fort que sa tête bascula sur le côté. Elle recourba les doigts sur sa paume endolorie, alors que le bruit de la gifle continuait de résonner dans ses oreilles.

Avec une lenteur atroce, il tourna le visage vers elle.

— Merde, murmura-t-elle en voyant l'empreinte de sa main sur la joue du motard. Désolée.

Elle ferma les yeux, furieuse qu'il l'ait poussée à frapper. Ça ne lui ressemblait pas.

Rien de tout ça ne lui ressemblait.

Quand elle rouvrit les paupières, elle remarqua que ses yeux gris étaient sombres et orageux. Sa mâchoire était crispée et ses narines dilatées.

Elle n'avait pas peur qu'il s'en prenne à elle, mais elle se sentait au fond du trou. Ce qu'elle avait fait était mal. Peu importe ce qu'il avait dit, le gifler n'était pas la bonne solution.

—Je suis désolée. J'aurais pas dû faire ça.

Elle s'assit sur le bord de son lit et enfouit son visage dans ses mains, le bout de ses doigts disparaissant dans ses cheveux.

—Je suis *tellement* désolée, Oz, murmura-t-elle en sentant les larmes lui piquer les yeux. Pardonne-moi, s'il te plaît.

—Je l'ai mérité, dit-il finalement.

Peu importait qu'il l'ait mérité ou non. Elle n'aurait pas dû faire ça. D'habitude, elle contrôlait son tempérament beaucoup mieux que ça. Ses mots blessants n'étaient pas une excuse, même s'ils lui avaient fait mal.

Quand il écarta les mains de Liz de son visage, elle vit qu'il était maintenant à genoux devant elle.

Elle prit une inspiration profonde pour essayer de retenir ses larmes.

— Non, c'est pas vrai. Tu ne fais que dire la vérité.

Il secoua la tête.

— T'es pas une pute. Je suis un crétin pour avoir dit des conneries pareilles.

— Mais au fond, c'est ce que tu penses de moi.

C'est ce qui lui faisait le plus mal. C'était l'homme avec qui elle avait passé le plus de temps ces deux dernières années, et c'était comme ça qu'il la voyait.

Comme une simple pute.

L'avantage d'être un joli cul dans un club comme le Fury, c'était non seulement que c'était un endroit sûr, mais aussi que ça lui permettait d'éviter de se faire insulter pour ses penchants sexuels. Du moins, c'était ce qu'elle croyait.

Apparemment, elle s'était trompée. Et la personne qui lui avait fait ça était la plus inattendue.

Même les vieilles dames la traitaient avec respect. Donc, ça lui avait fait deux fois plus mal d'entendre Ozzy prononcer ces mots.

— Putain, Lizzy, c'est pas vrai.

Sa gorge s'était serrée et elle eut un mal fou à répondre.

— Si, c'est vrai. La vérité que les gens cachent finit toujours par sortir quand ils sont ivres ou en colère.

Quand elle se leva, il fit la même chose. Ils se retrouvèrent face à face, elle levant le regard vers lui. Du bout des doigts, elle effleura la marque laissée par sa gifle. Elle n'avait jamais frappé personne avant et la culpabilité la rongeait.

— Ça prouve que j'ai besoin d'une pause.

Une lueur de surprise traversa son visage et disparut rapidement.

— Une pause du club ?

— De... tout. Mais j'ai dit à Trip que je donnerais un coup de main ce week-end. Pas juste avec... Juste...

Elle soupira. Elle voulait assister au mariage de Trip et Stella. Elle ne voulait pas les laisser tomber. Tout le monde mettait la main à la pâte et elle ne comptait pas leur faire faux-bon juste parce qu'elle reconsidérait ses putains de choix de vie.

— Donc, t'as besoin de faire une pause de moi.

Elle ne répondit pas, car elle ne voulait pas le blesser davantage.

— Putain, dis-le, Lizzy. Dis-moi que t'en as ras le cul de mes conneries et que c'est pour ça que tu cherches ailleurs.

— Je cherche rien d'autre que d'aider le club. C'est un week-end important pour Trip et Stella.

— Ouais, j'ai pigé. Tu te sacrifies pour le bien du club pour pouvoir baiser tous les mecs qui te tapent dans l'œil. Dis-le, tu veux être libre ce week-end pour baiser qui tu veux, quand tu veux.

— Tu veux dire, comme toi ?

Ça lui cloua le bec.

Elle ferma les yeux et expira bruyamment par le nez. Lorsqu'elle les rouvrit, elle secoua la tête et recommença à jeter ses affaires dans son sac. Quand elle eut terminé, elle trouva son ordinateur portable et les objets dont elle avait besoin pour son boulot et les rangea dans son sac de travail.

— Tu prends tout ? demanda-t-il derrière elle.

Elle fixa les sacs qu'elle avait posés sur le lit.

— Je pense que c'est plus prudent pour l'instant. Je sais pas quand je reviendrai.

— T'aurais aussi bien pu me foutre un coup de pied dans les couilles, bébé.

Sa façon de dire ça la fit se sentir encore plus mal.

— Je suis désolée que tu le prennes comme ça.

— Comment tu veux que je le prenne ?! hurla-t-il. T'as passé les deux dernières années dans mon putain de lit.

— C'est très long pour une non-relation. Et pour rappel, j'étais pas la seule dans ton lit.

— Bon sang, Liz. Je croyais que ça te plaisait.

— C'était le cas… Ça me plaît toujours. J'y ai jamais été opposée, sinon je te l'aurais dit. Tu sais bien que je ne te cache rien.

— Si, tu m'as caché des choses, parce que tu te casses.

— Je prends une pause bien méritée. C'est tout. Laisse-moi faire, s'il te plaît. On n'a jamais été exclusifs, pour des raisons évidentes, mais ta possessivité commence à devenir trop pesante.

— Donc, tu veux que je moule un bronze ou que je me lève des chiottes.

— Je veux pas que tu fasses quelque chose que tu veux pas faire. T'aimes ta liberté. J'aime aussi la mienne. Devenir un joli cul m'a plus ou moins offert ça. Mais dès que t'essaies de me limiter, ce que t'as fait et que j'ai toléré jusqu'à présent, j'ai plus l'impression d'avoir la même liberté.

— Pour l'amour du ciel. Alors écoute. Je te propose un marché. T'as ce putain de week-end pour toi. Si tu veux te déchaîner et te taper une queue différente toutes les heures de la journée, vas-y, fais-toi plaisir. Je dirai rien, je te stopperai pas. Après ce week-end, soit les choses redeviendront comme avant, soit… non. Alors vas-y, prends toutes tes affaires parce que…

Il se passa la main dans ses longs cheveux poivre et sel.

— T'es pas la seule qui devra prendre une décision quand tout ça sera fini. Tu piges ?

Elle le fixa en se mordillant la lèvre inférieure. Elle tenait beaucoup à l'homme qui se tenait devant elle. Plus qu'elle ne voulait l'admettre. Mais au cours des deux dernières années, il ne lui avait jamais montré qu'il pouvait être fidèle. Ce n'était pas ce qu'elle voulait pour le moment, mais c'était quelque chose dont elle pourrait avoir envie à l'avenir.

Quand elle se serait rangée et aurait peut-être même décidé de fonder une famille.

Ozzy n'était pas cet homme, même si elle aurait aimé qu'il le soit. Il avait les cheveux au vent et vivait sans contrainte depuis qu'il avait menti sur son âge et était devenu un Originel à dix-sept ans. Quand le Fury s'est auto-détruit, il était devenu nomade, puis avait rejoint un autre club pendant quelques années avant de redevenir nomade. Il était intenable et elle ne pouvait s'imaginer que le Fury serait sa dernière étape.

Peut-être qu'elle avait tort. Il se pourrait qu'il ait enfin décidé d'arrêter d'être un vagabond et de s'installer à Manning Grove. Et s'il faisait ça, ça ne voulait pas dire qu'elle voulait la même chose. Elle avait vécu toute sa vie dans la ville d'à côté, mais elle n'avait pas besoin d'y rester.

Elle n'avait plus aucun lien dans cette ville, ni même dans le Grove. Sa mère était désormais expatriée et avait déménagé en Nouvelle-Zélande avec son beau-père après sa retraite, quelques années plus tôt.

Elle n'avait plus personne ici à part le MC, donc rien ne la retenait. Pas même son boulot. Elle pouvait le faire de n'importe où.

Si elle était restée après le départ de ses parents, c'était uniquement parce qu'elle avait entendu dire que le Fury était en train de renaître de ses cendres après avoir été détruit quelques décennies plus tôt.

Elle avait voulu savoir si son père biologique avait survécu à l'implosion du club et, si oui, s'il réapparaîtrait à Manning Grove, comme Ozzy.

Après deux ans, il n'était pas revenu. Elle n'avait toujours pas de confirmation quant à son identité et pas assez d'informations le concernant pour effectuer des recherches de son côté. Elle ne savait pratiquement rien de lui.

Ozzy n'avait aucune idée de qui elle était. Personne ne le savait.

Elle avait gardé le secret pour une raison. Principalement parce que la seule chose dont elle était certaine, c'était que son père avait été un Originel.

Elle ignorait à quel point il avait été aimé ou haï. Ni même s'il avait participé à la chute du Fury.

Car dans ce cas, peut-être qu'il valait mieux qu'elle ne découvre pas son identité.

Chapitre Cinq

Stella était à tomber. Ses longs cheveux noirs, habituellement raides, étaient rehaussés de reflets bleus et tombaient en grandes boucles souples sur ses épaules et dans son dos.

Teddy, de Manes on Main, était venu plus tôt à la ferme pour la coiffer et la maquiller. Le maquillage était léger et naturel, car Stella n'était pas une fille très féminine. Elle avait plutôt l'air d'une rockeuse rebelle, avec ses tatouages et l'attitude qui allait avec.

Elle correspondait parfaitement à ce profil, puisqu'elle était la gérante et la propriétaire d'un bar appelé Crazy Pete, d'après le nom de son père. Elle était également la femme idéale pour le président du Fury.

Comme Liz, Stella était la fille d'un Originel. Elle descendait d'une famille de motards et menait désormais la même vie.

L'arche en bois sous laquelle ils allaient s'unir avait été décorée de fleurs. Sully, un Dark Knight ordonné officiant de mariage, était debout devant le couple et scellait légalement l'union du roi et de la reine du MC Blood Fury.

Malgré les conneries d'Ozzy plus tôt ce matin, Liz ne

pouvait s'empêcher de sourire. Même si quelques larmes avaient coulé lorsqu'elle avait vu Stella et Trip se regarder dans les yeux avec un sourire immense, leurs visages exprimant tout l'amour qu'ils éprouvaient l'un pour l'autre. Un amour qu'ils ne pourraient cacher, même s'ils le voulaient. Ils rayonnaient comme le soleil de fin de printemps.

Liz rit discrètement en s'imaginant à quel point Trip et Stella détesteraient cette métaphore.

Elle ne serait pas surprise d'entendre Stella annoncer sa grossesse dans les prochains mois. Trip attendait ce moment avec impatience. Il construisait ce royaume non seulement pour sa famille du club, mais aussi pour sa progéniture.

Son frère Sig se tenait à ses côtés comme témoin et Automne se tenait à côté de Stella comme demoiselle d'honneur, ses cheveux roux comme une flamme capturant la lumière de l'après-midi. Elle portait une robe d'été couleur crème qui mettait en valeur la couleur de ses cheveux, et les yeux de Sig n'avaient pas quitté sa femme de toute la cérémonie.

Avant les vœux, Daisy, la fille de six ans de Judge et Cassie, avait remonté l'allée en tant que demoiselle d'honneur, semant des pétales de roses orange et noires sur l'herbe ; les couleurs de Harley Davidson, évidemment.

Tout le monde avait retenu son souffle pendant son parcours, car tous s'étaient attendus à ce que la petite fille têtue fasse quelque chose d'inattendu. Heureusement, Judge avait dû avoir une discussion très sérieuse avec elle avant la cérémonie, car elle avait fini par se comporter en demoiselle d'honneur parfaite.

Aucun porteur d'alliances ne fut nécessaire, car aucun anneau ne serait échangé. Le couple avait prévu de se faire tatouer à la place, chacun portant le nom de l'autre sur l'annulaire gauche.

Trip avait dit qu'une bague pouvait facilement être

retirée et jetée. Il était plus difficile de se débarrasser d'un tatouage.

Liz adorait cette idée. Ça témoignait de la volonté et de la détermination nécessaires pour faire fonctionner une relation. Surtout une relation aussi difficile que celle de Trip et Stella. Ils avaient connu des moments idylliques, mais aussi des moments bien moins agréables, car Trip démarrait au quart de tour et Stella était elle-même très têtue.

Malgré tout, Liz espérait trouver un jour un homme qui l'aimerait autant que Trip aimait Stella. Ou autant que Sig aimait Automne. Des hommes qui vivaient et respiraient pour leurs femmes et seraient prêts à mourir pour elles. Ces deux couples n'étaient pas les seuls.

Elle ne s'était jamais attendue à ce que Reese soit la première femme du groupe à tomber enceinte. Elle était la seule femme de la sororité du Fury qui n'était pas tout à fait comme les autres. Même s'ils étaient très différents, Deacon et Reese avaient des personnalités complémentaires. Et malgré son caractère bien trempé, en observant Reese assez longtemps, on pouvait voir son visage s'adoucir lorsqu'elle regardait son vieux et pensait que personne ne la voyait. Cette avocate spécialisée dans les litiges civils travaillait très dur et aimait avec autant d'énergie. Être avec Deacon l'aidait à révéler sa vulnérabilité pendant les brefs moments où elle baissait sa garde.

Judge, Cage, Rook et Rev étaient également fidèles et dévoués à leurs femmes. Ces relations solides donnaient à Liz l'espoir de trouver un jour la même chose, un homme, ou même une femme, pour qui elle serait prête à donner sa vie si nécessaire. Ou vice versa.

Quand elle trouverait enfin l'amour, elle aspirait à un lien si fort que la vie ne vaudrait plus la peine d'être vécue si quelque chose arrivait à son ou sa partenaire. Elle avait vu une connexion de ce genre entre sa mère et son beau-père.

Elle l'avait observée aussi chez les couples du Fury. Donc c'était bien possible.

Elle soupira doucement en s'essuyant le coin des yeux tandis que Trip et Stella échangeaient leurs vœux écrits. Ils ne les prononçaient pas assez fort pour que tout le monde les entende, mais se les récitaient doucement à l'oreille, pour les deux personnes pour qui ces vœux avaient le plus de sens.

Des chaises avaient été louées et alignées dans l'herbe, comme il était d'usage lors des mariages. La journée s'était avérée magnifique, même s'il y avait eu une menace de pluie. Par miracle, elle avait épargné leur zone. Les nuages s'étaient dissipés et le soleil était apparu, comme si quelqu'un là-haut savait à quel point cette journée était importante pour les personnes réunies ici.

Ce week-end était plus qu'un simple mariage, c'était l'union de trois clubs alliés dans l'espoir de renforcer leurs liens.

Pour autant, ce mariage était loin de ressembler à ceux auxquels elle avait assisté dans le passé. Outre le fait qu'il se déroulait en plein air, personne n'était habillé comme pour un mariage « normal ». Il n'y avait ni robe blanche ni smoking. Pas de costumes ni de robes élégantes. Daisy portait toutefois une robe très mignonne, mais uniquement parce qu'elle avait insisté pour en porter une.

Le marié était magnifique dans son jean noir tout neuf, ses bottes noires lustrées et dans sa chemise blanche à manches courtes sous son cuir noir fraîchement ciré. Même pendant la cérémonie, le président du Fury incarnait ce qu'il avait reconstruit, le MC qui les avait tous réunis aujourd'hui.

Il avait le club dans le sang, tout autant que sa vieille dame.

Stella portait un jean blanc moulant, un chemisier blanc sexy et à épaule dénudée qui laissait apparaître ses tatouages, des sandales qui mettaient en valeur la pédicure que Teddy lui avait faite pour l'occasion et, bien sûr, son cuir « Propriété de Trip ». Son gilet était une déclaration plus retentissante que n'importe quelle alliance.

Tous les invités portaient leurs plus beaux jeans, leurs chemises les plus propres et, bien sûr, leurs cuirs. Y compris Sully, le célébrant.

Comme c'était une chaude après-midi de juin, Liz avait décidé de ressortir une robe qu'elle n'avait pas portée depuis longtemps. Elle était ornée d'un motif de tournesols audacieux et avait des bretelles fines qui mettaient en valeur ses épaules bien dessinées et bronzées. Elle était cintrée à la taille, épousant ses courbes, et légèrement évasée dans le bas, avec un ourlet mouchoir qui s'arrêtait mi-cuisse. Le tissu était léger et fluide. Mais le mieux, c'était qu'aujourd'hui, elle ne se sentait plus comme la prostituée qu'elle avait eu l'impression d'être face à Ozzy ce matin.

Elle jeta un coup d'œil vers l'endroit où l'homme était assis. Les larmes de joie qu'elle versait pour Trip et Stella se transformèrent en larmes de tristesse et de regret lorsqu'elle remarqua que sa joue portait toujours une légère trace de sa gifle.

Elle sentait que son âme était fissurée à cause de tout ce qui s'était passé entre eux.

Elle aurait voulu que les choses se passent différemment. Mais Ozzy était qui il était, qui il serait toujours.

La dernière chose qu'elle voulait, c'était essayer de changer un homme qui ne voulait pas changer. Ce ne serait pas juste pour lui. Et, au final, elle regretterait d'avoir essayé de le faire, comme elle regrettait d'avoir perdu son sang-froid et de l'avoir giflé.

Entre le moment où elle avait quitté l'auberge The Grove Inn ce matin et celui où elle s'était rendue à la ferme pour aider les prospects et les autres jolis culs, elle avait décidé qu'après ce week-end, elle allait devoir décider de son avenir.

Est-ce qu'elle resterait et continuerait d'être un joli cul ? Ou est-ce qu'elle tournerait la page sur ce chapitre de sa vie ? Ça signifierait également mettre fin à ses recherches. À vrai dire, ce ne serait peut-être pas une mauvaise chose. Même si elle espérait découvrir ce qu'elle cherchait, ou *qui*, elle pourrait très bien vivre le reste de sa vie sans le savoir.

Elle avait passé les trente-deux dernières années sans connaître son père, donc découvrir son identité n'était pas une question de vie ou de mort. C'était plus de la curiosité qu'un besoin impérieux. Ça pourrait rester un mystère pour toujours. En fait, sa mère n'avait aucune idée que Liz fréquentait la génération actuelle du MC Blood Fury. Elle paniquerait probablement si elle l'apprenait, en supposant que cette génération était la même que la précédente.

Lorsqu'elle était arrivée à la ferme, elle n'avait pas ébruité qui elle était et n'avait toujours pas l'intention de le faire. Si elle pouvait obtenir les informations qui l'intéressaient dans la plus grande discrétion, tant mieux, mais elle ne voulait pas en faire toute une histoire.

Toutefois, elle avait découvert rapidement qu'être un joli cul lui permettait non seulement d'intégrer le club, mais aussi d'être libre sur le plan sexuel. Depuis le début, la ferme avait été un refuge pour elle et les autres. Liz appréciait que Trip veille à ce que ça continue.

Être avec les membres du Fury était nettement plus sûr que de rencontrer des inconnus sur une application de rencontre ou même d'aller dans un bar où des gens pourraient glisser des drogues dans les boissons. Surtout quand une personne ne recherchait qu'une compagnie temporaire et rien de sérieux. Les risques étaient élevés lorsqu'une femme célibataire sortait avec des inconnus. Dans le passé, elle avait frôlé la catastrophe à plusieurs reprises et avait vécu des moments effrayants. Des situations dont elle avait eu de la chance de s'extraire avant que le mal ne soit fait.

Malheureusement, les possibilités de rencontres à Manning Grove et dans les environs étaient assez limitées.

Au moins, avec son statut de joli cul, elle savait qu'elle ne finirait pas violée, droguée ou maltraitée. Ni même morte. C'était drôle de voir que les motards avaient des standards plus élevés que beaucoup de non-motards en ce qui concernait la manière de traiter une femme. Cette découverte avait surpris Liz. Surtout après avoir entendu certaines histoires sur la façon dont les Originels traitaient les femmes, qu'il s'agisse des vieilles dames, des jolis culs ou même des gazelles. Aucune d'entre elles n'était en sécurité à l'époque.

Liz ne s'était jamais sentie en danger avec les membres du Fury, mais elle n'avait aucune idée de comment étaient les autres clubs de motards. Peut-être qu'ils étaient très différents de celui-ci. Peut-être que ce que Trip, Sig et Judge avaient vu en grandissant les avait poussés à vouloir faire les choses autrement, à vouloir faire mieux.

Mais Ozzy était l'un de ces Originels. Tout comme Dutch.

Malgré ça, à part son côté excessivement possessif, Ozzy ne l'avait jamais maltraitée. Pas une seule fois.

Aucun d'entre eux ne l'avait fait.

Elle pouvait traverser La Grange dans son plus simple appareil sans jamais craindre qu'un des gars ne la prenne contre son gré. Elle pouvait s'asseoir complètement nue au bar à côté de n'importe lequel d'entre eux et ils se comporteraient comme si elle était habillée. S'ils étaient intéressés, ils exprimaient leur intérêt de différentes manières, mais ils ne s'imposeraient jamais à elle.

Si elle disait par hasard : « Non, pas ce soir », pour une raison quelconque, ils respectaient son choix et savaient qu'elle serait peut-être partante le lendemain. S'ils étaient toujours en quête d'un peu d'action, ils allaient trouver un autre joli cul d'humeur à se laisser tenter par ce qu'ils avaient à offrir.

Même si les plus jeunes jolis culs pouvaient parfois se montrer un peu vaches entre elles, tant que Liz restait patiente avec elles, elles ne lui cherchaient pas de noises. D'autant plus qu'elle avait environ dix ans de plus que la deuxième plus âgée.

Les jolis culs avaient tendance à être plutôt jeunes, et ses trente-deux ans n'étaient pas la norme. Mais bon, elle n'avait pas décidé de devenir un joli cul pour tenter de se trouver un vieux.

Elle n'était là que pour deux raisons ; s'amuser en ayant des relations sexuelles sans jugement et peut-être découvrir l'identité de son père. Rien de plus.

Du moins... jusqu'à ce matin, quand quelque chose d'imprévu s'était produit.

Ce matin, elle avait pris conscience que depuis deux ans, elle fonctionnait en pilotage automatique. Elle faisait de la rédaction publicitaire en freelance pour ses clients, aidait Ozzy à l'auberge quand il en avait besoin, traînait à La Grange et donnait un coup de main au MC quand c'était nécessaire, puis, bien sûr, elle finissait presque tous les soirs dans le lit d'Ozzy. Sa routine était devenue aussi confortable qu'une paire de baskets de qualité.

Aujourd'hui, elle avait désactivé le pilotage automatique et devait décider de la direction à prendre.

Elle balaya du regard les sièges qui se trouvaient devant elle et ne trouva pas la personne qu'elle cherchait, alors elle jeta un coup d'œil par-dessus son épaule et le repéra rapidement. À ce moment-là, son cœur fit un petit bond et ses tétons lui rappelèrent qu'ils existaient bel et bien. Les joues de Crash étaient encore plus mal rasées qu'hier, lorsqu'elle l'avait vu pour la première fois arriver en formation sur sa meule avec le reste de sa confrérie.

Elle ne fut pas surprise de trouver ses yeux marron doré rivés sur elle et le coin de sa bouche légèrement redressé, comme s'il avait des pensées très coquines dans la tête. Il ne détourna pas les yeux lorsqu'elle croisa son regard, mais celui-ci devint au contraire plus intense à mesure qu'elle le soutenait.

L'autre coin de sa bouche se redressa. Du moins, jusqu'à ce qu'une voix féminine et chantée s'élève au-dessus d'eux et attire son attention vers elle. Liz se retourna également vers Stella et Trip, qui se tenaient maintenant par la main et faisaient face au public, Sully toujours debout derrière eux.

À côté de l'arche se tenait une petite blonde d'une trentaine d'années. Liz ignorait qui elle était, mais sa voix, pure et puissante, était magnifique alors qu'elle chantait *Tangled Up in You* de Staind. Son interprétation était envoûtante, d'autant plus qu'elle n'était accompagnée d'aucun instrument. Les notes émouvantes qu'elle semblait aller chercher au plus profond de son âme, associées à la beauté des paroles, firent monter les larmes aux yeux de Liz.

Étrange, elle n'était pas aussi émotive d'habitude. Ça devait être dû à ce qui s'était passé entre Ozzy et elle ce matin. Elle était généralement plus résistante que ça, mais ses émotions étaient encore à vif et son cœur meurtri par la révélation inattendue d'Ozzy.

Même si c'était vrai qu'il ne pensait pas ce qu'il avait dit, ses mots avaient tout de même fait des dégâts.

Lorsque la chanteuse termina sa chanson et se retourna pour regagner sa place, Liz remarqua que la blonde portait un cuir indiquant qu'elle était « La Propriété de Crow ». Elle remarqua également que le motard nommé Crow était assis à trois sièges de sa vieille dame. Entre eux se trouvaient deux enfants, un garçon et une fille, le garçon semblant légèrement plus âgé. Les deux enfants avaient les cheveux longs et raides, exactement comme leur père, mais leur teint était légèrement plus clair, ce qui, selon Liz, devait provenir de leurs origines amérindiennes. Les cheveux du jeune garçon étaient tressés comme ceux de son père, et les deux hommes les attachaient avec de fines lanières de cuir noir.

Une fois que Trip eut guidé Stella sur l'allée en herbe et que le couple se fut dirigé vers La Grange, tout le monde commença à se disperser. Le signe indiquant qu'il était temps que la fête reprenne.

Trip n'avait pas lésiné sur la nourriture, l'alcool, la bière, ni même la musique pour cette occasion mémorable. Elle était reconnaissante de pouvoir partager ce moment avec eux. Trip avait pris beaucoup de temps pour trouver la femme de sa vie. Liz était heureuse pour eux deux et espérait que le président du Fury réaliserait aussi le reste de ses rêves. Si quelqu'un pouvait y parvenir, c'était bien lui.

Oui, un jour, elle connaîtrait un amour comme celui de Trip et Stella.

Elle soupira doucement en les regardant disparaître dans La Grange. Elle devrait vraiment rentrer pour s'assurer qu'ils aient bien tout ce dont ils avaient besoin. C'était leur journée, après tout, et ils ne devraient pas avoir à lever le petit doigt, surtout vu à quel point ils travaillaient dur d'habitude.

Elle sentit un soudain courant d'air chaud qui lui donna la chair de poule.

— Un putain de canon, dit une voix grave et rauque derrière elle.

Une chaleur brûlante contre la peau nue de son dos et de ses épaules lui provoqua un autre frisson le long de la colonne vertébrale.

— Merci, dit-elle en se retournant.

— C'est moi qui devrais te remercier.

Elle haussa les sourcils.

— Pourquoi ?

— Pour la vue que j'ai sous les yeux.

Son regard parcourut lentement son corps, de la tête aux pieds.

Normalement, ce genre de phrase d'accroche l'aurait

fait grogner, mais elle ne pensait pas que c'en était une. Sa façon de le dire lui faisait penser qu'il était sincère.

— Je suis un joli cul, Crash, t'as pas besoin de te donner tant de mal, le taquina-t-elle légèrement.

— J'en ai rien à foutre que tu sois un joli cul. Tout ce que ça veut dire pour moi, c'est que t'es ouverte sexuellement. Mais je vois que tu portes pas ton cuir aujourd'hui.

— Non.

Elle avait décidé de le laisser dans sa voiture. Si l'un des responsables du club avait un problème avec ça, elle irait le chercher. Mais pour le moment, elle ne comptait pas afficher ce qu'elle était. Aucun des jolis culs des Dark Knights et des Dirty Angels ne le portait. Seules les vieilles dames l'avaient sur le dos.

— Il va pas aimer ça.

Elle se mordit la lèvre inférieure en fixant ses yeux marron doré. Après un moment, elle haussa les épaules.

— T'as probablement raison, mais c'est pas mon problème.

Il haussa légèrement les sourcils en réfléchissant à ses mots.

— J'ai vu cette marque sur son visage. C'est toi qui as fait ça ?

Du coin de l'œil, elle vit la foule se diriger vers la cour et La Grange, la laissant seule avec Crash parmi les chaises vides. Elle remarqua également Ozzy marcher lentement dans la même direction, jetant de temps en temps un regard vers elle.

— Oui. Malheureusement.

Crash se plaqua la main sur la bouche, sans doute pour cacher un sourire.

— Il le méritait ? demanda-t-il quand il reprit le contrôle.

— Personne ne mérite d'être frappé.

— C'est pas vrai. Beaucoup de gens méritent de se faire

botter le cul. Parfois, ils ont ce qu'ils méritent, parfois non. Une gifle, c'est rien.

Il pencha la tête et, une fois de plus, promena son regard du sommet de sa tête à ses ongles fraîchement vernis. Cette fois, plus par inquiétude que par attirance sexuelle.

— Il t'a fait du mal ?

— Juste avec ses mots.

— Alors il le méritait. Les mots peuvent être aussi tranchants qu'une lame. Ils peuvent faire beaucoup de putains de dégâts. Il vaut mieux que ce soit toi qui l'aies frappé plutôt que moi. Je lui aurais laissé plus qu'une putain de marque rouge sur la joue.

— C'est censé être un week-end festif. J'essayais d'éviter les problèmes entre les clubs.

— C'est pas ton boulot. C'est le sien. C'est le mien. Pas le tien.

— D'accord, alors... J'essayais d'éviter d'être la cause d'un problème entre les clubs.

— Je comprends et j'accepte cette réponse. Mais ça n'aurait pas dû causer de problème du tout. Tous les jolis culs sont censés se rendre disponibles. Il a oublié ça. Il a oublié aussi que tu lui appartiens pas.

— Tu fais comme si c'était simple.

— Ça devrait l'être, mais clairement, ça l'est pas. Alors, et maintenant ? T'as viré ce cuir. Ça veut dire que t'es plus un joli cul ?

— Je sais pas. J'adore ces gars, vraiment. Ces dernières années, ils sont devenus importants pour moi. Ils sont tous devenus ma famille. J'aurais jamais pensé pouvoir m'intégrer au sein d'un MC, mais je m'y sens chez moi. Est-ce que j'ai fait des trucs de fou ? Oui. Est-ce que je regrette quoi que ce soit ? Non. Est-ce que je recommencerais ? Tu peux parier ta putain de chemise.

Elle sourit et soudain, le poids qui pesait sur ses épaules lui sembla plus léger. Elle se sentait toujours coupable d'avoir giflé Oz, et ça ne changerait jamais, mais le reste ? Elle était contente d'être revenue à la ferme aujourd'hui pour passer du temps avec cette famille. Pour faire la fête avec eux. Et...

Pour profiter de l'attention que Crash lui accordait sans craindre qu'Ozzy ne s'en mêle.

Elle jeta un rapide coup d'œil vers la cour pour s'assurer que cette dernière partie était bien vraie.

Elle était contente qu'Ozzy soit parti sans faire d'histoire, même lorsqu'il avait vu Crash lui parler. Si elle en avait l'occasion plus tard, elle le remercierait d'avoir respecté son espace. Et elle en profiterait pour s'excuser à nouveau.

— Maintenant on mange, ouais ? demanda Crash en regardant dans la même direction qu'elle.

— On mange, on boit et on s'amuse.

Il sourit et les coins de ses yeux marron se plissèrent.

— Comme tous les autres putains de jours.

— Mais sous stéroïdes, ajouta-t-elle, fascinée par sa beauté brute de motard.

Elle recourba les doigts dans sa paume pour s'empêcher de toucher sa fossette au menton. S'il laissait pousser sa barbe encore plus, elle disparaîtrait.

Quel dommage.

Elle n'avait jamais trouvé les motards attirants avant de passer du temps avec le Fury. Maintenant, elle avait du mal à s'intéresser à un autre type d'hommes. Il y avait un truc chez ces connards arrogants, durs et pourtant adorables. Ils vivaient fort, s'amusaient fort et aimaient encore plus fort.

Il posa une main sur la taille de la jeune femme, la fit glisser jusqu'à sa hanche et la serra, la chaleur de sa paume traversant sa robe fine et réchauffa sa peau. Et une autre partie de son corps. Il ricana.

— Ouais. Je vais manger. Boire. Peut-être même fumer un peu. Oh, putain, je vais pas mentir. Fumer une tonne. Ensuite, je vais manger encore plus.

Il fixa les lèvres de Liz et lécha les siennes.

Ça lui envoya un éclair à travers le corps et provoqua de petites explosions dans son ventre et en dessous.

Elle prit une inspiration tremblante.

— Un puits sans fond, hein ?

Il haussa et baissa une épaule.

— Quand la nourriture est bonne.

Ses tétons étaient tellement durs qu'ils pourraient aussi bien s'allonger pour toucher le motard eux-mêmes. Elle s'efforça de rester concentrée sur le sujet.

— Et la partie « amusement » ?

Sa voix était un peu plus haletante qu'elle ne l'aurait voulu.

Mais elle n'avait aucune raison de cacher son attirance pour lui. Qu'elle soit un joli cul du Fury ou non, elle avait tout à fait le droit de passer du temps avec lui.

— J'espérais que tu m'aiderais avec ça.

Même si elle adorerait ça et qu'elle l'espérait aussi, elle n'était pas certaine que ce soit très judicieux pour le moment. Du moins, pas au grand jour. Elle ne voulait pas remuer le couteau dans la plaie d'Ozzy.

Oui, il l'avait blessée tout à l'heure, mais elle lui avait déjà rendu la pareille. Elle ne voulait pas afficher son intérêt pour Crash devant lui. Elle respectait trop Ozzy pour ça.

— Peut-être plus tard.

Quand elle aurait parlé avec Ozzy et arrangé les choses avec lui. Elle détestait la façon dont les choses s'étaient passées, mais elle était échauffée à ce moment-là et elle avait besoin de se sortir de cette situation avant qu'elle n'empire.

— Ouais, peut-être plus tard, dit-il doucement en retirant lentement sa main de sa hanche.

Ses doigts effleurèrent le tissu soyeux ; un contact si sensuel qu'elle en eut le souffle coupé.

— Je suis là tout le week-end. Je serai pas difficile à trouver.

Non, certainement pas.

Il lui adressa un demi-sourire et signe du menton. Puis, après l'avoir reluquée de la tête aux pieds une dernière fois, il se retourna et elle regarda ses longues jambes musclées sous son jean s'éloigner vers la cour.

Elle remarqua une chose importante alors que la distance entre eux augmentait.

Son cul était franchement appétissant.

Elle eut soudain envie de croquer dans autre chose qu'un bon plat.

Chapitre Six

— Peut-être plus tard, avait-elle dit.

C'était il y a plusieurs heures.

Plus tard, c'était maintenant.

Il avait perdu le compte du nombre d'assiettes qu'il avait mangées. Il avait perdu le compte du nombre de shots qu'il s'était envoyés. Il avait perdu le compte du nombre de bières qu'il avait bues. Et du nombre de taffes qu'il avait tirées sur des joints, des pipes et des bangs qui semblaient en circulation constante.

L'herbe était de première qualité, l'alcool était haut de gamme, la bière était loin d'être de la piquette et la nourriture était abondante.

Le nirvana. C'était ça.

Il ne lui manquait qu'une seule chose pour que la nuit soit parfaite.

La blonde vêtue d'une robe d'été à motif tournesol. La femme dont les yeux marron avaient creusé un trou dans sa poitrine plus tôt. Celle dont il voulait mordre, lécher et sucer les lèvres.

Il s'imaginait faire glisser ces fines bretelles spaghetti de ses épaules lisses et bronzées, puis faire descendre lentement le tissu soyeux sur sa peau pour exposer ses seins avant de la pousser à genoux et d'agripper une poignée de ses longs cheveux blond foncé et de guider sa bouche d'avant en arrière sur sa queue érigée.

À plusieurs reprises, il avait surpris Ozzy le regarder en train de regarder Liz. Le mec ne cachait clairement pas que ça le dérangeait, mais jusqu'à présent, il ne lui avait pas dit autre chose depuis tôt ce matin.

Quelque chose d'important avait dû arriver entre elle et lui après leur show sur la terrasse. Quelque chose de suffisamment grave pour qu'il se prenne une baffe et qu'elle ne porte pas son cuir aujourd'hui.

Si elle avait été sa vieille dame, Crash se serait dit qu'ils avaient rompu. Mais elle n'était pas la vieille dame d'Ozzy, car dans ce cas-là, Crash aurait mis fin à l'intérêt qu'il lui portait. Au fil de la journée, son intérêt n'avait fait que croître.

Peu importe avec qui elle parlait ou flirtait, un sourire illuminait toujours son visage et son rire semblait sincère. Elle le prenait avec légèreté lorsque quelqu'un l'asseyait sur ses genoux, la touchait ou lui donnait une tape sur les fesses par surprise. Des gestes qui auraient normalement valu à ces mecs un coup de genou dans les couilles de la part de beaucoup de femmes.

Liz semblait apprécier recevoir et donner de l'attention. Un peu comme un des tournesols sur sa robe ; absorbant les rayons du soleil. En fin de compte, elle semblait flirter avec tout le monde, sans discrimination, hommes et femmes confondus.

Son intérêt pour les femmes avait également attiré l'attention de Crash. Certains jolis culs se tapaient d'autres femmes parce qu'on leur demandait ou ordonnait de le faire, mais la plupart n'étaient pas bisexuelles et ne coucheraient pas avec d'autres femmes si elles avaient le choix.

Mais une femme qui aimait vraiment bouffer une chatte et sucer une bite ?

Ouaiiiiis, putain.

Pas étonnant qu'Ozzy soit devenu possessif. Surtout s'il aimait les plans à trois.

Crash avala une autre gorgée de bière et la regarda quitter l'arrière du bar, où elle aidait deux prospects à servir une quantité astronomique d'alcool, puis se diriger vers une autre femme pour l'aider à pousser un chariot vers l'une des longues tables de buffet installées à l'intérieur.

Sur ce chariot se trouvait une énorme pièce-montée à plusieurs étages et des petites montagnes de cupcakes.

Crash était presque certain d'avoir déjà goûté toutes les saveurs de cupcakes sur ces plateaux, mais il irait peut-être s'assurer d'en avoir manqué aucune.

Le gâteau et les cupcakes des Délicieuses Sucreries de Sophie faisaient partie des « cadeaux » que le prez du MCDA avait voulu offrir à celui du Fury pour son mariage. Et comme la femme de Zak et sa belle-sœur tenaient la meilleure putain de pâtisserie de Pennsylvanie, c'était un sacré cadeau. C'était l'avis de Crash, bien sûr. Même s'il connaissait beaucoup de gens qui partageraient son opinion.

Malgré tout, il ne savait pas trop ce qu'il voulait manger en premier. L'une des douceurs concoctées par Sophie et Bella ou la femme qui aidait à disposer les pâtisseries sur la longue table.

Ses yeux étaient rivés sur le cul ferme mais juteux qui remuait sous sa robe. Il se leva d'un des vieux bancs verts de bus scolaire qui bordaient les murs de la chapelle du Fury et, en quelques secondes, se retrouva devant la table.

Il attrapa un des cupcakes fourrés au tiramisu, le souleva et le tourna entre ses doigts pour l'examiner comme si c'était le diamant Hope.

— Le meilleur truc du monde.

Liz tourna ses yeux marron vers lui, l'esquisse d'un sourire titillant ses lèvres.

— Vraiment ? T'en as déjà mangé ?

— Je sais même pas combien j'en ai englouti. Sophie, Bella et leur équipe ont préparé tous ces trucs. C'est une tuerie. La meilleure pâtisserie de la région de Pittsburgh. Putain, même de toute la Pennsylvanie. Et crois-moi, j'aime le sucre, donc je suis bien placé pour le savoir.

— Je passerai peut-être un jour.

— Tu fais de la pâtisserie ?

— Pas comme ça.

Il prit une grosse bouchée du cupcake et lécha le glaçage collé à sa lèvre inférieure. Les yeux de Liz suivirent le mouvement de sa langue et devinrent vitreux.

Il tourna la partie à moitié mangée du cupcake vers elle.

— Tu vois ? Il est fourré.

Il plongea son doigt au milieu et préleva un peu de crème. Il l'approcha des lèvres de la jeune femme.

Comme il s'aperçut qu'elle n'ouvrait pas la bouche, leurs regards se croisèrent et il haussa le menton vers elle.

— Ouvre.

Elle obéit machinalement, comme si elle avait l'habitude de recevoir des ordres.

En soutenant son regard, elle referma ses lèvres sur le bout de son doigt et le suça jusqu'à ce qu'il soit bien propre, sa langue effaçant toute trace de sucre.

Crash réprima un grognement, ses couilles s'épaissirent et du sang se mit à faire gonfler sa queue.

Merde.

Quand elle rouvrit la bouche, il retira son doigt à contrecœur. Cette fois, il le passa dans le glaçage sur le dessus, les yeux de Liz suivant son mouvement. Il le tamponna sur la lèvre inférieure de la jeune femme et sa langue jaillit avant de balayer rapidement la trace de glaçage.

— J'allais le lécher pour toi, murmura-t-il juste assez fort pour qu'elle l'entende.

— Je sais.

— Tu veux pas que je le fasse.

— Si, mais pas ici.

Ça semblait prometteur. Il jeta un coup d'œil par-dessus son épaule et scruta La Grange à la recherche de la seule personne susceptible de causer des problèmes. Crash ne le voyait pas, mais ça ne voulait pas dire qu'il ne les observait pas.

— Je veux lécher cette crème sur tes tétons, murmura-t-il. Et ensuite te manger comme l'un de ces cupcakes.

Une vague rouge couvrit la poitrine de Liz, ses lèvres s'entrouvrirent et sa gorge se serra.

Il n'avait pas besoin de poser la question, mais il le fit quand même parce qu'il voulait l'entendre le dire.

— Tu veux ça ?

— Ici ?

Sa question était rauque et éveilla en lui quelque chose qu'il n'avait pas ressenti depuis longtemps.

Un véritable intérêt.

Chez lui, les jolis culs n'étaient qu'un moyen pratique et facile de s'envoyer en l'air. Ça ne demandait pas autant d'efforts que d'essayer de baiser des étrangères. Il n'avait pas besoin de les impressionner, il n'avait pas besoin de les inviter à sortir avant, il n'avait même pas besoin de se donner la peine d'engager une vraie conversation.

Maintenant qu'il y repensait, il se rendait compte qu'il les prenait pour acquises.

Il ne les avait jamais vraiment considérées comme des personnes qu'il devait faire l'effort de connaître. Elles étaient là depuis la création du MC Dirty Angels. Seuls leurs noms et leurs visages avaient changé au cours des cinq dernières décennies. Leur rôle au sein du club, lui, était resté le même.

Il avait tout à fait le droit de pencher Liz sur cette table à gâteaux, de tirer sa robe par-dessus sa tête et de la baiser devant tout le monde. Personne n'aurait un mot à dire.

Mais il ne voulait pas faire ça.

Il pourrait faire la même chose avec n'importe quel joli cul ce week-end.

Pour l'amour du ciel, il ne voulait pas faire ça non plus. Il ne voulait pas « n'importe quel joli cul », il voulait la femme qui se trouvait devant lui.

Mais encore une fois, à quarante-quatre ans, il ne prenait plus simplement ce qu'il voulait. Malheureusement, il réfléchissait d'abord.

Ouais, c'était à chier qu'il ne soit plus le même qu'il y a vingt ans.

C'était la putain de belle vie. Maintenant, il devait se farcir des conneries comme les « responsabilités ». Comment c'était arrivé, il n'en savait rien, mais il devrait se botter le cul pour avoir laissé ça arriver.

— Y a encore des gamins partout, lui rappela-t-il avec une tonne de regrets.

Il prit un autre cupcake sur le plateau.

— Je vais peut-être manger celui-là dehors.

Où il ferait sombre et où il n'aurait pas à s'inquiéter des yeux curieux des petits.

— Tu veux le partager avec moi ?

— Oui, répondit-elle dans un souffle en hochant la tête.

— Retrouve-moi sous le pavillon dans cinq minutes.

Il tourna les talons et sortit sans attendre sa réponse.

Ce n'était pas nécessaire.

Elle serait sous le pavillon dans cinq minutes.

Et il l'attendrait.

Il s'était trompé.

Elle ne le rejoignit pas au bout de cinq minutes. Ni même au bout de quinze putains de minutes.

Soit elle avait changé d'avis, soit elle avait été retenue par autre chose. Ou peut-être même par quelqu'un d'autre, puisqu'elle était disponible pour tout le monde ce week-end.

Pas juste pour Ozzy. Et pas juste pour Crash.

Et puis merde, il n'allait pas lui courir après. Si elle était intéressée, elle pourrait venir le trouver. Si elle ne l'était pas, rien à foutre.

Le groupe local engagé par le Fury était en train de mettre une ambiance de folie, le feu de joie rugissait à nouveau dans le ciel et tout le monde avait le cœur à la fête.

Crash avait fait le tour des invités, discutant avec les frères de son club et certains membres des Knights, ainsi qu'avec quelques membres du Fury. Il avait même passé environ une demi-heure à papoter avec Dutch, qui possédait un garage en ville. Le cuir du motard bourru indiquait que c'était un « Originel » et il avait fièrement déclaré à Crash qu'il était actuellement le plus ancien membre du Fury.

En le voyant, Crash ne pouvait s'empêcher de penser à Grizz, le plus ancien membre des Angels et l'un de *leurs* originels, même s'il était bien plus âgé que Dutch. C'était pourquoi lui et sa vieille dame, Maman Ourse, avaient décidé de ne pas faire le voyage dans le nord ce week-end, sa santé étant chancelante. Trop de bière, d'alcool fort, de gras et de disputes avec l'amour de sa vie, qui, comme il le criait tous les jours, allait l'envoyer dans sa tombe « avant l'heure ».

Tout le monde savait bien que c'était faux, car Maman Ourse était la raison pour laquelle le vieux chnoque se levait chaque putain de matin. Avec ses petits-enfants et ses arrière-petits-enfants.

Il eut le cœur serré ėn se disant qu'un jour Grizz ne serait plus assis à sa place au bout du bar privé de la chapelle. Il était là depuis le jour où Crash était devenu un prospect. Cet homme était une putain d'icône.

Malheureusement, ce n'était pas le seul membre à vieillir. Ils vieillissaient tous. Ça craignait, mais ils ne pouvaient rien faire pour arrêter le temps qui passait. La seule chose qu'ils pouvaient faire, c'était de vivre chaque jour comme si c'était le dernier et de saisir les occasions de se sentir jeunes quand elles se présentaient.

Comme ce week-end. Comme ce soir.

Il scruta la foule et aperçut Lily flirtant encore une fois avec le même grand gamin que la veille, mais cette fois-ci, peu de gens pouvaient les voir.

Il se dirigea dans cette direction et lorsqu'il arriva, Lily fronça les sourcils et hurla son nom.

— Crash !

— Ton père sait que tu te caches ici et que t'essaies de foutre ce gamin dans la merde ?

— J'essaie rien du tout.

Crash haussa un sourcil.

Lily leva les yeux au ciel.

— On est juste en train de discuter.

— Il veut pas juste discuter, Lily, crois-en quelqu'un qui a eu son âge.

— Pourquoi tu te mêles pas de tes affaires ? dit l'homme-enfant en haussant les épaules et en se redressant de toute sa hauteur.

Il était aussi grand que Crash, sinon plus.

Mais Crash se foutait que le gamin fasse deux fois sa taille.

— Cette fille, c'est mon affaire. Et crois-moi, t'as de la chance que ce soit moi qui sois là et pas son putain de père.

— On fait rien qui te donne le droit de fourrer le nez dans nos affaires, dit l'homme-enfant.

— Comment tu t'appelles, gamin ?

— Ry.

— Comme le riz ?

Il se tourna vers Lily.

— Le riz, c'est ton truc ?

— J'ai dix-neuf ans, Crash...

— À peine.

— Et je suis assez grande pour...

— T'es pas assez grande.

— Pour...

— Non.

Elle tapa du pied.

Crash haussa un sourcil.

— Tu vois ce que tu viens de faire là ? Ça prouve que t'es pas encore assez grande. Une femme mature ne tape pas du putain de pied comme ça.

— Va-t'en.

— OK.

Il attrapa Lily par le bras et la traîna avec lui.

— Crash ! cria-t-elle en essayant de libérer son bras.

— Tu veux que je te traîne jusqu'à ton vieux ou tu vas venir avec moi de ton plein gré ?

Elle planta ses talons dans le sol, mais ça ne le fit que tirer plus fort.

— Venir avec toi où ?

Une fois arrivé devant la foule rassemblée devant la remorque, le groupe et le feu de joie, il la lâcha.

— Ici.

Lily jeta un coup d'œil autour d'elle.

— Pour quoi faire ?

— Pour ça.

Il se mit à danser.

Il ne savait pas danser, donc c'était pire qu'un putain de désastre, ce qui était le but. Il secouait son corps et ses membres d'une manière qu'il regretterait certainement le lendemain matin, mais il s'en foutait royalement. Il tournait autour de Lily en faisant les mouvements les plus ridicules qui lui venaient à l'esprit. Il laissait juste libre cours à son imagination déjantée.

Elle restait debout là, les yeux écarquillés, le regardant avec horreur, ce qui le fit agiter les bras et les jambes encore plus vite et dans des directions qui n'étaient probablement pas les bonnes. Heureusement qu'il n'était pas encore ivre, sinon il se serait rétamé depuis longtemps.

— Putain de merde, l'entendit-il grogner par-dessus la musique. T'es un malade.

Soudain, ils furent rejoints par Violette et Indie, les deux plus grandes filles de Diesel, Lexi, l'aînée de Jag, et Emma-lee, la petite sœur de Lily. Elles encerclèrent cette dernière, imitant Crash et dansant aussi ridiculement que possible pour embarrasser la jeune fille de dix-neuf ans.

Les rires des filles étaient plus agréables que la musique jouée par le groupe de rock et, finalement, un sourire apparut sur le visage en colère de Lily et elle se mit à danser avec ses « sœurs » du club. Toutes éclatant soudainement de rire.

Ça se transforma en un concours à qui serait la plus ringarde.

Crash arrêta ce qui ressemblait plus à des convulsions qu'à de la danse et regarda les filles s'amuser. Il n'était pas le seul.

Il aperçut Emma debout dans la lueur du feu de joie avec le bras de Dawg autour des épaules, et il haussa le menton vers son frère de club. Dawg lui rendit son hochement de menton, avec un sourire sur les lèvres. L'homme barbu se pencha en avant et embrassa Emma sur la tempe, puis lui dit quelque chose à l'oreille.

C'était ce qui était génial dans leur famille. Ils veillaient tous les uns sur les autres, qu'ils soient apparentés ou non. Le sang du MCDA coulait dans leurs veines et c'était tout ce qui comptait.

— Mon boulot ici est terminé, dit-il à personne en particulier.

— On dirait bien, entendit-il derrière lui.

Il jeta un coup d'œil par-dessus son épaule. La façon dont le feu de joie illuminait sa peau lui coupa le souffle.

Mais c'était ce qu'elle tenait dans la main qui lui fila la trique.

Un putain de cupcake.

Dans son autre main se trouvait une bouteille de whisky.

Et, mieux encore, elle avait le sourire aux lèvres.

— C'était une sacrée danse, dit-elle alors que ses lèvres tressaillirent.

— Je t'en ai mis plein la putain de vue, hein ?

— Je veux dire… Ça fait longtemps que j'avais pas vu autant de talent.

Il haussa les épaules.

— Parfois, je peux pas m'empêcher de le montrer et d'épater la putain de galerie. J'essaie, parce que je veux pas que mes frères se sentent inférieurs. Mais tu sais, parfois, il faut juste que je tape un petit pas. Ou que je me tape une petite chatte.

Il se détourna des filles en train de danser pour qu'elles ne le voient pas presser sa main contre sa queue.

— Mais là… je crois que je me suis surtout tapé un lumbago.

Elle rit.

— Ça t'aidera peut-être.

Elle lui tendit la bouteille.

Il la prit, ouvrit le bouchon et but une longue gorgée. Après ça, il retint son souffle pendant une seconde, puis expira lentement pour faire passer la sensation de brûlure.

— Tu m'as apporté trois de mes choses préférées.

— Une chatte, un cupcake et du whisky ?

— Je suis un peu plus pointilleux que ça. Je préfère les pâtisseries de chez Sophie. Je préfère le Jack.

Il leva la bouteille de JD.

— Et je suis foutrement pointilleux en matière de chatte.

— C'est pour ça que je t'ai vu accepter aucune des offres qui t'ont été faites ?

— T'as remarqué ?

Elle haussa une épaule dénudée.

— Ça, et j'ai entendu quelques filles se plaindre de tes refus.

— Ouais, eh bien, à ce stade de ma vie, j'aime mes femmes bien cuites.

— Pas celles qui aiment se prendre des cuites ?

Il sourit.

— En parlant d'état second, t'as oublié ma quatrième chose préférée.

— Ah.

Elle plongea la main dans son décolleté et en sortit un joint qu'elle tendit entre eux.

— Ça ?

Ses sourcils se levèrent.

— Putain de merde. Je pensais pas qu'une femme parfaite existait, mais je viens d'avoir la preuve que je me trompais.

— Je suis loin d'être parfaite.

— Pas d'où je me trouve.

Elle lui tendit le joint.

— Gardons ça pour plus tard. Pour l'instant, passe-moi ce whisky.

Il glissa le joint dans la poche intérieure de son cuir en la regardant porter la bouteille à ses lèvres et balancer la tête en arrière pour prendre une longue gorgée.

À la lueur du feu et des guirlandes lumineuses qui traversaient la cour, il observa le mouvement de sa gorge. Il avait envie de passer sa langue sur cette ligne délicate et vulnérable.

Dès qu'elle eut rebouché la bouteille, il passa son bras autour de sa taille, l'attira vers lui et commença à se dandiner d'avant en arrière, ne sachant pas danser autrement.

— Laisse pas tomber ce cupcake, l'avertit-il. On va en avoir besoin.

— Il y a une table qui en est à moitié couverte à l'intérieur.

— S'il en reste, ça va pas durer. Ils partent comme des petits pains. Crois-moi, je le sais.

— Alors on va devoir savourer celui que j'ai apporté.

Ouais, c'est ce qu'ils allaient faire. Il avait déjà hâte.

— J'ai clairement des projets pour celui-là.

Ses hanches remuaient au rythme de la musique, et même s'il mourait d'envie de la regarder bouger dans cette robe, il préférait la sentir près de lui. Elle se pressa contre lui et la tige en acier dans son jean se mit à goutter. Il lui prit la bouteille de whisky des mains et but une autre longue gorgée.

— Accroche-toi à moi, bébé.

Son bras, celui qui ne tenait pas le cupcake, glissa sous le cuir du motard et ses doigts vinrent se poser sur le bas de son dos, l'attirant assez près d'elle pour que ses tétons durs soient pressés contre son torse.

Il aurait tant aimé qu'ils soient complètement nus là tout de suite. Qu'ils dansent horizontalement, pas verticalement. Mais ce n'était pas le cas, alors il les guida dans un petit cercle, les hanches de Liz se balançant et ondulant contre lui au rythme de la chanson *Forever* de KISS.

Il enfouit son nez dans ses cheveux et la serra plus fort contre lui.

— Tu sens à quel point je suis dur pour toi ?

— Difficile de pas le sentir, dit-elle doucement.

— Je pense à tout ce que je vais te faire avec ce cupcake.

— Tu vas pas juste le manger ? le taquina-t-elle.

— Je vais manger quelque chose de sucré, ça c'est sûr, putain.

— Les motards ne savent vraiment pas flirter, rit-elle.

— Ouais, eh bien... On a tendance à dire les choses comme elles sont.

— J'aime ça chez vous.

— T'es pareil ?

— J'essaie, sauf si ce que j'ai à dire risque de blesser quelqu'un.

— Comme il t'a blessée tout à l'heure.

Il perçut la tristesse dans son soupir.

— Je ne veux pas parler de ça, ni même y penser pour le moment. Je me suis réconciliée avec lui tout à l'heure.

— Tout est rentré dans l'ordre ?

— Autant que possible pour l'instant, répondit-elle.

— Ça fait encore mal.

— Ça devrait pas, mais... oui, ça fait encore mal.

— Eh bien, je peux t'aider à te changer les idées, si tu veux, proposa-t-il.

— Je ne serais pas venue te retrouver si je ne voulais pas.

— Combien d'offres t'as refusées pour venir me rejoindre ?

Elle pencha le visage vers le sien.

— Tu veux vraiment le savoir ?

— Ça ferait plaisir à un frère de l'entendre.

— Je suis pas sûre que t'aies besoin qu'on flatte ton ego comme ça.

— Dis-moi quand même, murmura-t-il en approchant ses lèvres à quelques millimètres de celles de la jeune femme.

— Six.

Il haussa un sourcil et se pencha en arrière pour voir son visage un peu mieux.

— Putain. T'étais très demandée.

— Oui.

— Et t'as dit non à tous.

Il ne posa pas la question, car il connaissait déjà la réponse.

— Pas à tous.

Ses pieds s'arrêtèrent brusquement de bouger. Peut-être qu'il avait tort.

Les doigts de la jeune femme agrippèrent l'arrière du t-shirt du motard.

— Je voulais dire qu'à toi, j'ai pas dit non.

Il sourit et l'attira à nouveau vers lui. Comme il tenait la bouteille de Jack d'une main, il ne put que se servir de sa main libre pour caresser la peau lisse de son dos et le tissu soyeux de sa robe jusqu'à ses fesses pulpeuses. Il écarta les doigts pour palper leur galbe parfait.

— Tu portes pas de culotte, murmura-t-il en sentant sa queue palpiter dans son jean.

— On apprend rapidement à ne pas en porter ici si on ne veut pas devoir les remplacer constamment. Ou les perdre.

Bon sang. C'était la dernière chose qu'il voulait entendre. Il s'était lancé les yeux grands ouverts, sachant exactement qui elle était et qui elle s'était tapée, mais quand même...

Il eut soudain l'impression de se prendre un coup de massue dans la poitrine, ce qui projeta Liz hors de ses bras et loin de lui. La bouteille de Jack tomba de ses doigts alors qu'il luttait pour garder l'équilibre et comprendre ce qu'il se passait.

Sur sa droite, il aperçut un mouvement rapide qui l'incita à se baisser instinctivement et un courant d'air l'effleura lorsque le poing le manqua de peu.

Puis la personne à qui appartenait ce poing trébucha en avant et tomba au sol.

— C'est quoi ce bordel ? cria Crash en jetant un coup d'œil au type complètement bourré maintenant à genoux sous ses yeux.

Ozzy essayait de se relever.

— Espèce de... fils de... pute.

— Ozzy ! lui cria Liz. Qu'est-ce qui se passe, putain ?

— Tu veux te battre ? cria Crash, pris de l'envie de planter sa botte dans la poitrine de ce connard et de le renverser sur les fesses. Alors relève ton cul d'ivrogne et viens te prendre une branlée.

— Non ! cria Liz. Trip a dit pas de bagarre ce week-end !

Elle se pencha vers Ozzy et siffla.

— C'est son mariage. T'as pas intérêt à tout gâcher !

— Je gâche rien du tout. C'est toi qui gâches tout. Tu...

Crash se baissa, attrapa Ozzy par le col du t-shirt qu'il portait sous son cuir et le releva d'un coup sec.

— Y faut que tu te relèves pour que je te renvoie au tapis, connard.

— À ta place, je ferais pas ça, mon frère, dit une voix grave à sa gauche.

Diesel.

— On fait pas ces conneries ici, avertit l'Exécuteur du MCDA.

Crash lâcha Ozzy en le poussant et le regarda retomber au sol. Il se suça les lèvres tandis que deux membres du Fury se précipitaient vers leur frère pour l'aider à se relever.

L'un d'eux était l'Exécuteur du Fury, surnommé Judge. Il n'était pas aussi costaud que D, mais à peu près de la même taille. Ça expliquait pourquoi son fils Ry était presque aussi grand.

Il ne manquait plus que Magnum les rejoigne pour qu'ils forment un trio d'Exécuteur.

— Il t'a frappé ? demanda Judge.

Crash secoua la tête.

— Il a essayé, mais il m'a raté. C'est juste un connard jaloux.

Judge fixa Liz plus longtemps qu'il n'aurait dû le faire et avec un regard qui déplut à Crash. Ce dernier s'interposa entre eux.

— C'était pas sa faute.

Judge tira sur sa longue barbe.

— Tu sais ce qu'elle est, n'est-ce pas ?

— Je suis au courant. Mais apparemment, ton frère a besoin qu'on lui fasse le topo.

Le membre du Fury qui portait un patch indiquant « Sig » et un autre indiquant « Vice Président » tapota sur le ventre d'Ozzy.

— Mon gars a juste besoin de décuver un peu. Il a dû oublier que c'était un week-end de fête.

— J'ai pas oublié, putain, dit Ozzy en articulant difficilement. C'est elle qui oublie à qui elle appartient.

Judge renversa la tête en arrière et regarda leur secrétaire sous ses paupières.

— Non, frère, je pense que c'est toi qui as oublié. Tu connais le deal ce week-end.

— J'ai jamais accepté ce deal.

— Alors t'aurais dû intervenir avant, lui dit Sig.

Crash leva les mains en signe de reddition.

— Écoutez, je veux pas marcher sur les plates-bandes de qui que ce soit. On m'a dit que les jolis culs étaient disponibles.

— Elles le sont, répondit Diesel en jetant un regard aux deux membres du Fury et les mettant au défi de les contredire.

Il jeta un coup d'œil à Liz.

— T'es un joli cul ?

— Oui, répondit Liz avec les lèvres serrées.

D inclina la tête. C'était tout ce qu'il avait besoin de savoir.

— Tu marches sur les plates-bandes de personne, frère, dit Judge. Si tu la veux et qu'elle est d'accord, elle est à toi. Lizzy ?

— Je... je suis d'accord.

Elle mordillait sa lèvre inférieure et fixait Ozzy.

— Mais pas lui, dit Sig en inclinant la tête vers Ozzy.

Sig et Judge le maintenaient debout en ayant chacun un bras autour de son dos.

— Y a un putain de problème ici ? grogna le président du Fury en sortant de l'ombre et en s'approchant d'eux.

— Pas de problème du tout, prez. Ozzy a trébuché sur une motte d'herbe dans le noir et Crash l'a rattrapé, expliqua Judge à Trip.

Il tapota le dos d'Ozzy.

— Pas vrai, Oz ?

— Ouais.

— Tu vois ? Pas de problème, dit Judge. Sig et moi, on va aller trouver un endroit sûr pour ce gros manche et voir si on peut lui dégoter un joli cul qui s'occupera de lui et l'empêchera de se faire mal.

Le regard de Trip passa d'Ozzy à Crash, puis tourna vers Liz.

— Ouais, faites ça, dit-il après une longue pause.

Il tourna les talons et s'éloigna du groupe.

— On est bons ? demanda Diesel.

Judge hocha la tête.

— Ouais, on est bons.

Il se tourna vers Crash.

— Je vais aller parler au secrétaire de notre club et lui rappeler les putains de bonnes manières. T'auras plus de problème avec lui.

Judge et Sig aidèrent Ozzy à se relever et l'éloignèrent ensuite.

Diesel resta là quelques secondes supplémentaires, fixant Crash et secouant la tête.

— Il faut toujours que ce soit Rig ou toi.

— Il n'a rien fait, dit Liz.

L'un des sourcils de D grimpa brusquement sur son front et il fixa Liz un moment.

— Je t'ai pas adressé la parole.

Il se retourna vers Crash.

— Ne cause pas d'autres embrouilles.

Sur ces mots, il se retourna et s'éloigna à son tour d'un pas lourd.

— Un mec sympa, murmura Liz.

Crash sourit.

— Ouais. C'est le roi des connards. Mais on adore cet enfoiré.

—Judge peut aussi être très brusque quand il veut.

Brusque était un mot trop sophistiqué pour décrire Diesel. Le surnom que Jewel lui avait donné, La Bête, lui allait bien mieux, surtout quand on se le mettait à dos. Quelque chose à éviter à tout prix.

Crash repéra une catastrophe sur le sol.

Putain de connard de merde.

— Il a gâché un putain de cupcake.

Le choc de l'impact avait fait tomber le cupcake des mains de Liz. Il était maintenant écrasé dans la boue parce que quelqu'un avait marché dessus.

— Ça va aller, lui assura Liz avec un petit rire.

Elle fit glisser sa main le long du bras du motard et entrelaça leurs doigts avant de le tirer légèrement vers elle.

— On va où ?

— Quelque part où personne ne pourra nous surveiller.

Il jeta un coup d'œil autour de lui et vit plusieurs paires d'yeux tournés vers eux.

— Bonne idée.

Chapitre Sept

Bien sûr, Crash suivrait la femme n'importe où. Et elle l'emmena jusqu'au pavillon. À l'endroit où elle était censée le retrouver plus tôt.

Les guirlandes blanches suspendues dans toute la zone couverte étaient allumées, créant une lumière tamisée mais suffisante pour reconnaître les gens présents et éviter de se cogner les orteils sans pour autant éblouir qui que ce soit.

Ils trouvèrent Cait assise à l'une des tables de pique-nique, avec Asia dans ses bras, en train de l'allaiter. Il entendit un petit bruit dans la gorge de Liz lorsqu'elle aperçut Magnum et la petite fille de Cait.

Elle entraîna Crash vers eux.

— Oh mon Dieu ! Elle est tellement mignonne !

Cait leva les yeux et sourit.

— Salut, Crash.

— Salut, petite puce. Liz, c'est Cait. Son père est un Angel et son vieux est Magnum, l'Exécuteur des Dark Knight.

— Est-ce qu'il est aussi grincheux que les deux autres ? demanda Liz d'un ton taquin.

Cait rit doucement en passant ses doigts dans les cheveux noirs d'Asia.

— Parfois. Mais quand il est d'humeur massacrante, je lui mets Asia dans les bras et il devient une boule de guimauve.

Liz rit aussi.

— C'est pas le cas de tous les hommes avec leurs filles chéries ?

Asia profita de ce moment pour se détacher du sein de Cait. Cette dernière le rangea sous son haut et posa Asia sur ses genoux.

— *Ooooh*, je peux la prendre, s'il te plaît ? supplia Liz.

Cait se leva et lui tendit le bébé, qui n'était plus vraiment un bébé et apprenait déjà à marcher. Tous les enfants grandissaient tellement vite que Crash avait l'impression d'être encore plus vieux. Et aussi de passer à côté de quelque chose dont tout le monde profitait. Quelque chose qu'il n'avait même jamais pensé vouloir.

Liz poussa un cri de joie en installant Asia dans ses bras et commença à lui caresser le dos et à lui faire des papouilles.

— Elle est magnifique.

— Ouais, dit Crash, je sais pas trop comment des bêtes comme D et Magnum ont pu faire des bébés aussi beaux.

Cait se rassit et leva la main à hauteur d'épaule.

— Euh... C'est parce que Jewel et moi, on y est pour beaucoup. Il faut que tu nous rendes justice.

— Dieu merci, putain. Sinon, ces filles seraient foutues pour la vie. Imagine D et Magnum avec des seins, une putain de robe sur le dos et du rouge à lèvres.

Cait rit tellement fort qu'elle renifla, puis rit de nouveau.

Crash était content que la fille aînée de Dawg soit heureuse et ait trouvé un homme aussi solide que Magnum. Même si la façon dont les choses s'étaient passées et la différence d'âge entre Cait et Mag n'avaient pas plu à Dawg et au reste du MCDA au début, une fois que les choses s'étaient calmées, leur relation avait contribué à renforcer les liens entre les deux clubs.

Vu le temps que les deux MC passaient ensemble, il ne serait pas surpris que d'autres liens se nouent entre les clubs à l'avenir.

Après quelques minutes de plus passées à gazouiller, Liz, à contrecœur, rendit Asia à Cait.

— Merci de m'avoir laissée la prendre.

— Crois-moi, ça ne me dérange pas. Elle devient si lourde vu qu'elle est aussi solide que son père. D'ailleurs, il faut que j'aille le trouver, il voudra la prendre dans ses bras avant qu'elle s'endorme. C'est son moment préféré avec sa fille.

Cait installa Asia dans sa poussette et rassembla ses affaires.

— Ravie de t'avoir rencontrée, Liz.

— Ravie de t'avoir rencontrée aussi, répondit Liz.

Crash regarda Cait s'éloigner avec la poussette et disparaître dans la nuit. Liz l'attrapa par le bras et l'entraîna de l'autre côté du grand pavillon, un endroit plus privé et un peu plus sombre.

— Je suis toujours en colère pour le cupcake, marmonna-t-il en repensant à tous les endroits de son corps sur lequel il aurait pu lécher le glaçage et la crème.

— Tu veux que j'aille voir s'il en reste ?

Il l'arrêta lorsqu'elle se retourna pour retourner dans la salle.

— Non, putain ! Tu vas nulle part. Quelqu'un d'autre pourrait essayer de t'embarquer et je compte pas prendre ce risque.

Hors de putain de question, pas maintenant qu'il était enfin seul avec elle.

— Alors, tu peux te passer de ta dose de sucre ? le taquina-t-elle.

— Bien sûr, je peux me débrouiller, lui assura-t-il.

Il n'avait clairement pas envie de croquer dans un putain de cupcake alors qu'elle se trouvait devant lui. Manger la pâtisserie sur son corps aurait juste été un bonus.

Elle poussa un petit cri lorsqu'il la souleva par la taille et posa ses fesses sur le bord de la table de pique-nique dans le coin le plus sombre. Avec une lenteur atroce, il fit glisser sa robe le long de ses cuisses, en prenant soin de promener ses doigts sur sa peau nue et chaude, jusqu'à ce qu'il puisse s'installer entre elles.

Après avoir été anéantie à cause de l'incident causé par Ozzy, son érection avait repris des couleurs et était maintenant pressée contre la chaleur de Liz. La seule chose qui les séparait était son jean. C'était un problème auquel il pourrait remédier rapidement. Et même s'il en avait envie... Pour une fois, il voulait prendre son temps.

S'il avait été chez lui avec un joli cul, il aurait déjà terminé, sa braguette serait refermée, il aurait les deux pieds en l'air et une bière fraîche à la main. Savoir que c'était probablement le quotidien de Liz au sein du Fury lui donnait l'impression d'être un énorme connard pour toutes les fois où il avait fait pareil.

C'était pour cette raison qu'il ne lui ferait pas la même chose. Ouais, il voulait la baiser, mais ce n'était pas tout ce qui l'intéressait. Pas du tout, il s'intéressait à la femme, pas au fait qu'elle soit un joli cul.

Sous le pavillon, le dos de Liz était tourné vers la cour. Lui était en face, pour pouvoir surveiller si quelqu'un approchait. Il était certain qu'elle avait souvent couché devant un public, lui aussi, mais encore une fois, il ne ferait ça que si elle en avait vraiment envie.

Il n'avait pas envie de se donner en spectacle, d'autant plus qu'il n'était pas bourré comme souvent lorsqu'il baissait son jean et se vidait les couilles sans se soucier du regard des autres.

Donc, ouais, il voulait la baiser, mais il ne voulait pas non plus qu'elle pense qu'il ne l'utilisait que pour son corps. Elle était bien plus qu'un simple réceptacle à sperme. En plus d'être sexy à crever, elle semblait éloquente, intelligente, facile à vivre et plutôt fun.

Des qualités qu'elle gâchait, selon lui, en étant un joli cul. La plupart de celles qu'il côtoyait dans son club étaient de jeunes garces qui cherchaient à mettre le grappin sur un frère et qui tentaient toujours de faire des problèmes.

Est-ce qu'il était un connard de penser comme ça ? Absolument, mais c'était la vérité.

Récemment, Jester avait failli devenir père, et pas parce qu'il le voulait. L'un de leurs nouveaux jolis culs avait percé son préservatif. Il avait appris une leçon que les frères de Crash connaissaient depuis longtemps : ne jamais utiliser un préservatif qui est passé dans les mains de quelqu'un d'autre.

Inutile de dire que cette salope n'était plus un joli cul et qu'elle avait aussi échoué dans sa tentative de devenir la vieille dame de Jester. Quand elle avait compris que Jester n'avait pas l'intention de mettre son nom dans son dos, les choses avaient rapidement dégénéré et le joli cul avait décidé qu'elle préférait ne pas être mère célibataire. Elle était partie s'occuper de ce qui était soudainement devenu un « problème » sans consulter Jester au préalable. L'aventure de Jester en tant que père avait été interrompue avant même d'avoir commencé.

Une dure leçon pour le jeune frère de club de Crash. Mais un bon rappel pour tous les membres du club que certains jolis culs étaient suffisamment désespérées pour faire des coups aussi démoniaques que celui-ci.

Et piéger un homme avec une grossesse était exactement ça : démoniaque. D et Z avaient réuni les autres jolis culs pour les avertir que si l'une d'entre elles tentait de faire un truc comme ça à l'avenir, elle serait exclue sur le champ.

Les accidents étaient une chose, le faire exprès en était une autre.

Mais ça devrait être la dernière putain de chose dans l'esprit de Crash vu la femme qui se trouvait devant lui. Elle ne semblait pas du genre à comploter. Il se disait qu'elle aurait facilement pu convaincre Ozzy de la revendiquer à table et de faire d'elle sa vieille dame si elle l'avait voulu. Sans avoir recours à ce genre de ruses.

Même si elle était bouleversée par ce qui s'était passé entre le membre du Fury et elle, elle ne semblait pas avoir le cœur brisé. Non pas parce qu'elle semblait froide et distante, mais parce que le lien qui existait entre eux deux, le genre de lien qu'ils avaient tous vu plus tôt dans la journée entre Trip et Stella, ne devait pas être à ce niveau-là.

Et, ouais, si quelqu'un devait décider de s'attacher à une seule personne, ce devrait être avec quelqu'un qui lui correspondrait parfaitement. Comme ça, ils seraient moins susceptibles de s'entre-tuer avant d'atteindre un âge avancé. C'était l'une des raisons pour lesquelles Crash n'avait jamais ressenti le besoin d'occuper la place à l'arrière de sa meule. Quiconque s'essaierait à cet endroit devrait s'intégrer à sa vie et correspondre à sa personnalité. Jusqu'à présent, personne n'y était parvenu.

— D'où tu viens ?

Il fit glisser les doigts de ses deux mains le long des cuisses de Liz, puis plus bas, de ses genoux à ses fesses, appréciant chaque centimètre de sa peau lisse.

Elle pencha la tête sur le côté et un sourire se dessina sur les lèvres qu'il voulait tant goûter.

— T'essaies de faire ma connaissance avant de me baiser ? T'es pas obligé, tu sais.

— Je sais que je suis pas obligé. Mais ça veut pas dire que j'en ai pas envie.

Il glissa ses mains sous le tissu froncé et palpa ses deux fesses avant de les pétrir doucement.

— Alors, je vais te reposer la question, tu viens d'où ?

Sa bite palpitait déjà d'impatience, et sa voix était maintenant devenue un peu plus rauque.

— D'ici. Enfin, de la ville voisine.

La voix de Liz s'était un peu enrouée, tandis qu'il continuait à explorer la peau qu'il pouvait atteindre sans retirer sa robe.

— Ah ouais ?

Il plongea son doigt dans la fente de ses fesses, mais ne s'aventura pas plus loin que cette brève provocation.

— J'ai... euh.

Un doux soupir s'échappa de ses lèvres alors qu'il continuait d'explorer son corps.

— J'ai vécu dans le coin toute ma vie.

— Jamais partie, hein ?

— J'ai fait quatre ans d'études en Virginie. J'ai aussi voyagé. Dans un avion, pas juste à l'arrière d'une moto.

Ses doigts s'arrêtèrent et interrompirent leur progression vers le haut du dos de la jeune femme.

— Tu grimpes à l'arrière de sa meule ?

— Pas pour les virées de club, non. Les jolis culs ne sont pas autorisées à être des moutonnes lors de ces excursions. Mais en général, quand il a la bougeotte et a besoin de faire une longue balade, oui. Je pense que m'emmener avec lui l'obligeait à faire demi-tour et à rentrer. Sinon, je me dis parfois qu'il aurait continué à rouler et ne serait jamais revenu.

— Nomade dans l'âme.

Liz hocha la tête.

— Oui.

Il longea sa colonne vertébrale du bout des doigts, puis enfouit sa main sous ses cheveux avant de l'enrouler autour de sa nuque.

— C'est peut-être pour ça qu'il t'a jamais revendiquée.

— J'ai jamais voulu qu'il me revendique. Même s'il me

l'avait demandé, je lui aurais dit non. Je l'aime bien, mais je ne suis pas *amoureuse* de lui.

Il s'immobilisa à nouveau et réfléchit à ses paroles un moment.

— Dans notre club, devenir une vieille dame, c'est comme devenir une épouse. Ça veut dire la même chose, la seule différence, c'est l'aspect administratif.

— C'est pareil ici.

— Donc, t'as pas envie de devenir une vieille dame du tout ?

— J'ai pas dit ça. Ça dépend. Peu importe avec qui je passerai le reste de ma vie, peu importe qui deviendra mon partenaire, que ce soit un vieux, un mari ou même une épouse, je veux d'abord être profondément amoureuse. Comme ma mère avec mon beau-père. Je veux un amour comme le leur.

— Mais elle n'était pas comme ça avec ton père ?

Liz ouvrit la bouche pour répondre, puis la referma lentement.

Peut-être que son vrai père était un sujet délicat pour elle. Il décida de passer à autre chose.

— Comment t'es devenue un joli cul ?

— Plus par curiosité qu'autre chose. Un soir, je me suis pointée à une fête et je suis pratiquement jamais repartie. J'ai adoré la liberté sexuelle qui règne ici. Les mecs ne sont pas violents et ont tous leur propre personnalité. Certaines meilleures que d'autres. Et en gros, j'adore le sexe.

Elle haussa les épaules.

— Et, sans surprise, eux aussi, donc ça marche pour nous tous. Je prends ce qu'il me faut quand ils prennent ce qu'il leur faut. Je voyais ça comme une situation où tout le monde était gagnant.

Rien de tel qu'une femme qui assume sa sexualité, qui n'en a pas honte et qui se fout de ce que pensent les autres.

— T'aimes aussi les femmes ?

— Oui.

Elle rit doucement.

— Je ne fais pas de discrimination quant à la personne à qui je donne ou de qui je reçois du plaisir. Je trouve les femmes excitantes, mais si je devais choisir entre les deux, je pencherais plutôt pour les hommes. Mais heureusement, je n'ai pas eu à choisir. Pour moi, les hommes sont comme une coupe de glace et les femmes sont la cerise au sommet. Je trouve le corps féminin magnifique et elles semblent avoir beaucoup moins de complexes sexuels que les hommes, si tu vois ce que je veux dire.

— Ouais, j'ai remarqué ça souvent. Les femmes couchent avec d'autres femmes même si elles sont pas bisexuelles ou lesbiennes. Alors que nous les hommes... Il faut vraiment qu'on soit de ce bord-là pour baiser ou sucer un autre mec.

Elle sourit.

— Je suppose que t'es pas un de ces hommes.

Il secoua la tête.

— Jamais, putain. Les bites c'est pas mon truc. Jamais été curieux. J'adore l'odeur et la douceur d'une femme. Pour moi, une femme en chaleur est la meilleure odeur de la planète.

— Tu peux dire à quel point je suis excitée rien qu'à mon odeur ?

— Bien sûr, putain. J'ai envie de fourrer mon nez entre tes jambes et d'inhaler cette odeur comme une taffe de bon cannabis. J'ai envie de la goûter avec ma langue aussi.

Il voulait toute la putain d'expérience. Le goût, l'odeur, la vue, le toucher...

— Alors je sais pas pourquoi t'attends.

— Je suis pas pressé. Attendre d'obtenir ce que je veux rendra le plaisir encore plus intense, quand le moment sera venu.

Il était également effrayé qu'une fois qu'il aurait ce qu'il voulait, il en voudrait encore plus. Comme ces putains de cupcakes du tonnerre.

— En attendant, tu me fais attendre aussi.

— Je suis si irrésistible que ça ? la titilla-t-il. Écoute, je suis qu'un homme. Un homme que les sœurs du MCDA traitent de clown, juste pour info.

— Les clowns font peur, et t'as pas l'air effrayant.

— J'ai l'air de quoi ? D'une baltringue ?

Elle rit, ce qui fit gigoter ses seins sous sa robe soyeuse. Il avait envie de la déballer comme un cadeau et d'exposer chaque centimètre de son corps.

Elle lui serra le biceps.

— Non, clairement pas une baltringue.

Elle fit glisser sa main libre sur les poils courts qui couvraient sa mâchoire, mais ne toucha pas sa fossette, *Dieu merci*.

— Tu te laisses pousser la barbe ou elle est toujours aussi courte ?

— D'habitude, mes cheveux et ma barbe sont beaucoup plus longs, mais j'ai perdu un pari que je pensais pas perdre.

— Tu t'es coupé les cheveux pour un pari ?

Il ricana.

— Ouais, c'était carrément stupide, hein ? J'avais parié avec Rig, qui a un bordel sur le visage et les cheveux longs aussi. Je pensais que c'était lui qui allait devoir se raser.

— Mais c'est toi qui as perdu.

— Ouais.

— C'était quoi le pari ?

Il secoua la tête.

— Un truc stupide. On était bourrés et on faisait les cons.

— Alors ça avait un rapport avec une femme, conclut-elle.

— Ouais. J'ai perdu. Il a gagné.

— Il a gagné la fille.

— Je sais pas si je considérerais ça comme une victoire, mais ouais.

— Finalement, elle n'était pas comme vous l'imaginiez ?

Crash haussa les épaules.

— Je sais pas vu que j'ai perdu. Mais c'est pas important, car je savais pas ce qu'était une vraie victoire avant...

— Avant...?

— Avant maintenant.

Elle posa sa main sur le ventre de Crash et agrippa son t-shirt.

— Est-ce que j'ai dit que les motards ne savaient pas flirter ? Je vais peut-être devoir revoir mon jugement.

— C'était pas du flirt. C'était la vérité.

— Tu me connais même pas.

— Mais j'aimerais bien.

Il la regarda intensément.

— Si tu me laisses faire.

Il agrippa ses hanches et l'attira vers lui. Il pencha la tête et l'embrassa longuement, lentement, savourant enfin le goût de ses lèvres. Il prit son temps pour explorer chaque recoin de sa bouche. Une main attrapa sa nuque, l'autre agrippa ses fesses, essayant de le rapprocher plus près d'elle. Il était tenté de remuer les reins contre sa douce chaleur, mais ne voulait pas que son jean rugueux irrite sa peau délicate.

À contrecœur, il interrompit leur baiser, car s'il continuait de l'embrasser comme ça, les choses dégénéreraient rapidement. Comme il ignorait combien de temps il pourrait encore passer avec elle, il voulait prendre son temps, ça voulait dire aller plus lentement qu'il ne le faisait d'habitude.

Peut-être qu'après cette nuit, il ne la reverrait plus jamais, alors il voulait retarder ce moment autant que possible.

Elle devait se dire la même chose, car elle leva la tête et s'adressa à lui d'une voix un peu essoufflée.

— Quand est-ce que tu retournes chez toi ?

— Lundi matin.

— Je suis pas sûre que ce soit assez de temps pour qu'on apprenne à se connaître.

Il aimait qu'elle ne cache pas sa déception.

— On pourrait commencer maintenant, suggéra-t-il.

— T'es un homme très déterminé.

— Quand je vois quelque chose que je veux, je le poursuis.

— Je sais pas pourquoi tu me veux.

Beaucoup de femmes auraient dit ça uniquement pour obtenir des compliments. Cette fois, il avait le sentiment que ce n'était pas le cas. C'était probablement parce qu'elle était un joli cul et qu'il ne voulait pas se contenter de la baiser. Certains hommes, comme lui, ne considéraient les jolis culs que comme des poubelles à sperme.

— Tu t'es regardée dans un miroir ?

Elle sourit.

— Ouais, aujourd'hui, après m'être habillée.

— Alors tu vois ce que je vois.

— Tu sais ce que je veux dire.

Il savait, alors il devait clarifier les choses. Ce n'était pas juste une question d'apparence ou de sexe.

— Ce que t'as pas vu, c'est ce que j'ai vu tout à l'heure. Ta façon d'interagir avec les autres. Ta façon de sourire. Ta façon de bouger. Être une putain de bombe atomique n'est que superficiel. Rien qu'en te regardant, je vois que t'es bien plus que ça.

Les coins de ses lèvres se redressèrent.

— Oui, j'avais clairement tort sur la façon de flirter des motards.

— Parce que la plupart d'entre nous n'ont pas besoin de flirter. On a toujours des femmes prêtes à faire tout ce qu'on veut.

— Ah. Maintenant, tu deviens arrogant.

— Je suis pas arrogant. C'est la vérité. Tu le sais bien vu que tu fais partie du Fury. Est-ce qu'un seul membre de ton club a du mal à se taper une chatte ? Ou à trouver une femme qui accepte de répondre à ses fantasmes, même si c'est tordu ? Et je parle pas de jolis culs.

— Non.

Il inclina la tête en réponse.

— Je suppose que ça vaut pour toi aussi.

— Dans la vingtaine et la trentaine, ma seule préoccupation dans la vie, c'était de savoir quand je me taperais une autre chatte. Je m'en foutais de qui. Ou d'où. Putain, je vais l'avouer, la moitié du temps, je m'en foutais complètement que la fille que je me tapais jouisse ou non.

— Et maintenant ?

— Je suis prêt à ralentir et à prendre le temps d'apprécier les femmes un peu plus que je l'ai fait dans le passé. Et avec un peu de chance, rattraper mes erreurs.

— Mais pas avec les femmes avec qui tu les as commises.

— Ce serait impossible. Je dois juste faire mieux à l'avenir.

— Comme maintenant.

— Ouais, comme maintenant.

Il promena le bout de son nez sur celui de la jeune femme.

— Viens avec moi dans ma chambre, murmura-t-il.

Son souffle chaud et imprégné de l'odeur du whisky effleura ses lèvres.

— Je pense pas que ce soit une bonne idée. À moins que t'aies changé d'auberge.

Bon sang. Elle avait raison.

Ce putain d'Ozzy allait continuer d'empêcher Crash de conclure, même sans le savoir.

Putain de fils de pute.

— C'est quoi le problème avec cet endroit ?

Il recula légèrement.

— T'as pas peur que ton mec te voie ?

Il grimaça lorsqu'une expression douloureuse traversa le visage de Liz. Il regretta instantanément son choix de mot. Maintenant, c'était lui qui s'empêchait de conclure. *Putain d'imbécile.*

— C'est pas mon mec.

Ouais, mais il se comporte comme s'il était. Il garda ça pour lui, car ce n'était pas quelque chose qu'elle ignorait, donc inutile de le répéter. Il était censé lui faire oublier Ozzy, pas la refaire penser à lui.

Il corrigea son erreur.

— Ça te dérange pas qu'on nous voie ?

Elle secoua la tête.

— Et toi ?

— Jamais de la vie. Encore moins avec une femme comme toi.

— Oh oui. Je me suis *tellement* trompée sur la façon de flirter des motards. Et, comme je te l'ai dit, t'as pas besoin de te donner autant de mal.

— Je me donne pas de mal, bébé. Je te dis la vérité. Je te le jure.

— La vérité, c'est que ça m'est égal que les gens nous voient. Et si ça ne te dérange pas non plus, alors on est bons.

Le faire sur la table n'était pas idéal, mais si ça convenait à Liz, ça lui conviendrait également. Au moins pour la première fois...

Malgré tout, il craignait d'être pris en embuscade avec son jean à ses chevilles. Il allait devoir garder les yeux ouverts et rester vigilant. Le vice-président et le Sergent d'Armes d'Ozzy avaient peut-être eu une discussion avec le type, mais il était complètement bourré, donc il ne tiendrait pas forcément compte de leur avertissement.

Il prit le visage de Liz entre ses mains, glissa ses doigts dans ses cheveux et baissa à nouveau la tête pour lui prendre la bouche.

Ouais, putain, ses lèvres avaient le goût d'un mélange de whisky et de femme, et il était impatient de poser sa bouche ailleurs. Tout en gardant leurs lèvres et leurs langues connectées, il inséra une main entre eux et la fit descendre le long de la bosse dans son jean avant de trouver le monticule de Liz.

Il grogna dans sa bouche lorsqu'il découvrit qu'elle était rasée, sa peau chaude, lisse et glissante.

Ses couilles se contractèrent lorsqu'il effleura son clitoris avec son pouce et glissa facilement deux doigts en elle.

— Putain, bébé, tu mouilles toujours autant ? demanda-t-il contre ses lèvres.

— En général ? Non, souffla-t-elle. Mais d'habitude, j'attends pas si longtemps pour obtenir ce que je veux.

— J'y vais trop lentement pour toi ? demanda-t-il, surpris.

— C'est pas moi qui suis pressée d'habitude.

— Alors t'aimes quand c'est lent.

— J'aime quand c'est lent. J'aime quand c'est rapide. J'aime ça tout court.

Il sourit contre ses lèvres.

— Moi aussi, putain.

Il reprit sa bouche, glissant ses deux doigts en elle et la pénétrant encore et encore, étonné de voir à quel point elle était mouillée. Il ne sentait pas juste son excitation, il l'entendait aussi pendant qu'il la baisait comme ça et jouait avec son clitoris en même temps.

Elle grogna dans sa bouche et enroula une main autour de sa nuque pour le maintenir en place. Son autre main se fraya un chemin sous son t-shirt et ses ongles griffèrent son ventre.

Elle commença à défaire sa ceinture, mais il l'arrêta rapidement en lui attrapant le poignet.

— Pas encore. Cette fois, c'est pour toi.

Il eut l'impression qu'elle n'entendait pas ça souvent, même jamais.

Sa main glissa à nouveau sous le t-shirt de Crash et ses doigts s'écartèrent sur sa peau brûlante. Il recommença à la doigter, mais au lieu de reprendre sa bouche, il fit glisser sa langue le long de sa gorge. Elle renversa la tête en arrière pour lui donner l'accès dont il avait tant besoin, puis elle posa la main sur le sommet de sa tête et la poussa plus bas.

Il fit glisser une des bretelles de sa robe sur son épaule jusqu'à ce qu'un sein soit libéré. Elle ne portait pas de soutien-gorge, comme elle ne portait pas de culotte. Ce qui signifiait très probablement que les garçons du Blood Fury aimaient avoir un accès facile à leurs jolis culs. Soulever une jupe, les pencher en avant, se vider les couilles et passer à autre chose.

Il avait fait ça trop souvent lui-même.

Plus il la travaillait avec ses doigts, plus elle devenait humide et bruyante.

— C'est ça. Jouis pour moi, bébé, lui murmura-t-il à l'oreille. Montre-moi à quel point t'as envie de moi... t'as envie de ça.

— J'en ai envie..., souffla-t-elle.

Elle remua brusquement les hanches, chevauchant ses doigts et se frottant contre eux.

Il avait déjà été avec des femmes qui squirtaient, mais pas comme Liz. Ses doigts, ses mains étaient trempés, l'intérieur des cuisses de la jeune femme devenant une sorte de toboggan aquatique.

Elle tira sa tête vers le haut jusqu'à ce qu'elle capture sa bouche et qu'il capture ses cris, alors que les muscles internes de la jeune femme se contractaient et se relâchaient autour des doigts de Crash. Elle souleva les hanches de la table une dernière fois avant de lâcher un soupir qu'il captura également.

Putain, il avait hâte de poser sa bouche sur elle, de goûter son jus.

Il la tira jusqu'à ce que ses fesses soient au bord de la table, sur le côté le plus long. Lorsqu'il grimpa entre le banc et la table et s'assit, il lui ordonna de prendre place.

— Tes pieds sur mes épaules.

Elle s'exécuta rapidement et, dès qu'elle eut obéi, il plongea la tête la première entre ses cuisses. Il lécha sa peau humide, suça ses plis mouillés et charnus, titilla son clitoris, puis, après avoir écarté ses cuisses un peu plus largement, il enfouit son visage dedans.

Le putain de nirvana. Elle avait aussi bon goût qu'elle en avait l'air et, comme il le craignait, il ne pouvait déjà plus se passer d'elle.

Il fit glisser sa langue vers le haut de sa fente humide et redescendit jusqu'à son anus, le léchant une fois... puis une autre, entendant ses gémissements. Il immobilisa ses hanches cambrées sur la table lorsqu'elle se tortilla alors qu'il la léchait en prenant le temps de sucer chaque pli, lui arrachant un nouveau cri de plaisir.

Quand il posa sa bouche sur son clitoris, il suça encore plus fort.

Avec son majeur, il recueillit sa mouille puis pressa le bout contre son anus. Quand celui-ci se détendit et s'ouvrit pour le laisser entrer, il l'enfonça jusqu'à la dernière phalange et s'appliqua sérieusement à la faire jouir une fois de plus.

Comme ses cheveux étaient si courts, elle ne pouvait pas les agripper fermement, mais ses ongles s'enfonçaient dans son cuir chevelu tandis qu'elle frottait sa chatte contre son visage, l'encourageant avec des mots et des mouvements à lécher et sucer plus vite. Pour l'amener vers ce second orgasme.

— Je te veux en moi, gémit-elle.

— Bientôt, murmura-t-il contre sa peau brûlante.

— Maintenant.

Il ignora sa demande. Il était déjà sur le point de perdre patience, car il était lui aussi plus que prêt à la pénétrer. Sa queue palpitait douloureusement, la pression dans son entre-jambe était presque insupportable et il avait l'impression qu'il allait exploser s'il ne se vidait pas rapidement.

Mais il continua à suivre son plan qui consistait à la faire jouir avec ses doigts, puis avec sa bouche avant de se servir de sa queue.

Il lui doigta la rondelle avec son majeur, puis mordilla son clitoris et ses hanches se soulevèrent à nouveau. Il passa un bras autour pour la maintenir en place et lui doigta la rondelle encore plus vite, et lorsque les mots de Liz lui apprirent qu'elle était sur le point de jouir, il mordit douce-ment la chair tendre autour de son clitoris et effleura le bouton gonflé du bout de la langue. Des spasmes commen-cèrent à vibrer autour de son majeur.

— *Oooh...* Mon Dieu ! cria-t-elle, son corps se contrac-tant, ses ongles s'enfonçant encore plus profondément dans le cuir chevelu de Crash alors qu'elle jouissait pour la deuxième fois.

Sa poitrine haletait comme si elle venait de courir un kilomètre. Celle de Crash aussi.

Il garda sa bouche à cet endroit pendant quelques secondes supplémentaires, jusqu'à ce que les vagues de son orgasme s'estompent. Puis, passant une nouvelle fois sa langue entre ses lèvres vaginales, il recueillit le doux nectar qu'elle avait produit.

Sa bite était maintenant tellement dure qu'il avait l'im-pression qu'elle était sur le point de se fendre en deux. En fait, il était tellement dur qu'il avait peur de jouir dès qu'il la pénétrerait.

Il avait besoin de souffler un peu, de se calmer et de rassembler ses esprits. Parce que s'il jouissait en quelques secondes, il ne se le pardonnerait jamais.

Il se leva rapidement et admira ce qu'il avait sous les yeux. Liz était allongée sur la table, un sein dénudé, sa robe relevée autour de la taille et les paupières lourdes, le regard fixé sur lui. Il se pencha rapidement et effleura du bout des dents son téton durci, puis sortit son portefeuille. Après avoir pris un préservatif, il le jeta sur la table, détacha sa ceinture, baissa sa braguette et fit glisser son jean à ses genoux avant de se retourner et de se rasseoir sur le banc, cette fois-ci dos à la table et à Liz.

— Viens ici.

Il eut même du mal à prononcer ces mots. Il luttait pour garder ses esprits, car la seule chose qu'il voulait à ce moment précis, c'était la pénétrer profondément.

Pendant qu'elle descendait de la table, il déchira l'emballage, enfila le préservatif et attendit qu'elle se présente devant lui.

Comme un putain de mirage.

— Montre-moi tes seins, exigea-t-il.

Debout juste devant lui, elle fit glisser lentement l'autre bretelle de sa robe le long de son épaule jusqu'à ce que ses deux seins soient exposés.

— Viens ici, murmura-t-il à nouveau en l'attrapant par les hanches et en l'attirant vers lui jusqu'à ce qu'elle soit prise en sandwich entre ses cuisses.

Il glissa une main sous sa robe, qui était maintenant retombée en place, trouva l'endroit où elle était trempée et plongea à nouveau un doigt en elle. Il recueillit un peu de sa mouille et l'étala autour de son téton dur. Il posa sa bouche dessus et le suça très fort en pinçant l'autre entre ses doigts.

Elle cambra le dos et, une fois de plus, agrippa l'arrière de la tête de Crash, le maintenant en place, l'encourageant à continuer.

Sa bite avait désormais son propre rythme cardiaque, mais prendre le temps de vénérer ses seins parfaits était la période de refroidissement dont il avait besoin.

Mais il en avait assez d'attendre. Ras le cul.

Il la retourna, fit glisser lentement le tissu soyeux le long de ses cuisses et l'encouragea à s'asseoir sur ses genoux. Il grogna lorsqu'elle tendit la main derrière elle et attrapa fermement sa queue pendant qu'elle s'abaissait lentement.

Il retint son souffle lorsqu'elle fit glisser le gland d'avant en arrière entre ses plis brûlants, puis s'arrêta.

Il expira brusquement lorsqu'elle s'enfonça sur lui et l'accueillit en elle.

Dieu merci, elle resta assise là une seconde, permettant à son cerveau de retrouver un peu de lucidité.

Il relâcha sa robe et elle tomba autour de leurs cuisses comme un rideau. Il avait mieux à faire de ses mains que de la tenir sur le côté. Comme agripper l'un de ces putains de seins succulents.

Sa chatte était comme un poing brûlant lui serrant la queue et la relâchant à chaque fois qu'elle levait et baissait les hanches. Après avoir repoussé ses cheveux en arrière et pressé ses lèvres contre sa nuque, il tendit la main et pinça son clitoris.

Elle commença à le chevaucher plus vite, cambrant le dos et poussa son sein dans la main du motard. Il le serra tellement fort qu'elle en le souffle coupé. Chaque fois qu'elle se baissait et prenait sa queue le plus profondément possible, elle remuait les hanches et lui faisait presque perdre la putain de tête.

Il était sur le point d'exploser et il ne voulait pas le faire avant qu'elle ne jouisse une troisième fois. Il avait un putain d'objectif et il s'y tiendrait.

— Dis-moi ce dont t'as besoin, grogna-t-il contre son épaule en goûtant la légère salinité de sa peau douce du bout de la langue.

Elle était carrément délicieuse. Meilleure que n'importe quel cupcake. Sa chatte, ses seins, sa bouche. Tout. Le meilleur repas de sa putain de vie.

— Tords-le aussi fort que possible.

Son ordre rauque fit affluer encore plus de sang vers sa bite déjà dure comme une brique, mais comme il avait une main sur son sein et l'autre sur son clito, il n'était pas certain de ce qu'elle voulait qu'il torde. Il ne prit pas la peine de poser la question. Au lieu de ça, il agrippa fermement les deux et les tordit en même temps, ce qui la fit presque décoller des genoux du motard.

Elle planta ses ongles dans les cuisses de Crash et s'appuya sur ses jambes musclées en se balançant d'avant en arrière jusqu'à ce qu'il soit enfoncé en elle jusqu'aux couilles. Jusqu'à ce qu'il ne puisse plus aller plus loin.

Un léger couinement jaillit des lèvres de Liz lorsqu'il pinça son autre téton et son clitoris une fois de plus.

— Oui, siffla-t-elle en balançant la tête en arrière tellement loin qu'elle toucha l'épaule de Crash.

Il fit glisser sa langue le long du cou de la jeune femme, relâcha son clitoris et toucha l'endroit où ils étaient connectés, où il la pénétrait sans cesse. Ou c'était plutôt elle qui le chevauchait, car il n'avait presque pas à bouger le moindre muscle.

— On ne pourrait pas mieux aller ensemble.

Elle était faite pour lui. Il l'avait compris à la seconde où il avait posé les yeux sur elle hier. Quelque chose en elle avait attiré son attention et ne le lâchait pas.

Peu importait qu'elle soit un joli cul. Peu importait qu'il l'ait vue baiser avec un autre putain de mec ce matin.

Rien de tout ça n'avait d'importance.

En temps normal, un joli cul ne retiendrait son attention que le temps d'une bonne baise, et pas une seconde de plus. Une fois qu'il avait fini, il en avait fini avec elle. Il passait à autre chose jusqu'à sa prochaine pulsion.

— Je veux que tu jouisses avec moi, grogna-t-elle en s'empalant sur sa queue encore et encore.

Il voulait la même chose. Il n'attendait qu'un mot de sa

part pour poser les armes et cesser de lutter. Il ne tenait déjà plus qu'à un fil de toute façon.

Il tira sur son téton, moins brutalement cette fois, puis fit tournoyer son pouce sur son clitoris comme si c'était le joystick d'un jeu vidéo.

— Oh mon Dieu, oui ! cria-t-elle.

Il avait perdu toute conscience de ce qui se passait autour d'eux. Il aurait pu y avoir des spectateurs qu'il ne s'en serait même pas rendu compte. Et il s'en serait foutu.

Il était trop occupé par la femme assise sur ses genoux, par la femme qui chevauchait sa queue. Par la femme qui trempait ses putains de couilles à tel point que sa mouille commençait à dégouliner du scrotum du motard.

Tellement mouillée.

Il détestait les préservatifs. Il les détestait *plus que tout* à ce moment précis. Il voulait sentir sa chatte humide contre sa queue au lieu de sentir son propre sperme coincé entre le latex et sa peau.

Mais il ne manquait jamais d'en mettre un. Alors pourquoi maintenant ? Pourquoi est-ce que cette envie le prenait soudainement avec le joli cul d'un autre club ?

À son âge, ça faisait longtemps qu'il aurait dû arrêter d'être stupide.

Parfois, il lui arrivait de faire une petite rechute. Mais pas maintenant. Pas avec ça.

Malheureusement.

Elle s'écrasa une fois de plus sur sa queue et roula doucement les hanches, comme une danseuse du ventre. Elle attrapa la main du motard, plaquée sur son sein, et les serra tous les deux.

Elle cambra le dos, ouvrit la bouche, et son épaisse chevelure blonde se répandit sur l'épaule et le torse de Crash lorsqu'elle poussa un long gémissement grave. Il se demanda si les autres pouvaient les entendre par-dessus la musique du groupe.

Puis il le sentit. Tout en elle se crispa et sa chatte se contracta autour de sa queue.

— Je... je jouis...

Sans blague.

Lui aussi.

Il haussa le bassin, s'enfonça en elle en grognant et jouit en même temps qu'elle.

Après quelques instants, lorsqu'ils redescendirent tous les deux de leur nuage, le seul bruit autour d'eux, à part celui de la musique au loin et de la foule en fête, était leur respiration. Haletante et rapide.

Finalement, leurs muscles se détendirent, leurs corps se relâchèrent et Crash passa un bras autour de la taille de Liz pour la garder près de lui.

Pour rester connecté à elle.

— Bouge pas, murmura-t-il contre son épaule nue.

— On peut pas rester comme ça éternellement, dit-elle doucement en tendant le bras derrière elle pour enrouler une main autour de sa nuque.

Il avait juste besoin de quelques secondes de plus. Malheureusement, ces secondes s'écoulèrent trop vite. Il attrapa le bas de la capote lorsqu'elle se leva de ses genoux en remuant les hanches, puis la retira délicatement et la noua avant de se lever à son tour et de la jeter dans une poubelle à proximité. Il prit un rouleau de papier essuie-tout posé sur chaque table de pique-nique et se nettoya rapidement pendant qu'elle faisait la même chose.

Il rangea sa queue dans son boxer, puis remit son jean et sa ceinture en espérant de tout son putain de cœur qu'elle ne pensait pas que la nuit était terminée. Pour lui, elle ne faisait que commencer.

Toutefois, pour continuer d'apprendre à se connaître, ils devaient trouver un meilleur endroit qu'une putain de table de pique-nique en bois sous un pavillon au milieu d'une réception de mariage.

Chapitre Huit

— TU VIS dans cet appartement avec lui ?

Cet appartement ?

Merde, il parlait de l'appartement avec Ozzy à l'auberge.

— Non.

Même si elle y passait tellement de temps qu'elle aurait très bien pu emménager. Mais faire ça aurait voulu dire un engagement sérieux entre eux.

— T'as ton propre appartement ?

Elle hocha la tête, se demandant où il voulait en venir, à part se montrer curieux au sujet de sa relation avec Ozzy.

— Dans le coin ?

Ah. Elle devina qu'il voulait recommencer ce qu'ils venaient de faire sur la table de pique-nique, mais dans un endroit bien plus confortable. Comme son lit.

Et bien plus intime. Comme chez elle.

Et sans risque qu'Ozzy ne débarque et ne cause plus de problème. Encore une fois, être chez elle, loin de la ferme, éviterait cette éventualité. Même si Crash n'avait aucune idée qu'Ozzy n'était jamais venu chez elle et ne lui avait jamais demandé où elle vivait.

— À environ dix minutes d'ici. Mais...

— Mais ?

— Je partage l'appartement avec quelqu'un.

Qui appréciait le fait que Liz ne soit presque jamais à la maison. Il avait tout l'appartement pour lui et ne payait que la moitié du loyer. Il risquait d'être déçu d'apprendre que ça allait changer après ce week-end.

— Ah oui ? Ça va la déranger si on fait un putain de boucan ?

Les lèvres de Liz tressaillirent.

— Le. Et ça pourrait le déranger s'il bosse demain.

— Le ?

— Oui, *le*.

Elle roula ses lèvres en réponse à sa réaction typiquement masculine lorsqu'elle disait à quelqu'un que son colocataire était un homme.

— Un colocataire et plus si affinité ?

— Le seul plus dont il profite, c'est que je paie la moitié des frais depuis deux ans alors que je ne suis presque jamais présente.

— C'est un plus, c'est sûr. Ça te dérange si on réveille ce connard ?

Elle pencha la tête et fixa l'homme devant elle.

— Qui est-ce que qui va faire tout ce bruit ? Toi ou moi ?

Crash haussa les épaules.

— J'espère que ce sera toi. Mais si t'es prête à relever le défi, tu peux essayer de me faire gueuler aussi.

Elle laissa enfin le sourire qu'elle retenait se dessiner sur son visage et lui tapota le ventre d'un air condescendant.

— Je pense pas que ce sera très difficile, Crash. J'ai déjà fait pleurer un homme.

Les sourcils de Crash grimpèrent brusquement sur son front.

— Putain.

— Il m'a même remerciée après.

— Bon sang, murmura-t-il, clairement impressionné. Si t'arrives à me faire chialer tellement c'est bon, je vais peut-être devoir te kidnapper et te garder avec moi.

Cette offre était tentante.

— Alors on dit chez toi ?

— En général, j'invite pas d'inconnus chez moi.

Même si elle ne l'avait pas invité, il s'était invité tout seul. Crash fit un pas en arrière et tendit la main. Elle la serra en essayant de ne pas rire.

— Crash. Quarante-quatre ans. Un mètre quatre-vingt-trois. Quatre-vingts kilos quand j'ai pas une douzaine de putains de cupcakes dans le bide. Je chausse du quarante-cinq. C'est au-dessus de la moyenne, au cas où tu le saurais pas. Mécanicien hors pair. À part les cupcakes et la bouffe de chez Bangin' Burgers, j'adore bouffer des chattes. Et je vais te dire un truc que la plupart des gens ignorent...

Le sourire de Liz était si large que son visage commençait à lui faire mal.

— Quoi donc ?

— Mon vrai nom. Si je te le dis, t'auras une partie de moi qu'aucune autre femme n'a jamais eue.

Elle arqua un sourcil.

— Personne ?

— Juste ma maman qui me l'a donné.

— Alors, je serai spéciale.

— Tu l'es déjà.

— Oh, oui. T'es peut-être l'exception qui confirme la règle à propos des motards et de leur façon de flirter.

— Encore une fois, c'est la vérité, pas du flirt. J'ai déjà marqué, donc j'ai pas besoin de te travailler au corps. Je veux juste que tu te sentes à l'aise à l'idée de me ramener chez toi.

Elle rit.

— Et une sacrée vérité.

Il disait clairement les choses sans chichi. Mais elle avait vite compris que c'était le cas de la plupart des motards. S'ils avaient quelque chose à dire, ils le disaient sans détour. La plupart se foutaient d'être politiquement corrects ou que leurs paroles ou leurs actes offensent qui que ce soit. Comme Ozzy l'avait fait ce matin.

— Alors ? insista-t-elle, désormais curieuse de connaître son vrai nom.

Il haussa les épaules.

—Jacob McKay.

— C'est un super nom. Ta mère l'a bien choisi.

— Eh bien, elle n'a pas choisi mon nom de famille, il était attaché au sperme qui m'a conçu. Mais elle a choisi Jacob. En hommage à son frère, qui a été tué au combat pendant l'opération Urgent Fury à Grenade.

Comme elle n'avait jamais entendu parler de ce conflit militaire, il avait dû avoir lieu avant sa naissance.

—Je suis désolée pour ton oncle.

— Enfin bref... Tu veux mon numéro de sécu aussi ?

Elle rit à nouveau.

— Non.

— Tu veux voir une fiche de paie ? Mon relevé bancaire ?

Il n'avait probablement même pas de fiche de paie puisqu'il était propriétaire d'un garage.

—Non.

— Alors, on continue à faire connaissance ici ou on le fait chez toi, dans ton lit ? Ou il y a quelque chose de spécifique qu'il faut que tu saches avant ?

Elle l'inviterait clairement chez elle. Elle appréciait beaucoup trop leur badinage pour le laisser s'arrêter si vite. Il lui avait dit que la sororité du MCDA le traitait de clown. Elle n'avait pas encore remarqué ce côté de sa personnalité, mais elle était certaine que ça changerait quand elle le connaîtrait un peu mieux.

Elle aimait ça. Certains des gars du Fury pouvaient être

complètement loufoques, d'autres un peu trop sérieux ou intenses. Comme Trip et Sig.

Elle aimait les hommes qui ne se comportaient pas toujours comme si un problème pouvait surgir à tout moment.

Ozzy était habituellement plutôt facile à vivre. Il se foutait de la plupart des choses. À part du sexe. C'était sa priorité absolue à ce stade de sa vie, maintenant que le club lui offrait ses besoins essentiels : un toit au-dessus de la tête, une source de revenus et un approvisionnement illimité en tabac, en herbe, en alcool et en nourriture.

La seule chose sur laquelle il devait se concentrer, c'était l'identité de la personne qui partagerait son lit chaque soir. Avec ou sans Liz.

— Comment t'as eu le surnom Crash ?

— C'est une histoire que je te donnerai qu'après quelques orgasmes de plus.

— Les tiens ou les miens ?

— Je m'occupe des tiens, tu t'occupes des miens. Marché conclu ?

Elle hocha la tête.

— Marché conclu.

Cette fois, c'est elle qui tendit la main. Il la prit et s'en servit pour l'attirer vers lui.

— Je suppose que ça veut dire qu'on va faire une petite escapade de dix minutes.

— Dix minutes, c'est un bon début. Mais j'espère que nos escapades ensemble dureront plus longtemps.

Elle lui fit un clin d'œil.

— On dirait un nouveau défi.

— Prends-le comme tu veux.

Elle pointa son pouce par-dessus son épaule.

— Je suis garée derrière cette longue remise là-bas. Tu veux me suivre ?

— Pas du tout, putain. Tu grimpes avec moi, parce que je reviendrai pas ici avant demain.

—Je…

Elle prit une inspiration.

— Je suis pas sûre de revenir.

Elle avait dit à Trip qu'elle serait là ce week-end, mais après ce qui s'était passé avec Ozzy ce matin et maintenant avec Crash, elle n'était pas sûre de vouloir se rendre « disponible » pour qui que ce soit d'autre. Et si elle venait demain, ce serait ce qu'on attendrait d'elle.

La solution la plus simple serait qu'elle se retire discrètement et qu'elle s'excuse auprès de Trip et Stella une fois que les deux autres clubs seraient partis. Le plus important, c'était qu'elle avait été là pour assister au mariage et aider à servir à manger et à boire.

Mais Crash ne semblait pas satisfait de cette réponse, car il avait à présent les sourcils froncés.

— Mon cul. Demain, tu seras ma moutonne pendant la virée.

— Les jolis culs ne sont pas autorisées pendant les virées, lui rappela-t-elle inutilement.

— On va mettre les choses au clair tout de suite. T'es peut-être un joli cul pour le Fury, mais tu l'es pas chez nous. Et demain, tu rouleras avec le MCDA et moi. Rien à foutre de ce qu'en pensent les autres. Si quelqu'un a un problème avec ça, qu'il vienne me le dire en face. Compris ?

— Crash…

Elle ne voulait pas être à l'origine d'un quelconque conflit ce week-end.

C'était déjà assez gênant qu'Ozzy ait tenté de déclencher une bagarre plus tôt.

— Ça posera pas de problème, lui assura-t-il.

Elle n'en était pas aussi sûre que lui. Mais il lui restait beaucoup de temps pour le convaincre que de grimper sur sa meule pendant la virée de demain n'était pas une très bonne idée. Elle pourrait toujours rentrer à la ferme avec lui le lendemain matin et, si elle décidait de ne pas rester toute la journée, s'en aller à ce moment-là.

— Alors c'est décidé. On prend ma meule et on file chez toi.

Elle baissa les yeux vers sa tenue.

— Je porte une robe.

Et des sandales. *Et* pas de culotte. Pas la tenue la plus appropriée pour monter à l'arrière d'une Harley. Elle n'aurait pas froid vu que la nuit était douce, mais ce n'était pas très prudent.

Il glissa les mains de la taille de Liz vers ses hanches.

— T'as pas d'autres vêtements ici ?

— Non. On n'a pas le droit de passer la nuit dans le dortoir.

— Putain. Ça craint. On n'a pas cette règle de merde dans notre chapelle.

— Trip ne veut pas que le dortoir devienne un…

Bordel.

Elle ferma les yeux lorsqu'une vive douleur traversa sa poitrine, les mots d'Ozzy venant la poignarder une fois de plus.

Elle sentit le revers d'un doigt lui caresser la joue.

— Compris, dit-il doucement. On va prendre ta cage et laisser ma meule ici. Ça te va ?

Elle ouvrit les yeux et hocha la tête.

Il sourit. L'ombre sous le pavillon accentuait le creux de sa fossette au menton.

Elle se hissa sur la pointe des pieds et l'embrassa là.

— Merci pour ta compréhension.

L'inconvénient d'être non seulement un joli cul, mais aussi d'avoir affaire à des motards bornés, c'était que son opinion et celle des autres filles du club ne comptaient généralement pas. C'était agréable quand c'était le cas.

Il fit un signe de tête vers la longue remise à côté.

— Allons-y. Tu conduis quoi ?

Les lèvres de Liz tressaillirent.

— Une Mercedes C43 Cabriolet.

Il cligna des yeux.

— Une putain de décapotable AMG ? Pourquoi t'as pas dit ça tout de suite ? Je prends le putain de volant.

— Je sais pas... Ce serait stupide de ma part de laisser un type qui s'appelle Crash conduire ma voiture ?

— Bien sûr que non. Je suis aussi doué au volant que sous la couette.

Liz grogna en lui attrapant la main et en le tirant vers elle.

— D'accord, étalon. Il est temps de me montrer certains de ces talents.

— Prépare-toi à être super impressionnée. Au lieu que ce soit moi qui te kidnappe, c'est toi qui pourrais finir par le faire.

Il plaisantait peut-être, mais elle pourrait y réfléchir sérieusement.

———

ILS ROULèRENT avec le toit ouvert pendant les dix minutes qui les séparaient *normalement* de chez elle. Avec Crash au volant, le trajet prit environ trois minutes de moins. Heureusement, ils ne furent pas arrêtés, même à une heure si tardive. Elle connaissait peut-être tous les flics de la ville, mais ça ne voulait pas dire qu'elle pourrait les convaincre de ne pas lui mettre de contravention.

Pendant tout le trajet de Manning Grove à chez elle, à la lisière de Parsington, il conduisit avec une main posée sur sa cuisse nue, se plaignant que la « cage » ne soit pas manuelle et répétant que Mercedes avait baisé ses clients en arrêtant de fabriquer des voitures avec boîte manuelle. Puis elle eut droit à tout une tirade sur les palettes au volant dans les nouvelles voitures, qui sont apparemment pour les tarlouzes.

En gros, il l'avait beaucoup divertie pendant leur court trajet.

Il lui avait jeté plusieurs regards en coin et Liz avait pu lire sur son visage qu'il voulait savoir comment un joli cul pouvait s'offrir une Mercedes, même si ce n'était pas un modèle très cher, ni même neuf, et pourquoi, si elle pouvait s'offrir un véhicule « de luxe », elle partageait son appartement avec un colocataire.

Elle lui demanda de garer sa décapotable dans le grand garage indépendant derrière le duplex loué et remarqua que la voiture de son colocataire n'était pas là. Peut-être que Dan passait la nuit autre part, ou qu'il s'était trouvé une nouvelle petite amie. Au moins comme ça, il y avait une chose de moins dont elle devrait s'inquiéter.

— Vas-y, pose la question, dit-elle en sortant du garage et en appuyant sur la télécommande pour fermer le portail.

— J'essaie de pas être un connard.

— Tu voulais apprendre à me connaître, non ? Alors demande. Je ne serai pas vexée.

À moins qu'il ne lui demande si elle était payée pour coucher avec lui, *là*, elle aurait un problème. Et s'il supposait une chose pareille, il valait peut-être mieux qu'elle le sache maintenant, avant qu'il n'entre chez elle et passe la nuit là.

Elle considérerait juste leur partie de jambes en l'air sous le pavillon comme l'acte de deux personnes qui voulaient se défouler un peu et rien de plus.

— Je veux seulement savoir si tu veux me le dire.

— Je comprends, dit-elle en ouvrant la porte qui donnait directement sur la cuisine.

Elle entra dans la pièce sombre et alluma la lumière.

— Une bière ?

— Ouais.

En temps normal, elle ne gardait pas de bière chez elle,

car elle n'était presque jamais là. Mais heureusement, lorsqu'elle était rentrée plus tôt dans la journée, elle avait remarqué que Dan en avait une douzaine et ne pensait pas qu'il s'oppose à ce qu'ils en boivent quelques-unes. Elle les remplacerait, comme il remplaçait toutes les affaires à elle qu'il utilisait. C'était un colocataire génial et l'une des raisons pour lesquelles ils partageaient toujours le même espace.

Elle sortit deux bouteilles de Yuengling du réfrigérateur et avant qu'elle ait le temps de le refermer, il les lui avait déjà prises des mains et avait dévissé les capsules. Il but une longue gorgée dans l'une des bouteilles avant de lui tendre l'autre.

Elle observa sa pomme d'Adam onduler à chaque gorgée. Lorsqu'il eut terminé, il jeta un coup d'œil à la bière qu'elle avait dans la main.

— T'as pas soif ?

—Je dirais pas ça comme ça.

Elle avait soif, mais pas de Yuengling. Elle prit une gorgée, puis s'adossa contre le comptoir pour l'observer un moment.

Il était franchement canon dans son jean. Il remplissait aussi le t-shirt qu'il portait sous son cuir. De la meilleure des façons. À vrai dire, elle avait hâte de le voir nu. Les gars du MCBF avaient tendance à rester en assez bonne forme physique, principalement parce qu'ils avaient commencé à faire de l'exercice pendant leurs séjours en prison et avaient continué après leur sortie.

Toutefois, les manches courtes du t-shirt de Crash moulaient ses biceps saillants. Cet homme faisait bien plus qu'un peu de musculation. D'après ce qu'elle pouvait voir sous son cuir et son doux t-shirt en coton, il semblait très musclé.

Ses deux bras étaient entièrement couverts d'encre et elle était impatiente de voir le reste du tatouage. Si tout son corps était aussi tatoué que ses bras, il avait dû passer beaucoup de temps sur la chaise d'un tatoueur.

Rien de nouveau pour un motard. Les tatouages semblaient être thérapeutiques pour eux.

Elle se ressaisit.

— Eh bien, puisque je sais ce que tu fais dans la vie, j'imagine que c'est normal que je réponde à la question qui te trotte dans la tête.

— Si tu veux pas me le dire, me le dis pas. Je vais pas faire un caca nerveux. Mais la vérité, c'est que... je veux tout savoir sur toi. Si je voulais juste te baiser, j'en aurais rien à foutre. Si je voulais juste te baiser, je serais pas venu ici. Si je voulais juste te baiser, je prévoirais pas de rester jusqu'au matin. Si je voulais juste te baiser, je t'aurais pas dit que tu serais accrochée à moi demain pendant la virée.

Quand il termina son petit discours, les sourcils de Liz avaient grimpé au sommet de son front et étaient figés là.

— Donc, comme je l'ai dit, je vais pas faire de caca nerveux si tu ne veux pas tout me dire. T'as une belle bagnole, mais une chatte encore plus belle. Je veux te connaître davantage, mais je prendrai ce que tu veux bien m'offrir.

Il écarta les bras.

— Tu peux me demander ce que tu veux. Je suis un putain de livre ouvert.

— Ça pourrait être dangereux, l'avertit-elle avec un sourire.

Il haussa les épaules.

—J'ai pas peur.

— Alors d'accord... Comment ça se fait que t'as pas de vieille dame ? T'as quarante-quatre ans. C'est difficile d'arriver à ce stade de la vie sans s'être fait passer la corde au cou au moins une fois.

Il était tout à fait possible qu'il ait une vieille dame et l'ait laissée à la maison. Si c'était le cas, leur relation s'arrêterait sur le champ. Elle espérait que ce n'était pas un connard, car elle ne pourrait pas effacer ce qu'ils avaient déjà fait ensemble.

Et à moins qu'ils n'aient une sorte de relation libre, elle n'était pas prête à aider un homme à tromper sa femme ou sa vieille dame.

— Pas difficile du tout. J'ai vu tous mes frères tomber les uns après les autres... enfin, presque tous. Certains des plus jeunes pas encore. Il y en a d'autres qui tiennent bon aussi, mais leur heure viendra sûrement. Ceux qui sont tombés ne l'ont fait qu'après avoir trouvé la bonne personne.

— Aucun d'entre eux n'a commis d'erreur.

Il ricana.

— Oh si. Ils ont commis des erreurs. Moi y compris. Mais pas avec leurs vieilles dames. Quant à moi, j'ai juste pas trouvé ce qu'ils ont trouvé.

— Il faut chercher d'abord, suggéra-t-elle.

— Oui, c'est vrai. J'ai pas cherché. Je me suis dit que si ça devait arriver, ça arriverait. Et jusqu'à présent, c'est pas arrivé.

— Est-ce que c'est parce que tu ne laisses personne entrer dans ta vie ? Tu gardes les femmes à distance ?

Il interrompit la bouteille qu'il portait à ses lèvres.

— Je veux dire émotionnellement, pas physiquement, précisa-t-elle.

— Je sais ce que tu veux dire. J'ai encore jamais rencontré quelqu'un qui me corresponde. Peut-être que ça n'arrivera jamais.

— T'as pas peur de mourir seul ?

Il ricana à nouveau.

— Bien sûr que non. S'il y a une chose que tu dois savoir vu que tu fréquentes le Fury, c'est que c'est difficile d'être seul.

Elle sourit et prit une autre gorgée de bière.

— Oui, j'ai remarqué ça.

— Et toi ? T'as jamais été mariée ?

Elle secoua la tête et posa sa bière sur le comptoir derrière elle.

— Non.

— Presque ?

— Non. Mais j'ai pas cherché non plus. Est-ce que je commencerai un jour ?

Elle haussa les épaules.

— Peut-être. Mais comme toi, jusqu'à présent, personne ne m'a suffisamment plu pour que j'accepte de renoncer à ma liberté. Comme tu l'as dit, la plupart des motards ne renonceraient à leur liberté que pour la bonne personne. Je suis comme ça aussi.

— Et comme tu l'as dit tout à l'heure, il y a une différence entre aimer quelqu'un et être *amoureux*.

— Oui. Et pour qu'une relation sérieuse fonctionne, il vaut mieux que les deux partis soient amoureux l'un de l'autre.

— Logique, murmura-t-il en finissant sa bière avant de poser sa bouteille vide à côté de celle de Liz.

Il se retrouva juste en face d'elle, glissa son pouce sous son menton et releva son visage.

— Qu'est-ce que tu veux savoir d'autre ?

— Pourquoi on est encore debout dans ma cuisine, murmura-t-elle après que le motard ait fait glisser ses lèvres sur celles de la jeune femme.

Il promena son pouce sur sa joue, d'avant en arrière.

— Je sais pas. Pourquoi on est là ? Je vois plein d'endroits plus sympas où on pourrait être en ce moment.

— Alors allons en trouver un.

Il entrelaça leurs doigts.

— Ouvre la voie, bébé.

Main dans la main, elle le guida à travers le rez-dechaussée du duplex et vers l'avant de la maison, jusqu'au deuxième étage.

À chaque marche qu'ils gravissaient, elle sentait son excitation grandir. Comme ils avaient pris beaucoup de plaisir sur la table de pique-nique, elle se dit que ce serait peut-être encore meilleur dans son lit. Elle était prête à le découvrir.

Il lui plaisait. Plus qu'elle ne l'aurait cru.

Oui, elle ne le connaissait pas encore très bien et ne le connaîtrait pas beaucoup plus avant son départ lundi, mais d'après ce qu'elle avait vu jusqu'à présent, elle ne pouvait pas imaginer que les femmes ne se jetaient pas à ses pieds.

Ou peut-être que c'était exactement ce qu'elles faisaient.

Même si Ozzy était toujours aperçu avec Liz à la ferme et ailleurs, les femmes ne se gênaient pas pour approcher le membre du Fury et lui faire savoir qu'elles s'intéressaient à lui. Ozzy, quant à lui, leur expliquait toujours qu'ils formaient un duo. Liz n'avait refusé le choix de troisième partenaire d'Ozzy qu'à quelques occasions. Quand elle mettait son veto, il faisait généralement ce qu'il voulait avec cette femme et Liz retournait soit l'attendre à l'auberge, comme il voulait qu'elle fasse, soit elle passait un moment avec l'un de ses autres frères. Ça dépendait juste de son humeur. Il n'avait jamais insisté pour qu'elle participe à un plan à trois. De toute façon, Liz était partante la plupart du temps.

La plupart du temps, mais pas à chaque fois.

En revanche, la seule fois où elle avait passé la nuit avec Deacon dans son appartement au-dessus du dortoir avant qu'il ne rencontre Reese, Ozzy n'avait cessé de l'appeler pour savoir où elle était quand il était rentré à l'auberge et ne l'avait pas trouvée là à l'attendre.

Après cette nuit-là, Liz s'était dit qu'Ozzy insisterait pour faire d'elle sa vieille dame et avait été soulagée qu'il ne le fasse pas. Par contre, il l'avait baisée le lendemain soir dans La Grange, juste devant Deacon. Son message n'était pas passé, car Deke n'en avait rien eu à foutre. Ozzy s'était comporté comme un chien marquant son territoire, même s'il n'en avait aucun droit. C'était probablement pour ça que Deke ne s'en était même pas rendu compte.

Toutefois, quand elle pardonnerait à Ozzy ce qui s'était passé tôt ce matin, Crash serait déjà loin et leur temps ensemble aurait pris fin. Elle ne savait pas encore si elle redeviendrait un joli cul.

Elle avait encore un peu de temps pour prendre sa décision. Même si elle décidait finalement de ne s'éloigner que pour une courte période.

Pour le moment, par contre, elle devait gérer sa décision de ramener Crash chez elle. Ce n'était pas une mauvaise décision, car, encore une fois, elle l'appréciait vraiment.

Il avait vu au-delà de son étiquette de « joli cul » et tenté de découvrir qui elle était vraiment. Elle comprenait qu'il était probablement plus facile pour lui de « voir » la personne derrière le statut que pour la plupart des membres du Fury. Contrairement à eux, il ne l'avait pas vue coucher avec d'autres hommes, en particulier des hommes qu'il considérait comme ses frères. À part ce matin, bien sûr.

Mais surtout, il voulait apprendre à la connaître et voulait qu'elle apprenne à le connaître aussi.

Ça comptait plus pour elle qu'il ne le saurait jamais.

Elle avait toujours très bien compris ce qu'était un joli cul. Elle avait choisi cette voie les yeux grands ouverts et sans une once de honte ni de gêne.

Même après ce qu'Ozzy avait fait ce matin en couchant avec elle sur la terrasse sous le regard de Crash, elle n'avait toujours pas honte.

Si les hommes n'avaient pas honte de leur vie sexuelle, pourquoi est-ce que les femmes le devraient ? Elle détestait ce deux poids, deux mesures.

Malgré tout, Crash l'avait vue avec Ozzy et était toujours intéressé par plus que du sexe avec elle.

En vérité, le sexe était la partie la plus facile. Prendre le temps d'apprendre à connaître quelqu'un était plus difficile. Ça demandait beaucoup plus d'efforts que de se mettre à poil.

Une chose qu'ils s'apprêtaient à faire.

Quand ils arrivèrent en haut des marches, elle lâcha sa main, attrapa l'ourlet de sa robe et la remonta le long de son corps jusqu'à sa tête.

Elle sourit en l'entendant faire un bruit derrière elle, mais l'ignora et continua à traverser le couloir menant à sa chambre, complètement nue. Elle entendit ses pas se rapprocher jusqu'à ce qu'il soit presque sur ses talons lorsqu'elle ouvrit la porte de sa chambre et entra.

Quand elle alluma la lumière et que la pièce s'illumina, il ferma la porte à clé et s'adossa contre elle.

— Pour l'amour du ciel, murmura-t-il alors qu'elle se retournait vers lui et que les yeux du motard parcouraient son corps de la tête aux pieds.

— C'est un bon « pour l'amour du ciel » ou un mauvais ? le taquina-t-elle, l'expression de Crash lui offrant déjà la réponse.

— T'as besoin de poser la question ?

Il sourit, prenant le temps de lever les yeux de ses pieds désormais nus, car elle avait retiré ses sandales dès qu'elle était entrée dans la maison, s'attardant un moment sur sa chatte rasée, remarquant son piercing au nombril, puis s'arrêtant un instant sur ses seins avant de finir une nouvelle fois sur son visage.

Ses yeux marron étaient sombres et sa mâchoire serrée.

— Je fais tout ce que je peux pour me retenir de te jeter sur le lit et te baiser comme une bête.

— En fait, ça me dérange pas, mais..., dit-elle en levant la main pour l'empêcher de passer à l'action, il faut d'abord que tu me laisses te voir tout entier.

Il sourit, déjà en train d'enlever son cuir.

— Ça faisait partie du plan.

Il l'accrocha à la poignée de la porte du placard et se dirigea vers son lit pour s'asseoir sur le bord.

— Je veux que tu restes juste là pendant que je me déshabille. Pour que je puisse te voir.

Même lorsqu'il se pencha pour délacer ses bottes, il garda ses yeux marron doré rivés sur elle. Elle fut tentée de lui offrir un petit spectacle, mais elle était trop distraite par l'homme qui se trouvait en face d'elle.

Il retira ses bottes, glissa ses chaussettes à l'intérieur, puis se redressa. C'est finalement lui qui lui offrit un show lorsqu'il remonta lentement son t-shirt moulant, dévoilant sa peau tatouée et les muscles qui se cachaient dessous. Une fois son t-shirt retiré, il le jeta sur la commode à côté d'elle et commença à défaire sa ceinture.

Elle savait qu'il faisait de la musculation, mais elle ne s'attendait tout de même pas à ce qu'elle découvrit sous le coton.

— Ça demande beaucoup de dévouement, murmura-t-elle.

— Le club possède une salle de sport. Il faut bien que je brûle toutes les conneries que je mange et que je bois. Je devenais une limace et je rajeunis pas, ça c'est sûr.

— Tu veux dire une vraie salle de sport, pas juste un hangar avec quelques appareils ?

— Ouais, une vraie salle de sport, répondit-il.

— Tu dois y passer beaucoup de temps.

— Ouais, enfin, j'ai deux frères et quelques gars de Diesel qui font de la boxe et du kickboxing. Même du MMA. Ils m'ont initié et j'ai continué. Comme j'ai pas de famille, je peux y passer pas mal de temps.

Elle savait que Diesel était le nom de l'Exécuteur du MCDA, mais elle ne comprenait pas ce que Crash voulait dire par « les gars de Diesel ». Elle se dit que ce n'était pas important puisqu'il n'en dit pas plus.

— Tu fais des combats ? demanda-t-elle.

Il ricana.

—Jamais de la vie, putain.

Avec son physique, il aurait pu mettre Ozzy dans un sale état quand ce dernier, bourré, avait tenté d'en venir aux mains avec lui.

Elle laissa son regard errer sur son tatouage imposant. Elle réalisa alors qu'il s'agissait d'un énorme phénix qui recouvrait son torse et ses bras.

—Joli tatouage.

Il sourit.

— Le club a aussi un salon de tatouage.

— Vous, les motards, vous savez vraiment comment bâtir un empire.

Il pencha la tête et fit glisser son jean désormais déboutonné jusqu'à ses chevilles, ainsi que son boxer. Lorsqu'il se redressa, elle avait les yeux rivés sur la longue et épaisse érection dressée fièrement entre ses jambes.

Il la saisit et la secoua.

—Je t'avais dit qu'elle était au-dessus de la moyenne.

— T'avais pas besoin de me le dire. J'ai pu la voir de mes propres yeux. Tu te souviens ? le taquina-t-elle.

— Impossible de l'oublier, ça c'est sûr. J'ai hâte de remettre le couvert.

Il agita la main vers le lit derrière elle.

— On devrait s'y mettre.

— On va s'y mettre. J'ai pas encore fini d'apprécier ce qui se trouve devant moi.

— On pourrait faire ça sans qu'il y ait un espace énorme entre nous.

— On pourrait, mais je ne pourrais pas te voir aussi bien. Tourne-toi, ordonna-t-elle.

Il haussa un sourcil, mais après quelques secondes, il se mit à pivoter lentement.

— Arrête ! cria-t-elle lorsqu'il lui tourna le dos.

Ses pieds s'immobilisèrent sur le champ.

Elle mordilla sa lèvre inférieure en fixant les couleurs de son club tatouées dans son dos. D'après ce qu'elle voyait, il n'avait que deux grands tatouages. Le phénix à l'avant et les couleurs du MCDA à l'arrière. S'il avait d'autres tatouages plus petits cachés parmi eux, il faudrait qu'elle fasse des efforts pour les découvrir.

Quelque chose qu'elle avait hâte de commencer à faire. Une petite chasse au trésor sur son corps ne serait pas une mauvaise chose.

— T'as fini ? demanda-t-il en jetant un coup d'œil par-dessus son épaule.

Elle secoua la tête.

— Pas encore.

Il se retourna quand même.

— Moi non plus. Et comme je te l'ai dit, t'es beaucoup trop loin de moi.

— C'est facile à arranger.

Il lui tendit la main et elle s'avança lentement vers lui.

— Arrête !

Elle s'arrêta net.

— À ton tour de te retourner. Lentement.

Elle haussa discrètement les épaules, tendit les bras et pivota très lentement. Elle avait travaillé dur sur son corps, bien que probablement pas autant que lui, et était fière de le montrer. Elle se sentait bien dans sa peau et, quand c'était possible, elle préférait être nue.

Quelque chose qu'Ozzy adorait.

— Ouais, putain, souffla Crash.

— C'est drôle que j'ai pensé la même chose quand je t'ai vu, dit-elle lorsqu'elle se retourna enfin face à lui.

— OK, viens par ici.

— J'aime t'entendre dire ça.

Quand ils se retrouvèrent enfin face à face, elle tendit la main pour caresser son torse, mais il lui attrapa le poignet pour l'en empêcher.

— Si tu me fais jouir avant que je puisse te baiser encore une fois, tu vas *vraiment* me faire chialer.

Elle ne se souvenait pas de la dernière fois que quelqu'un l'avait fait sourire, ou rire, autant.

Ou l'avait fait se sentir aussi appréciée.

— C'est pas pour ça qu'il a pleuré, le prévint-elle.

— Je vais te croire sur parole. Maintenant... à moins que t'aimes dormir dans une tache humide, tu ferais mieux d'aller chercher une serviette ou quelque chose. Parce que j'ai l'intention de provoquer un tsunami.

Des mots qu'elle aimait encore plus.

Chapitre Neuf

CRASH ÉTAIT DEBOUT au bout du lit tandis que Liz grimpait dessus et se dirigeait vers la tête de lit. Il se caressait langoureusement la queue tout en suivant chacun de ses mouvements du regard. Elle avait le dos tourné lorsqu'ils avaient fait l'amour sur le banc sous le pavillon. Cette fois, elle voulait lui faire face.

Pour rendre la chose un peu plus personnelle.

Le petit bécotage qu'ils avaient fait jusqu'à présent prouvait qu'il embrassait bien. Elle voulait faire beaucoup plus que ça et lui faire face faciliterait évidemment les choses. Liz aimait toutes sortes de préliminaires, mais les baisers, quand ils sont bien faits, pouvaient être plus excitants que tout. Pour elle, c'était le préliminaire le plus intime.

La plupart des hommes avec qui elle avait été, y compris les membres du Fury, ne passaient pas beaucoup de temps là-dessus, car établir une connexion « intime » était le cadet de leurs soucis. Ils voulaient juste baiser et se faire pomper. Leur seul but était de se vider les couilles.

Cette attitude avait bien sûr sa place, mais l'exploration d'une intimité partagée également.

— Attends ! cria-t-elle alors qu'il s'apprêtait à poser un genou sur le lit.

Sa main s'arrêta sur sa queue et il reposa le pied au sol, le front plissé.

— Un problème ?

Elle sourit.

— Oui, et je vais y remédier tout de suite.

Elle rampa à quatre pattes vers le pied du lit, où il se tenait, son froncement de sourcils ayant disparu de son visage. Elle avait l'intention de garder les yeux rivés sur les siens et de maintenir cette connexion, mais elle avait du mal à détourner le regard de la tige épaisse et veineuse qui se trouvait dans la paume du motard.

Et de la petite goutte de precum brillante pendue au bout du gland.

Plus tôt, il lui avait léché la chatte, c'était donc normal qu'elle lui rende la pareille. Mais peut-être pas jusqu'à l'orgasme, à moins qu'il ne soit capable de récupérer rapidement. Elle le laisserait décider du moment où elle devrait s'arrêter. Ils avaient toute la nuit, donc ils n'étaient pas pressés. De plus, ils pouvaient faire plein d'autres choses en attendant.

Lorsqu'elle arriva au bout du lit, elle se redressa sur ses genoux. Depuis qu'il s'était déshabillé, elle mourait d'envie de le toucher partout. C'était donc ce qu'elle fit en premier.

Sa queue palpita quand il la relâcha pour enfoncer ses doigts dans les cheveux de Liz tandis qu'elle commençait par prendre sa bouche. Elle explora lentement tous les recoins de sa cavité buccale, goûta les commissures de ses lèvres recourbées, entrelaça leurs langues passionnées. Il n'essayait pas de prendre le contrôle du baiser, il la laissait faire ce qu'elle voulait.

Quand elle eut fini avec sa bouche, du moins pour le moment, elle fit glisser ses lèvres le long de sa mâchoire mal rasée, mordilla son lobe d'oreille, puis promena le bout de ses dents sur sa gorge avant de s'arrêter pour sucer la peau lisse au niveau du creux.

Quand elle remonta vers son visage, elle l'embrassa à nouveau, ses mains explorant ses épaules larges et musclées, glissant autour de ses biceps et le long de ses avant-bras, comme une potière avec son argile. Elle posa une main sur son ventre et le sentit se soulever au rythme de sa respiration.

Elle fit glisser ses deux mains sur son ventre, ses muscles tressaillant sous ses doigts baladeurs, puis continua de remonter sur ses tétons dressés et ses pectoraux tatoués. Elle enroula les doigts autour de sa nuque et approfondit leur baiser pendant quelques secondes de plus avant de libérer sa bouche et de redescendre.

Il grogna lorsqu'elle interrompit sa descente pour prendre le temps de sucer chacun de ses tétons, effleurant leur pointe du bout de la langue.

Même s'il avait un physique très athlétique, une fine couche de graisse couvrait ses muscles, probablement parce qu'il mangeait et buvait tout ce qu'il voulait. Il n'était ni trop dur, ni trop mou.

Il était *juste* comme il fallait.

Il était évident qu'il prenait soin de son corps, mais aimait aussi profiter des bonnes choses de la vie. Elle était pareille. Elle faisait des efforts, mais n'était pas obsédée par chaque détail. Comme profiter de bonne bouffe. Ou boire de l'alcool. Ou partager un joint avec les gars. Elle ne se prenait pas non plus la tête pour un peu de cellulite, des vergetures ou quelques bourrelets. Elle avait découvert que la plupart des hommes s'en foutaient complètement et que les femmes s'inquiétaient pour rien.

Tout homme qui soulignait les défauts physiques d'une femme ne méritait pas cette femme. Pourquoi ? Parce que

Liz n'avait encore jamais rencontré l'homme parfait et ne le rencontrerait probablement jamais. Donc, personne n'avait le droit de juger.

Toutefois, à ses yeux, l'homme nu devant elle était sacrément proche de la perfection. Son corps lui mettait l'eau à la bouche et sa bite avait la taille idéale. Ni trop grosse, ni trop petite. Mieux encore, il savait s'en servir.

Sa langue et sa bouche méritaient des éloges.

Son bas-ventre frémit lorsqu'elle lécha le petit chemin qui menait à son endroit préféré.

Elle adorait le contrôle qu'elle avait sur un homme lorsqu'elle gobait sa queue. Elle aimait également le goût salé du precum qui touchait ses papilles gustatives. Tout comme l'odeur musquée des poils courts et raides qui formaient le nid de tous ces atouts masculins. Elle fit glisser le bout de sa langue sur la partie inférieure de sa queue, le long de la crête épaisse et des plis de son scrotum.

Les doigts de Crash, qui agrippaient toujours les cheveux de Liz, se resserrèrent lorsqu'elle prit l'un de ses testicules dans sa bouche et caressa la peau délicate du bout de la langue.

Il grogna et crispa les doigts, tirant sur ses cheveux et causant à Liz une légère douleur. Elle gémit autour de son doux scrotum, le relâcha, le lécha du bout de la langue, suça la base de sa queue puis s'écarta juste assez pour le regarder dans les yeux.

Ils étaient ouverts et ses pupilles dilatées alors qu'il la fixait sans battre des paupières. Ses narines étaient légèrement dilatées aussi et son rythme respiratoire avait accéléré.

Il agrippa un peu plus fort les mèches qu'il retenait captives.

— Ouvre la bouche, grogna-t-il doucement.

Elle se lécha rapidement les lèvres, puis quand elle les ouvrit, il se déplaça jusqu'à ce que son gland heurte la bouche de la jeune femme.

— Tu la veux ?

— Oui, souffla-t-elle.

— Prends-la.

Il grogna à nouveau lorsqu'elle enroula ses lèvres autour de son gland, essuyant les gouttes de precum avec sa langue avant de titiller la fente.

— Putain, murmura-t-il en projetant les hanches en avant alors qu'elle le prenait profondément dans sa bouche.

Elle le suça et le lécha du gland à la base, le prenant aussi profondément qu'elle en était capable, savourant chaque son qui s'échappait de sa gorge.

Elle remarquait chaque fois qu'il atteignait le point critique. Ses doigts se crispaient dans les cheveux de Liz et il utilisait sa prise pour l'empêcher de bouger afin de pouvoir prendre quelques secondes pour respirer un moment.

Elle lui accordait la pause dont il avait tant besoin, et dès que ses doigts se relâchaient assez pour qu'elle puisse bouger, elle recommençait... Le ramenant une fois de plus au bord du précipice sur lequel il vacillait.

Finalement, il expira brusquement et l'arrêta complètement.

— Pas encore.

Elle leva le regard et vit qu'il avait les yeux fermés et la mâchoire crispée. Elle s'écarta et il la relâcha, ouvrant ses yeux marron doré et la fixant intensément.

— Allonge-toi sur le dos.

Son ordre, donnée d'une voix rauque, durcit ses tétons et fit palpiter sa chatte. Elle voulait entendre cette voix dans son oreille en le sentant jouir profondément en elle. Mais elle ne pourrait l'entendre qu'une fois qu'elle aurait fait ce qu'il voulait, alors elle se déplaça rapidement sur le lit et s'allongea sur le dos.

Elle tendit la main pour l'inviter à la rejoindre, même s'il n'avait pas besoin d'invitation.

— Ton odeur me fait perdre la putain de tête. Je sens à

quel point t'es prête pour moi et depuis que je l'ai goûtée tout à l'heure, je veux la revoir. Montre-moi.

Elle plia les genoux et écarta les pieds sur le matelas, puis écarta ses lèvres vaginales d'une main en prenant un de ses seins dans l'autre.

— C'est ça, bébé, touche-toi. Je veux te voir jouir.

Entre son pouce et son index qui faisait rouler son téton et les deux doigts qu'il glissait dans sa chatte humide, tout en jouant avec son clitoris, il ne lui fallut que quelques secondes pour sentir son orgasme gonfler.

Elle releva la tête et vit qu'il était toujours debout au bout du lit, se caressant rapidement.

— Ne jouis pas, ordonna-t-elle. Je te veux en moi.

— Alors dépêche-toi. T'auras pas ce que tu veux tant que j'aurai pas eu ce que je veux.

Elle sourit, laissa retomber sa tête sur l'oreiller et, comme personne ne savait mieux qu'elle comment se faire jouir, il ne fallut que quelques secondes pour que ses hanches se soulèvent et qu'elle pousse un petit cri en sentant son orgasme exploser au plus profond d'elle et irradier tout son corps, jusqu'au bout de ses doigts et de ses orteils.

— Ouais, putain, grogna-t-il. T'es tellement belle.

Le matelas remua lorsqu'il grimpa sur le lit, attrapa ses chevilles et écarta ses jambes un peu plus. Il se plaça rapidement entre ses cuisses, mais ne fit aucun mouvement pour la pénétrer. Au lieu de ça, il prit le temps d'explorer ses seins avec ses mains et sa bouche, se concentrant surtout sur ses tétons durs et douloureux.

Chaque fois qu'il aspirait ses tétons dans sa bouche, elle sentait une espèce de traction entre ses jambes. Comme si sa poitrine était connectée à sa chatte.

Comme elle l'avait fait avec son corps, maintenant qu'elle était complètement nue, il en explorait chaque centimètre. Il la touchait, la léchait et la suçait. Il la mordillait même un peu. À plusieurs reprises, elle sentit un frisson la traverser.

Plus il « vénérait » son corps, car c'était bien l'impression qu'il lui donnait, plus elle mouillait. Il avait raison, elle aurait dû prendre une serviette.

Elle allait devoir aller en chercher une avant de continuer, à moins que l'un d'eux ait l'intention de dormir sur la tache humide. Même si elle adorait le sexe, elle était très à l'écoute de son corps et savait qu'elle pouvait squirter comme un geyser avec le bon partenaire. Crash semblait être le bon.

Si la plupart des hommes adoraient la façon dont elle pouvait les tremper, ses pluies diluviennes de femme fontaine laissaient clairement un bordel pas possible.

— J'ai besoin d'une capote, dit-il quand il releva finalement la tête de sa chatte qu'il léchait.

— Il nous faut aussi une serviette, dit-elle.

— Dis-moi où je peux en trouver une.

— Il y a un placard à linge dans le couloir, juste à côté de ma chambre.

Il redescendit du lit, et elle ne put détourner les yeux de son magnifique corps nu alors qu'il sortait de sa chambre avant de revenir quelques secondes plus tard.

Elle parvint finalement à le quitter des yeux et ouvrit rapidement le tiroir de sa table de chevet pour prendre une boîte de préservatifs.

Il s'arrêta un moment, une fois de plus au bout du lit, la serviette à la main et les yeux fixés sur le préservatif qu'elle avait sorti de la boîte.

Elle savait exactement pourquoi.

C'était vraiment dommage que certaines femmes soient assez vicieuses pour saborder leurs moyens de contraception. Sa réaction ne la surprit donc pas, d'autant plus qu'ils ne se connaissaient pas assez bien pour qu'il lui voue une confiance aveugle.

— Ils ne sont pas périmés, dit-elle simplement, sans se vexer.

Au contraire, elle était ravie qu'il veuille la protéger et se protéger lui-même.

— J'utilise aussi un moyen de contraception. J'ai un implant, ajouta-t-elle pour calmer ses inquiétudes.

— Un implant, répéta-t-il en fronçant les sourcils.

Elle leva le bras et le lui montra. Non pas qu'il puisse le voir.

— Ça dure environ trois ans.

— On le pose et on n'y pense plus.

— Quelque chose comme ça. C'est juste une double protection, car j'utilise toujours des préservatifs.

Tout joli cul qui ne se protégeait pas était une idiote, d'autant plus que les hommes avec qui elles couchaient étaient eux aussi actifs sexuellement. Très actifs.

C'était une chose qu'elle appréciait chez les gars du Fury, dans l'ensemble, ils n'étaient pas imprudents quand il s'agissait de se servir de préservatifs. Mais bon, aucun d'entre eux ne voulait devenir père avant l'heure. Ni avoir à se taper une MST.

— Si t'en as un que tu préfères utiliser, je comprendrais.

Avant qu'il réponde, sa poitrine gonfla lentement, puis dégonfla visiblement.

— Je te fais confiance.

Si sa prudence ne la dérangeait pas, l'entendre admettre qu'il lui faisait confiance provoqua une chaleur dans son estomac qui n'avait rien à voir avec le fait qu'il soit complètement nu dans sa chambre et sur le point de la baiser.

Mais ces pensées alimentaient également cette chaleur, la transformant en un feu qui rugissait doucement.

Il remonta sur le lit, glissa la serviette sous les fesses de Liz et se replaça entre ses cuisses.

— Salut, dit-elle doucement alors qu'il posait ses

paumes de chaque côté de sa tête et la regardait dans les yeux.

— Salut, répondit-il tout aussi doucement. Je t'ai manqué ?

Les coins des lèvres de Liz se recourbèrent.

— En fait, oui. Je me sentais un peu seule sur le lit sans toi.

Il sourit aussi.

— Je vais me rattraper.

— J'ai hâte.

Il lui prit le préservatif des doigts, déchira l'emballage et le déroula sur sa queue.

— Je voulais jouir dans ta bouche et je compte bien le faire plus tard, mais pour l'instant, j'ai envie d'être en toi. Je veux sentir ta chatte agripper ma queue quand tu jouiras.

— Ça me semble être un plan qui pourrait bien me plai...

Avant même qu'elle puisse terminer sa phrase, Crash lui saisit le visage et prit sa bouche alors que sa queue était plaquée contre sa chatte.

Elle se déplaça juste assez pour le mettre exactement où il voulait entrer, mais il prit tout son temps et continua de l'embrasser jusqu'à ce qu'elle attrape ses fesses, enfonçant ses ongles dans cette chair ferme, et qu'elle l'encourage à passer à la suite du programme.

Mais il attendit encore.

Il la torturait.

Son gland humide heurta sa chatte à nouveau et il poussa les hanches, prenant tout le putain de temps du monde, la rendant folle de désir.

Elle enroula ses jambes autour des hanches du motard et planta ses talons dans l'arrière de ses cuisses avant d'incliner le bassin pour qu'il puisse entrer en elle plus facilement.

Elle soupira dans sa bouche lorsqu'il fut enfin entièrement en elle. Mais, une fois de plus, il attendit.

Elle arracha sa bouche de la sienne.

— T'essaies de me tuer exprès ?

Quand il rit, son sexe vibra en elle et la fit gémir.

— J'essaie pas de te tuer. Je prends mon temps et j'apprécie tout ce que tu es.

— J'apprécie que tu te précipites pas, mais c'est de la pure torture.

Il leva la tête et haussa un sourcil vers elle.

— Tu veux que ce soit brutal et rapide ? Je peux faire ça, si c'est ce que tu veux.

En vérité, elle le voulait de toutes les manières possibles. Vite. Lent. Brutal. Doux. Tendre. Elle n'était pas gourmande, ni rien. Elle espérait tout expérimenter avec lui avant son départ lundi matin.

— On peut passer un marché, commença-t-elle.

Il grogna.

— Faisons-le vite maintenant. Plus tard, on pourra passer à la version lente et douce.

Il approcha sa bouche de son oreille.

— Marché conclu.

Puis, il passa à l'action.

Il ne se retint pas. Il enfonça ses genoux dans le matelas, planta ses mains dans le lit pour prendre appui dessus, et fit exactement ce qu'elle voulait. Il la pénétra encore et encore, assez fort pour faire trembler tout son corps à chacun de ses coups de reins.

— Ouiiiii, siffla-t-elle pour l'encourager en soulevant le bassin davantage.

Avec sa main libre, il agrippa l'avant de son cou et exerça une légère pression dessus. Pas assez pour l'empêcher de respirer, mais assez pour qu'elle comprenne qu'en un claquement de doigts, il pourrait lui briser la trachée.

Il lui avait fait confiance avec le préservatif, elle devait lui faire confiance avec son intégrité physique.

Il mordilla la lèvre inférieure de Liz, suffisamment pour

qu'elle le sente, mais pas assez pour lui faire mal. Comme la pression qu'il appliquait sur sa gorge.

À l'aide de ses cuisses musclées, il se propulsa en elle et lui mit des coups de reins ravageurs, ne lui accordant aucun répit, ne s'en accordant aucun non plus. Il était la force motrice qui la poussait vers ce besoin dévorant. Celui de jouir et de le voir jouir aussi.

Comme la main de Crash était toujours plaquée sur la gorge de la jeune femme, la voix de cette dernière fut un peu rauque lorsqu'elle prit la parole.

— Dis-moi quand tu vas jouir.

— Bébé, quand le moment sera venu, tu le sauras, répondit-il entre deux grognements.

— Dis-le-moi quand même.

— Et si tu me disais quand tu veux que je jouisse ?

— Tu peux faire ça ? Jouir sur commande ?

Il ricana doucement.

— Si tu me dis que tu jouis et que tu me demandes de jouir, je suis certain que je pourrai pas m'arrêter. Surtout en te sentant tremper ma queue comme ça.

Elle griffa son menton pas rasé du bout des ongles, puis descendit le long de son cou et sur son torse.

— Putain, gémit-il en accélérant le rythme.

Elle effleura ses tétons avec ses ongles, puis les tordit rapidement, ce qui lui coupa le souffle une seconde.

— N'arrête pas, supplia-t-elle en balançant la tête en arrière.

La bouche de Crash remplaça sa main sur sa gorge et il suça sa peau avant de descendre pour gober un de ses tétons.

Elle cambra le dos et haussa brusquement le bassin vers celui du motard.

— Je pense qu'il faut que tu jouisses rapidement. Sinon, je vais te dire que je m'apprête à jouir et tu vas encore devoir attendre ton tour.

Jusqu'à présent, il ne semblait pas être un amant égoïste, elle ne pouvait donc pas imaginer qu'il la laisserait réellement sur sa faim. Malgré tout, elle le fixa du regard, agrippa fermement ses fesses et répondit à chacun de ses coups de reins.

— Ça y est…, grogna-t-il. *Putaiiiin*. T'es tellement mouillée. Je sens que t'essaies de me vider jusqu'à la dernière goutte.

Il baissa la tête pour remettre sa bouche près de son oreille.

— Jouis pour moi, putain. Je veux te sentir exploser autour de ma queue.

— Crash…

— Ouais, bébé, comme ça. Putain. Tu me vas comme un putain de gant.

— Crash, souffla-t-elle.

Son esprit tourbillonnait à cause du plaisir qu'il lui procurait. À cause de la façon dont il bougeait les hanches. À cause de ses mots. De la rugosité de sa voix. De son poids sur son corps.

À cause de la façon dont il gardait les yeux ouverts et rivés sur les siens. Observant sa réaction. Attendant qu'elle le rejoigne. S'assurant qu'elle était aussi proche de l'orgasme que lui.

— Allez. La tempête arrive. Je la sens se former.

Il grogna et détourna la tête une seconde.

— Je vais pas tenir…

La tension dans sa voix lui annonçait qu'il était au bout de ses forces. Mais ça n'avait pas d'importance. Elle y était. Il l'avait amenée exactement là où elle devait être et elle était sur le point de basculer.

Puis ça arriva. Elle redressa brusquement le bassin, sa queue la transperçant une dernière fois.

— Je jouis ! cria-t-elle.

— Putain, moi aussi.

Il grogna à nouveau, suça son lobe et s'enfonça profondément en elle une dernière fois. Ses fesses devinrent du béton sous les doigts de Liz alors qu'elle le maintenait en place, sentant non seulement ses propres pulsations, mais les siennes également, alors qu'il se vidait en elle.

Quand il se détendit enfin, il relâcha son lobe et enfouit son visage dans le cou de la jeune femme. Il haletait bruyamment et son souffle chaud chatouillait sa peau humide.

Il n'était pas le seul à être à bout de souffle. Elle sourit vers le plafond et fit glisser ses doigts vers le haut de son large dos avant de redescendre. Elle répéta le mouvement encore et encore, comme si elle grattait paresseusement les cordes d'une guitare. Tous deux savouraient l'état de béatitude qui suit une partie de jambes en l'air vraiment réussie.

— J'ai provoqué un tsunami, bébé. C'est trop sexy, murmura-t-il contre sa peau.

Tous les muscles de son corps s'étaient détendus et ses os semblaient avoir fondu. Elle avait non seulement formé une flaque sur le lit, mais elle aussi s'était liquéfiée.

— Je suis contente que t'aies pris la serviette, dit-elle avec un soupir de satisfaction.

Il releva la tête et fit glisser ses lèvres sur les siennes, avant de replonger son visage dans son cou.

— Et je suis ravi que t'en aies eu besoin.

— T'aimes ça ?

Ses doigts continuèrent leur chemin le long de la colonne vertébrale humide du motard.

— Putain... Y a rien de mieux qu'une femme qui réagit comme ça. Je suis pas un idiot. Je sais bien que c'est pas juste moi qui cause tout ça.

— La plupart des hommes pensent que ça vient d'eux.

— Une bande d'imbéciles. J'ai assez d'expérience pour savoir que c'est pas le cas. Je suis plus un gamin de dix-huit ans qui se prend pour le roi du monde. C'est une femme qui peut jouir comme ça qui a un super pouvoir. Une femme qui peut mettre n'importe quel homme à genoux.

— Tous les hommes n'aiment pas ça.

Il releva la tête et posa ses mains de chaque côté du visage de Liz afin de pouvoir la regarder droit dans les yeux.

— Quel crétin n'aime pas ça ?

— Les hommes sont bizarres.

Il ricana, lui offrit un autre baiser rapide et attrapa la base du préservatif avant de se retirer d'elle. Il s'allongea sur le dos et l'enleva, prenant le temps de le nouer et de le glisser dans un mouchoir en papier provenant de la boîte près du lit.

— Je vais peut-être avoir besoin d'une putain de sieste après ça.

Elle rit doucement.

— T'as besoin de recharger tes batteries ?

— Ouais, putain. Parce que j'en ai pas encore fini avec toi.

Elle était contente de l'entendre, car elle non plus n'en avait pas encore fini avec lui.

— Je devrais peut-être aller te chercher du Geritol et de la Gatorade ?

— C'est mieux que du Viagra.

— Pense à toutes les parties de jambes en l'air qu'on pourrait avoir si t'en prenais un peu.

Elle fit de son mieux pour garder son sérieux.

Sur l'oreiller à côté d'elle, il tourna la tête et lui lança un faux regard noir.

— J'ai quarante-quatre ans, pas quatre-vingt-quatre.

— Quarante-quatre ans, c'est pas vieux du tout, lui dit-elle, plus sérieuse maintenant.

— Ah ouais ? Certains matins, j'en suis pas si sûr. Je sais pas quand ça a commencé, mais maintenant, je grogne chaque fois que j'essaie de sauter du lit. En fait, je saute plus, je me laisse juste tomber au sol en croisant les doigts pour parvenir à me relever.

Elle rit. Elle adorait son sens de l'humour.

— Eh bien, ta queue arrive toujours à se lever sans aide, c'est déjà ça, non ?

— Merci mon Dieu, putain.

Oui, elle était bien d'accord avec lui, merci mon Dieu.

Chapitre Dix

Alors qu'il avait le bras gauche replié sous sa tête, Liz était blottie contre lui avec une cuisse sur la sienne, un bras enroulé autour de son torse et la joue posée sur son pectoral. Il avait son bras droit autour d'elle et caressait lentement la peau douce de son dos du bout de ses doigts calleux.

Elle avait les yeux fermés et respirait doucement, même s'il savait qu'elle ne dormait pas.

Il refusait de fermer les yeux, du moins jusqu'à ce que l'épuisement l'y contraigne, car il ne voulait pas perdre une seule seconde de son temps passé avec elle. Il serait court et il voulait en profiter au maximum.

Lundi matin arriverait beaucoup trop vite.

Il aurait tellement voulu qu'elle ne soit pas un joli cul du Fury. Pas à cause de ce qu'impliquait le fait d'être un joli cul, cette partie ne le dérangeait pas du tout, pas plus que de la voir se faire baiser par Ozzy, mais parce que son statut faisait d'elle la propriété de ce club.

À moins qu'elle ne renonce à ce cuir « Propriété de » et s'en aille.

Il doutait qu'elle décide de faire ça juste parce qu'ils avaient baisé quelques fois.

Il se rappela une fois de plus que cette femme adorait le sexe et que c'était tout ce qu'il y avait entre eux.

Et, *pour l'amour du ciel*, il n'était pas venu à Manning Grove pour se trouver une vieille dame, ni même une régulière, avec qui s'amuser sous les draps. Comme tout le monde, il était venu pour faire la fête et se faire plaisir, ainsi que pour représenter les Dirty Angels.

C'était tout.

Liz s'était avérée être la cerise sur le gâteau.

Mais il recommençait à se demander ce qui la retenait dans la région, et dans le rôle de joli cul du Fury.

Toutefois, c'était la dernière chose dont il devrait se soucier, puisqu'ils ne s'étaient rencontrés que la veille et qu'encore une fois, ce n'était qu'une petite aventure sans lendemain.

Malgré tout, le sexe était génial.

Sans parler de la fluidité de leur conversation. Mieux encore, elle riait à chaque fois qu'il racontait des conneries. Ce qui arrivait souvent. Son attitude positive et sa personnalité insouciante déteignaient sur lui. Comme l'un des tournesols sur la robe qu'elle portait plus tôt, il était attiré par les rayons de soleil qu'elle dégageait même sans s'en rendre compte.

Il cligna des yeux en regardant le plafond et se racla la gorge. C'était quoi ça, bordel ? Est-ce qu'il était sur le point de déclamer des vers poétiques ou une connerie dans le genre ? Il n'avait jamais pensé comme ça avant.

Qu'est-ce qu'il se passait, putain ?

Il retira sa main de sous sa tête et se palpa les couilles.

Ouais, elles étaient toujours là. Personne ne les avait volées en laissant une chatte à la place.

Bon Dieu.

Il baissa les yeux vers le visage détendu et satisfait de Liz.

Elle savait comment il gagnait sa croûte, mais elle ne lui avait jamais dit comment elle gagnait un salaire.

Il écarta une mèche blonde de son visage et elle ouvrit ses yeux marron. Elle lui offrit un sourire un peu endormi.

Pour l'amour du ciel, ce simple regard lui serra la poitrine.

— T'as dit que t'avais grandi dans le coin.

— Oui, ici, à Parsington. C'est un peu plus petit que Manning Grove.

— Notre club est basé à Shadow Valley, au sud de Pittsburgh. Manning Grove semble être à peu près de la même taille.

— J'adore la vie dans une petite ville, mais elle a ses avantages et ses inconvénients. L'un des avantages, c'est que c'est assez petit pour que tout le monde se connaisse. L'un des inconvénients, c'est que c'est assez petit pour que tout le monde se connaisse.

Il rit doucement.

— Ouais, je comprends. Ils sont sympasdans l'ensemble, mais curieux aussi.

— Depuis que je fréquente le Fury, j'ai remarqué que certaines personnes me regardent différemment.

Il n'aurait pas dû être surpris, mais il l'était. *Bande de connards moralisateurs.*

— Tu portes ton cuir en ville ?

— Non. Juste à la ferme. Et aussi quand je roule à...

À l'arrière de la meule d'Ozzy, termina-t-il pour elle dans sa tête.

— Mais ils le savent.

— Comme tu dois le savoir, les nouvelles vont vite dans une ville de cette taille.

— Ouaip. Je sais. On est moins mal vus à Valley. Le club a commencé comme un club Un-pourcentiste. La génération suivante, surtout notre prez Zak en fait, a décidé de nettoyer le club, de le faire entrer dans la légalité. De bâtir un empire comme le fait votre prez ici. Ça a plus ou moins arrangé les choses avec les flics et les habitants de la ville.

— Oui, les Originels étaient tous des hors-la-loi et

certains habitants de Manning Grove n'ont pas oublié les problèmes qu'ils ont causés. Dans le passé, ils étaient constamment en guerre contre la police.

— Mais c'est plus le cas ?

— Dans l'ensemble, les flics laissent maintenant le Fury tranquille. Le chef actuel est un type bien et il comprend ce que Trip essaie de construire. Les habitants, ainsi que le conseil municipal, apprécient le fait que l'ancien entrepôt, qui était la chapelle des Originels et était plutôt rouillé et horrible à voir, ait été vendu et démoli. Ils apprécient aussi que le club ait acheté l'auberge The Grove Inn et l'ait restaurée de fond en comble. Elle était aussi dans un état lamentable avant que le club ne la récupère.

— Ozzy a beaucoup contribué à ça ?

— Oui. Il gère non seulement l'entreprise maintenant, mais il a aussi supervisé l'équipe d'Amish qui s'est chargée de la rénovation complète.

Il ne savait pas grand-chose des Amish, mais il savait une chose…

— Les Amish ont tendance à faire les choses et à les faire bien.

— C'est vrai. Ils cultivent aussi les champs et fournissent au club des produits frais, de la viande, du fromage et d'autres choses en échange. Le fait que les gars leur achètent leur tabac cultivé localement leur fait aussi économiser beaucoup d'argent. Dans l'ensemble, c'est un partenariat utile que Trip veut protéger.

— C'est ouf, non ? Des Amish en partenariat avec un MC.

— Eh bien, c'est pas comme s'ils venaient faire la fête avec nous. Mais quelques membres de chez nous ont batifolé avec des femmes Amish. Malheureusement. Ça a mis Trip dans tous ses états. Et c'est un euphémisme.

Crash haussa un sourcil.

— Ah ouais ?

— Je sais pas si t'as déjà rencontré Cage, le Capitaine du Bitume du Fury, mais la mère biologique de sa fille est Amish.

— Tu te fous de moi ?

— Non, c'est vrai.

— Elle est devenue sa vieille dame ?

Liz ricana doucement.

— Non, Dyna a été abandonnée à la naissance dans le garage où il bosse. Dans une boîte devant la porte, comme un chaton errant. Ensuite, la famille de sa mère biologique l'a envoyée dans un autre État pour qu'elle épouse un autre Amish qui avait perdu sa femme et avait besoin d'aide pour élever ses enfants.

— Putain. Je parie que le gars a payé cher pour cette boulette.

— Oh oui, il a payé. Mais maintenant, il dit que Dyna en valait la peine. Tu parles d'un changement de vie radical. Il est passé de célibataire à père et vieux en un claquement de doigts.

— Il s'est trouvé une vieille dame ?

— Oui. La sœur de notre Sergent d'Armes.

— Le connard avec la grosse barbe ? Celui qui a un grand gamin qui tourne autour d'une de nos filles.

Elle leva la tête.

— Ry ? Il court après une fille de ton club ?

— Je les ai déjà surpris deux fois. Je l'ai prévenu qu'il avait eu de la chance que ce soit moi qui leur sois tombé dessus et pas le père de Lily.

Liz rit.

— Vous êtes tous tellement protecteurs.

— C'est pas une bonne chose ?

— C'est génial, mais ça complique la vie d'une femme quand vous ressentez le besoin de vous en mêler.

— Elle n'a que dix-neuf ans.

— OK, et ? insista-t-elle.

— Elle n'a que dix-neuf ans, répéta-t-il.

Cette réponse devrait être une explication suffisante.

— Et quand elle aura vingt et un ans, tu diras : « Elle n'a que vingt et un ans » ?

— On verra bien quand elle les aura. Je préfère qu'elle arrive à cet âge-là sans qu'on la mette en cloque ou qu'on lui brise le cœur avant.

— Je comprends ça, mais on fait tous des erreurs, et parfois ces erreurs deviennent quelque chose qui finit par être autre chose. Comme ce qu'a fait Cage en dépucelant cette Amish. Oui, il a merdé, mais il a fini par devenir un père formidable grâce à ça. Il regrette comment c'est arrivé, mais il ne regrette pas d'avoir eu Dyna par la suite.

— Ouais, eh bien, Lily est encore très loin d'être prête à être mère. La plupart du temps, elle se comporte encore comme une putain d'ado capricieuse.

Elle lui adressa un sourire chaleureux.

— J'adore que tu veilles sur elle.

— Je veille sur eux tous. On le fait tous. Ils font partie de la famille. C'est peut-être la fille de Dawg, mais en réalité, c'est notre fille à nous tous. On prend très au sérieux le dicton : « il faut tout un village pour élever un enfant ».

— C'est ce que j'aime chez le Fury. Nous aussi, on est tous une famille.

— Même les jolis culs ?

Le MCDA ne les traitait pas comme les autres femmes, comme les vieilles dames ou les enfants. Elles ne restaient pas assez longtemps pour ça, et même dans le cas contraire, il n'était pas certain qu'elles auraient été traitées comme des membres de la famille. Mais bon, ils n'avaient jamais eu de joli cul comme Liz.

— Trip prend soin de nous. On n'est peut-être pas traitées tout à fait comme la sororité du club, mais on est quand même très bien loties. Et contrairement aux liens du sang, on peut s'en aller quand on veut.

— Ils te traitent assez bien pour que tu restes ?

— J'ai pas encore pris ma décision. Je me donne le week-end pour me décider.

— Je suppose que c'est l'un des avantages d'être un joli cul. Tu restes si tu veux rester, tu pars si tu veux partir. Rien ne te retient.

Une expression qu'il ne reconnut pas traversa le visage de la jeune femme.

Il ramassa une mèche soyeuse étalée sur son torse et la frotta entre son pouce et son index.

— Je sais pas encore si je veux partir.

— Pourquoi ?

Est-ce qu'elle était vraiment attachée à cet Ozzy et refusait juste de l'admettre ?

— Quand j'ai appris que le Fury était en train de renaître de ses cendres, il fallait que je vienne voir par qui et pourquoi.

— T'es venue et t'es restée.

— Oui, je t'ai donné une raison. Mais pas l'autre.

Il repositionna l'oreiller sous sa tête afin de pouvoir la voir un peu mieux.

— C'est un secret ?

— Oui et non.

— Quelqu'un d'autre est au courant de cette autre raison ?

— Non, répondit-elle doucement.

— Alors c'est un secret.

— Pour l'instant. Je voulais pas causer d'histoire, et révéler ce secret pourrait bien en causer. En plus de ça, si ce que je crois être vrai *est* vrai, je ne pourrai peut-être pas juste m'en aller. Les choses pourraient devenir un peu plus compliquées. Donc j'ai décidé de garder ce secret pour moi jusqu'à ce que je trouve la réponse que je recherche.

— Et si tu ne la trouves jamais ?

Elle haussa les épaules.

— Parfois, je pense que ce serait plus facile si je ne la trouvais jamais.

— Mais tu veux savoir.

— Je pense que c'est presque une curiosité morbide, si tu vois ce que je veux dire. Je sais que ce serait mieux de ne pas chercher, mais c'est plus fort que moi.

— On dirait que ce secret pourrait être sérieux.

— C'est juste que...

Il longea le contour de sa mâchoire avec son pouce.

— C'est juste que...?

Elle soupira, enfouit son menton dans la poitrine du motard et tourna son visage vers lui. Il ne pouvait ignorer le tumulte qui agitait ses yeux marron.

— J'ai toujours été fille unique et je voulais juste trouver...

Maintenant, il avait *besoin* de connaître ce foutu secret. C'était la première fois depuis qu'il l'avait rencontrée qu'elle hésitait à propos de quoi que ce soit. Ce qu'elle cachait semblait bien plus important que sa désinvolture le laissait paraître.

— Trouver...?

— Le sang.

— Le sang ? Genre quelqu'un de ta famille ?

Est-ce qu'elle pensait avoir un lien de parenté avec quelqu'un du club ?

— Genre, dans le Fury ?

Aucun club qu'il connaissait ne laisserait une sœur, une cousine ou un autre membre de la famille d'un membre être un joli cul. Pas sciemment. Pas étonnant qu'elle veuille garder le secret avant d'en avoir le cœur net.

Mais, une minute... C'était un joli cul. Elle était à la disposition de n'importe lequel de ces enfoirés à chaque fois qu'ils en avaient envie... Et si elle ne savait pas... S'ils ne savaient pas...

— Liz...

— Je vois comment tu me regardes. C'est pas ça. Je ne ferais pas... Je n'ai pas...

— Mais comment tu le sais ?

Il ne comprenait plus rien, putain.

— Soit t'es apparentée à quelqu'un du club, soit tu l'es pas. Si t'en es pas sûre et que tu sais pas qui c'est, alors...

— Pas nécessairement. Ça veut pas dire que je suis apparentée à l'un des membres actuels.

Elle se redressa sur un coude et baissa les yeux sur lui.

— Promets-moi que si je te révèle ça, tu ne diras rien à personne.

Il était stupéfait qu'elle soit prête à lui confier son grand secret. Ce n'était pas un secret du genre : « j'ai accidentelle-ment rayé une voiture dans le parking d'à côté et je n'ai pas laissé de mot », mais un secret qui pourrait bouleverser le club. Bouleverser des vies.

Mais apparemment, elle avait besoin de le partager. Avec lui. Ça devait être un fardeau pour elle. Pourtant, il ne l'aurait jamais deviné à voir comment elle se comportait. Elle semblait heureuse, souriante, comme si elle n'avait pas le moindre putain de souci. C'était d'ailleurs ce qui avait attiré son attention au départ.

Tournesols et rayons de soleil.

Il secoua la tête pour se débarrasser de cette putain de pensée. Son cerveau avait dû boguer une fois de plus.

— Je te promets que je dirai rien.

Mais, *putain de merde*, il avait besoin de l'entendre. Cette femme avait peut-être plus de facettes qu'il le pensait et il était curieux de toutes les découvrir.

— Je te trahirai jamais comme ça.

— Les gens peuvent dire ça autant qu'ils veulent, mais parfois, ça arrive quand même, même s'ils n'en avaient pas l'intention.

Elle avait raison là-dessus. Il croisa l'index et le majeur et traça un X sur son cœur.

— Promis.

Ce geste la fit sourire et elle lui prit la main pour embrasser le bout de ces deux doigts. Son sourire s'effaça rapidement.

— Quand ma mère avait à peine dix-huit ans, elle a commencé à traîner dans l'entrepôt des Originels. Elle était un peu dévergondée à l'époque et ne l'a jamais nié. Et, disons juste que pour cette raison, elle ne sait pas exactement lequel des Originels est mon père.

Quoi ? Putain de bordel de merde.

— T'es sûre que c'était un Originel ?

Elle hocha la tête, puis l'appuya sur sa main.

— Oui.

— Le prez du Fury... Il chierait une brique s'il savait que t'es la fille d'un Originel et aussi un joli cul.

— Je m'en rends bien compte. C'est pour ça que je n'en ai parlé à personne. J'espérais découvrir qui c'était d'abord. Je veux dire, peut-être que c'était un salaud. Peut-être qu'il faisait partie des membres qui ont causé l'implosion du club d'origine.

— Je pense pas que c'était un connard total s'il t'a fait.

— Mais j'en sais rien. Les Originels ont fait des choses horribles. Je veux dire... vraiment *horribles*. Mon père biologique était peut-être un de ceux qui... ont fait certaines de ces choses.

— Qui qu'il soit, il ne l'a... pas fait contre son gré, n'est-ce pas ?

Parce que, *nom de Dieu,* cette pensée lui donna la putain de chair de poule, comme lorsqu'ils avaient découvert la vérité sur Pierce, l'ancien président du MCDA, et toutes les horreurs qu'il avait commises.

— Non. Comme je l'ai dit, elle était un peu dévergondée et si elle ignore qui est le père, c'est parce qu'elle fréquentait plusieurs Originels.

Il prit le temps de digérer cette information.

— En même temps ?

— En même temps. Et aussi avec plusieurs d'entre eux en très peu de temps. Disons juste que si elle avait fait une liste de tous les pères potentiels, elle ne serait pas courte.

Putain.

— Elle t'a dit ça ?

Il était surpris qu'une mère révèle quelque chose comme ça à sa propre fille.

— Oui. Elle me l'a finalement dit quand j'ai eu dix-huit ans, après que j'aie passé des années à la harceler pour qu'elle me parle de mon vrai père. Je pense qu'elle se disait que ça me ferait enfin taire. Au contraire, ça m'a rendue encore plus curieuse.

Eh bien, sans blague.

Crash émit un sifflement discret.

— Elle sait que tu le cherches ?

— Non, je ne lui ai pas dit. Je ne lui ai même pas dit que le club était de nouveau sur pied. Et elle ne sait pas du tout que je suis un joli cul pour eux.

Il siffla à nouveau.

— Elle est toujours aussi dévergondée ?

Il essaya d'imaginer de quoi avait l'air la mère de Liz. Si elle ressemblait un tant soit peu à Liz, il était certain que les Originels avaient tous fait la queue pour avoir l'occasion de prendre du bon temps avec elle.

Bon sang, si elle avait « à peine » dix-huit ans quand elle était tombée enceinte, ça voulait dire qu'elle avait probablement encore dix-huit ans à la naissance de Liz.

Encore plus jeune que Lily.

— Non. Tomber enceinte l'a fait grandir plus vite qu'elle ne l'avait prévu.

— Elle aurait pu se débarrasser de toi et continuer à mener sa vie de débauche.

C'était généralement une solution simple et rapide, mais tout le monde n'approuvait pas cette méthode.

Liz secoua la tête.

— Ça lui a fait réaliser qu'elle était en train de perdre le contrôle. Devenir mère l'a aidée à remettre de l'ordre dans sa vie. En plus de vouloir me faire taire, je pense aussi qu'elle m'a dit la vérité sur mon père pour que ça me serve de leçon. Probablement pour que je ne devienne pas aussi dévergondée qu'elle, même si, d'une certaine manière, c'est ce que je suis devenue, vu que j'ai fini avec le Fury.

— Elle n'a jamais voulu savoir qui était ton père ?

— Elle ? Non. Elle a décidé de m'élever seule. Avec l'aide de mes grands-parents, bien sûr. Elle s'est dit que comme elle ne savait pas qui était le père, elle ne pouvait pas juste se ramener au club et se mettre à pointer des gens du doigt. Ou demander un test ADN. En plus de ça, faire un test n'était pas aussi simple à l'époque qu'aujourd'hui. Plus important encore, elle avait peur de ce qu'ils lui feraient si elle retournait là-bas en disant être enceinte. Les Originels étaient violents. Dangereux. Et d'après certaines histoires qu'ont racontées Ozzy ou Dutch, et même certains enfants des Originels, si elle était retournée là-bas, elle n'en serait peut-être jamais ressortie.

— Qu'est-ce que tu racontes ? grogna-t-il, espérant avoir mal compris ce qu'elle venait de dire.

Liz hocha la tête.

— Elle pensait que c'était plus sûr pour elle, et pour moi, de s'occuper de ça et de moi toute seule.

Elle rit sèchement.

— Quand on la voit aujourd'hui, on a du mal à imaginer qu'elle ait pu faire la fête avec un MC hors-la-loi. Elle dit que je suis la meilleure chose qui lui soit arrivée, et je la crois. D'aussi loin que je me souvienne, elle a toujours été une mère formidable. Je ne pense pas que j'aurais pu avoir mieux. Donc, comme Cage et Dyna, sa « boulette » est devenue une bénédiction.

— Le putain de verre à moitié plein et toutes ces conneries.

— C'est comme ça qu'elle voyait ça.

— Tu tiens probablement d'elle.

— Comment ça ?

— Ton attitude positive. La raison pour laquelle tu souris tout le temps. Ou presque tout le temps. Sauf pour les trucs graves comme ça. Comme ce que t'es en train de me raconter, et aussi cette connerie avec l'enfoiré qui s'est servi de toi pour me faire passer un message.

— Il ne s'est pas...

— Bien sûr que si. Trouve pas d'excuses à ce connard. Il savait que j'étais intéressé. Il savait que je séjournais dans cette auberge. Il savait que je n'avais aucune idée que c'était lui qui gérait le putain d'établissement, parce que c'est Rig qui nous a enregistrés.

— Il ne savait pas que t'allais venir traîner à l'arrière du bâtiment.

Cette partie était vraie. Il n'aurait pas pu savoir ça.

Mais tout de même... Cet homme s'était comporté comme un véritable connard quand Crash s'était promené à l'arrière et les avait aperçus.

L'homme aurait pu gérer ça autrement, mais il ne l'avait pas fait. Le premier jugement de Crash était donc exact. Ozzy était un putain de rageux et Liz ne le convaincrait pas du contraire.

Si les autres membres des Originels étaient comme lui, voire pires, il comprenait pourquoi le club d'origine s'était autodétruit.

— Il savait aussi que t'étais pas intouchable. Heureusement que cet enfoiré est trop jeune pour être ton père. T'as dit que Dutch et lui étaient les deux seuls membres d'origine. Donc, le vieux qui possède le garage ? Ça pourrait être lui ?

— C'est pas Dutch. J'ai volé un peu de son ADN et je l'ai fait tester.

« Volé » était un choix de mot intéressant.

— Tu l'as fait sans qu'il le sache ?

Elle hocha la tête.

— Putain de merde, c'est un sacré secret.

— Ce club est rempli de secrets. Qu'est-ce qu'un de plus ?

Il était bien heureux que le MCDA soit dépourvu de secrets. Bien-sûr, il y en avait quelques-uns, mais on dirait que le Fury était construit dessus. Ça ne semblait pas être une base solide pour une confrérie.

— Je vais pas te demander comment t'as obtenu son ADN. Je peux deviner sans trop de mal. J'ai rencontré le prez. J'ai aussi entendu dire qu'il avait le sang chaud. Il risque de pas apprécier que tu gardes ce secret pour toi.

— Ça ne les concerne pas directement.

— Ils ne seront peut-être pas d'accord avec ça. Surtout si t'es de leur sang.

Il frotta sa joue mal rasée.

— Comment tu sais que t'es pas apparentée à l'un des membres avec qui t'as couché ?

Rien que l'idée lui donna la chair de poule.

— Une fois que j'ai compris quels gars étaient apparentés à l'un des Originels, j'ai réalisé que je n'avais besoin de tester que quatre d'entre eux, y compris Ozzy. Ça m'a demandé un peu d'adresse, mais j'ai réussi à éviter ces quatre-là jusqu'à ce que je les fasse tester. Honnêtement, ce n'était pas évident, mais j'ai trouvé de bonnes excuses au début, puis, une fois qu'Ozzy a préféré ma compagnie à celle des autres jolis culs, ça a été beaucoup plus simple. C'était facile de me blottir contre l'un des gars dans La Grange et de passer mes doigts dans ses cheveux en flirtant avec lui. Le laboratoire auquel j'ai fait appel avait besoin de cheveux avec leur racine pour que les résultats soient fiables. Donc, coincer accidentellement ma bague dans leurs cheveux était une très bonne excuse pour tirer quelques mèches sans qu'ils comprennent pourquoi. Mais ça m'a garanti aussi que je ne suis apparentée à aucun des gars avec qui j'ai... passé du temps.

— Passé du temps, répéta Crash. C'est une façon élégante de dire « avec qui j'ai baisé et que j'ai sucés ».

Elle pencha la tête.

— J'ai pas honte de ce que je fais et de ce que j'ai fait.

— Je dis pas que tu devrais, mais évitons d'enjoliver les choses. Dans tous les cas, je te jugerai jamais pour ça ou pour aimer le sexe. Peu importe avec qui.

— C'est incroyable le nombre de femmes qui jugent les autres.

Il inclina la tête vers sa bite désormais molle.

— J'ai l'air d'une putain de femme ?

— Les mecs le font aussi, dit-elle. Bref... Même si Oz est trop jeune pour être mon père, je l'ai fait tester rapidement, juste au cas où on serait apparentés d'une autre manière. Comme il ne parle jamais de sa famille, je sais pas exactement d'où il venait avant de rejoindre le Fury quand il était adolescent. Il a aussi beaucoup de secrets, alors j'ai pensé qu'il valait mieux être sûr, vu qu'on... a passé beaucoup de temps ensemble.

Encore une fois, une façon élégante de dire qu'ils avaient beaucoup baisé.

— L'un des gars que j'ai fait tester était Judge, car son père Ox était l'Exécuteur des Originels. Sig aussi, car son père Buck était le président du club à l'époque. Je les ai testés tout de suite, car... tu sais... il y avait des chances que j'échange des fluides corporels avec eux.

Probablement pas des chances, mais une réalité. Elle a dû baiser chaque putain de membre du Fury à un moment ou à un autre. Surtout vu qu'elle est un joli cul depuis déjà deux ans.

— Et votre prez ?

— Sig et lui ont le même père. Je me suis dit que si je n'étais pas apparentée à l'un, je ne l'étais pas non plus à l'autre.

— Dans le club actuel, qui d'autre vient d'un Originel ?

— C'est tout. À ma connaissance, les autres n'ont aucun lien de parenté. C'est une autre raison pour laquelle je suis restée, j'espérais que quelqu'un d'autre se présenterait. Un autre Originel ou l'enfant d'un Originel.

— Ça semble plus important pour toi que de la simple curiosité.

Elle haussa les épaules.

— Comme je l'ai dit, mon père biologique pourrait être un gros connard. *S'il* est encore en vie. Mais je suis curieuse de savoir à quoi il ressemblait, quelle personnalité il avait. Même son état de santé. J'ai peut-être des demi-frères et sœurs quelque part. Je sais pas. C'est pas une question de vie ou de mort, mais plutôt le désir de connaître ma généalogie.

— Tu pourrais faire un de ces tests ADN pour le savoir. Tu pourrais reconstituer ton arbre généalogique comme ça.

— J'ai fait ça aussi, mais ça ne m'a pas dit qui était mon père. Ni rien sur ce côté de mon arbre généalogique. Bien sûr, ça aurait été trop facile.

— Et la vie n'est jamais facile, finit-il à sa place.

— À ce stade, mon vrai père n'est qu'un trou noir dans ma vie. Mais pas un trou que j'ai besoin de combler émotionnellement. Donc, même s'il se pointe un jour pour rejoindre le Fury, je ne lui dirais pas forcément qui je suis. Pour l'instant, je veux garder ma carapace, et si je me sens à l'aise, je la retirerai avec le temps. Mais s'il était *vraiment* un connard et ne faisait qu'apporter de la toxicité dans ma vie ? En gardant ça pour moi, je garde mes options ouvertes. Encore une fois, j'ai pas l'impression qu'il me manque quelque chose dans la vie. Mon beau-père a été un père formidable pour moi, c'est pas comme si je manquais d'une figure paternelle.

— Mais maintenant, t'as plus personne à tester, à moins que quelqu'un d'autre ne se présente.

— Non.

Cette réponse inattendue le fit hausser un sourcil.

— Non ?

— J'ai testé que les mecs. Encore une fois, pour des raisons évidentes. Mais j'ai pas encore testé Stella.

Stella était la vieille dame du président. Et son épouse depuis aujourd'hui.

— Elle est apparentée à qui ?

Il n'avait pas vu Stella et Liz debout l'une à côté de l'autre, mais il ne trouvait pas qu'elles se ressemblaient. Si elles n'étaient que demi-sœurs, c'était peut-être normal.

— Crazy Pete. Un Originel qui est mort d'un cancer il y a quelques années. C'est sa fille. Avec les gars, c'était facile d'obtenir un échantillon capillaire. Avec Stella, beaucoup moins. Si je lui avais accidentellement arraché quelques mèches, elle m'aurait peut-être balancé son poing à la figure.

Elle rit, mais semblait gênée.

— Il faudrait que j'aie une très bonne raison pour toucher ses cheveux, et flirter n'est pas une option, vu qu'elle n'est pas attirée par les femmes. Mais...

Elle lâchait une bombe après l'autre. Il attendit qu'elle termine son « mais ».

— Aujourd'hui, j'ai réussi à prendre quelques mèches de ses cheveux.

— Comment ça ?

— Teddy, le coiffeur chez qui on va tous, est venu à la ferme avant le mariage pour coiffer Stella. J'ai profité de sa visite pour aller à la ferme pour dire bonjour et voir si Stella avait besoin de quoi que ce soit. Pendant qu'ils étaient distraits, j'ai pris quelques cheveux dans la brosse qu'il venait d'utiliser. J'ai eu la chance de trouver une mèche encore dotée de la racine. Je l'enverrai cette semaine.

— C'est la dernière personne ?

Liz hocha la tête, puis soupira.

— Oui. À moins que, comme je l'ai dit, d'autres Originels ou leurs descendants débarquent plus tard.

— Et s'ils ne viennent jamais ?

— Alors tant pis.

— Tu seras déçue si tu découvres jamais son identité ?

— Un peu.

— Je comprends pourquoi t'as gardé le secret.

C'était intelligent. Ça voulait dire qu'elle avait toutes les cartes en main. Si elle avait dévoilé son jeu dès le début, obtenir des échantillons d'ADN aurait été plus difficile.

— Et comme tu l'as dit, si Trip avait même *pensé* que je pourrais être la fille d'un Originel, je n'aurais jamais été autorisée à devenir un joli cul. Mes options auraient été limitées pour accéder aux gars et prélever des échantillons capillaires.

À moins qu'ils ne se soient portés volontaires. Cela n'aurait pas été impossible, mais il n'y avait aucune garantie.

— Et t'aimes aussi la bite.

Il ne pensait pas qu'elle avait menti là-dessus juste pour avoir accès aux membres du Fury.

En guise de réponse, elle se contenta simplement d'incliner légèrement la tête.

— Putain, femme. T'as vu une opportunité et tu t'es jetée dessus.

Elle finit par sourire.

— Littéralement.

— Vu que t'es allongée nue dans mes bras, j'ai vraiment pas envie de t'imaginer en train de baiser d'autres mecs. Je m'en fous que tu l'aies fait, mais là, je partage pas.

— Eh bien, tant mieux, parce que là tout de suite, il n'y a que toi et moi dans ce lit. Elle fit glisser son doigt du haut de son torse jusqu'à sa bite, qui commençait à reprendre vie après être tombée dans le coma suite à leurs deux dernières baises. Dans son lit. Il ne comptait même pas la fois sous le pavillon.

Mais il n'avait pas encore fini de discuter avec elle. Il y avait encore des choses qu'il voulait savoir à son sujet.

Il cligna des yeux.

Ouais, son cerveau était complètement détraqué. Pas une seule fois dans sa putain de vie n'avait-il préféré parler plutôt que baiser.

— Tous ces tests ADN ont dû creuser un trou dans ta tirelire.

Il n'avait aucune idée du prix, mais c'était un bon moyen de continuer de la faire parler.

— Eh bien, j'ai pris mon temps, pendant que je collectais les cheveux à tester, mais je peux me le permettre. Les tests sont abordables maintenant. Je n'ose même pas imaginer ce que ça coûtait il y a trente-deux ans, quand je suis née.

Il ne lui avait jamais demandé son âge. Il lui avait donné environ trente ans, et il avait vu juste. Elle était en fait l'un des jolis culs les plus âgées qu'il ait jamais rencontrées. La plupart d'entre elles avaient tendance à être très jeunes et sauvages. Comme la mère de Liz à l'époque. Même si Liz n'avait pas dit que sa mère était en fait un joli cul.

— Tu m'as jamais dit ce que tu fais dans la vie. Je sais que les jolis culs sont très mal payées.

Les lèvres de Liz tressaillirent.

— Je considère ça comme du bénévolat.

— Mais il faut bien que tu paies tes factures.

— C'est vrai.

— Surtout si tu continues de payer un appart dans lequel t'es presque jamais. C'est jeter du blé par les fenêtres, selon moi.

— Tu vois peut-être les choses comme ça, mais pas moi.

— Tu l'abandonnerais si Ozzy te revendiquait.

Il ne posa pas la question exprès.

— Encore une fois, c'est une option pour aucun de nous deux. Il a trop de sang nomade dans les veines. Je ne suis pas le genre de femme qui peut sauter à l'arrière d'une moto et partir sans avoir de plan. Je pense aussi qu'il aurait l'impression que revendiquer une vieille dame serait comme avoir une corde autour du cou. Ça l'étoufferait au point qu'il ne serait pas heureux.

— Tu veux pas sentir le vent dans tes cheveux ?

— Bien sûr. Pendant quelques heures, mais j'ai une carrière à développer. C'est ce qui paie les factures. Le club ne me paie pas, même quand j'aide Oz à la réception de l'auberge. Je le fais juste pour donner un coup de main à Oz et au club, et en plus de ça, je peux faire mon propre travail pendant que je suis assise au bureau. Disons simplement que je contrôle mon propre destin.

— Tu m'as toujours pas dit ce que tu fais dans la vie.

— Je suis rédactrice publicitaire indépendante. C'est pas hyper excitant, mais l'avantage, c'est que je suis mon propre patron. Plus je travaille, plus je gagne. Et en plus, mes horaires sont flexibles. Donc, si je finis tard au club, j'ai pas besoin de me lever tôt le lendemain pour aller travailler de neuf à cinq.

— Et, madame la patronne, tu veux bien expliquer à un abruti comme moi ce qu'est une rédactrice publicitaire ?

Elle embrassa son torse pendant quelques secondes. Si elle essayait de le distraire, elle y arrivait. Sa bite était désormais parfaitement éveillée.

— T'es pas un abruti et la plupart des gens n'ont aucune idée de ce que fait une rédactrice publicitaire. En gros, j'écris des newsletters, des textes publicitaires, du contenu pour des sites web, et même des articles de blog ou des publications sur les réseaux sociaux pour diverses entreprises et organisations. Tout ce qui a trait au marketing ou à la promotion. Certaines entreprises n'ont besoin de mes services qu'une seule fois, d'autres font régulièrement appel à moi. Ça dépend de leurs besoins. J'ai un gros client qui m'envoie tellement de boulot que ça leur reviendrait moins cher de faire de moi une salariée.

— Les gens te paient pour écrire des trucs.

— C'est une façon assez simple de décrire mon travail, mais oui.

Avec un sourire, elle grimpa à califourchon sur sa taille et pressa ses seins contre son torse.

— Et ils me paient très bien.

— Parce que t'es douée.

Il fallait qu'elle le soit pour être payée à assembler des mots.

— Je suis très douée. Le mieux dans tout ça, c'est que je peux travailler n'importe où et pour n'importe qui dans le monde entier. Et je l'ai fait. Ce qui n'est pas flexible, par contre, c'est mes délais, mais jusqu'à présent, j'ai jamais eu de problème à les respecter.

Elle se déplaça jusqu'à ce qu'ils soient face à face et lui titilla la lèvre inférieure du bout de la langue. Il était tenté de prendre sa bouche, de la retourner sur le matelas et de s'enfoncer dans sa chaleur humide.

Bientôt, dit-il à son érection désormais palpitante.

Il avait du mal à se concentrer sur le sujet dont ils étaient en train de discuter.

— Comment tu t'es lancée là-dedans ? Je suis sûr que t'as pas grandi en rêvant de devenir rédactrice publicitaire.

— Non, mon rêve était de devenir une autrice célèbre.

Elle rit.

— J'ai essayé d'écrire des romans, mais j'étais vraiment nulle à chier. J'ai aussi découvert rapidement que le marché était saturé et que c'était vraiment difficile de gagner sa vie en tant qu'autrice. J'ai fini par m'intéresser à l'aspect plus pratique de l'écriture. Pendant mes études, j'ai travaillé à temps partiel pour une agence de publicité afin de me faire la main et d'affiner mes compétences, mais mes revenus étaient bien sûr limités. J'ai commencé à travailler en freelance à côté, et cette activité a pris tellement d'ampleur que j'ai dû quitter mon emploi. En fait, cette agence continue de m'engager pour que j'écrive pour eux.

Elle lui fit un clin d'œil.

— Ils me paient aussi beaucoup mieux maintenant.

— Du blé facile, hein ?

— Je dirais pas ça. Tout d'abord, il faut que je fasse des recherches. Parfois, mon client me fournit des informations, mais je fais toujours mes propres recherches, ne serait-ce que pour avoir une meilleure connaissance du sujet. Ensuite, il faut que je trouve comment rendre leur entreprise intéressante, leur produit ou le sujet attrayant, même s'ils ne le sont pas. En gros, mon travail consiste à rédiger des textes captivants. Je dois attirer l'attention du consommateur pour qu'il jette au moins un coup d'œil au produit et, avec un peu de chance, qu'il l'achète. Ou alors, je dois rédiger un texte qui donne envie à une entreprise d'en embaucher une autre. Je reste créative d'une certaine manière, mais c'est beaucoup plus facile de gagner de l'argent comme ça qu'en tentant de percer dans l'écriture de fiction.

Cette femme ne cessait de l'impressionner.

— T'as dit que tu pouvais travailler de n'importe où.

— Oui, tant que j'ai accès à Internet.

— Ça veut dire tu peux faire tes valises et partir où tu veux.

Son cerveau défaillant se concentrait désormais sur cette seule information. Alors qu'il ne devrait pas.

À la place, il devrait se concentrer sur le fait qu'il avait une femme intelligente, belle et nue allongée sur lui. Une femme qui ne refuserait pas une autre super partie de saute-mouton dans son lit.

— Je pourrais.

Il était content qu'elle n'ait aucune idée d'où allaient ses pensées.

C'était peut-être mieux comme ça.

Malgré tout, sa bite en avait assez de tout ce blabla. Mais Crash aussi. Il avait appris presque tout ce qu'il voulait savoir. Ce qu'elle lui avait donné lui suffirait pour l'instant.

Car à présent, il avait quelque chose de plus important à faire.

Et elle s'appelait Liz.

Chapitre Onze

Heureusement que la virée du dimanche n'avait pas lieu trop tôt et qu'ils avaient eu le temps de dormir un peu.

Malgré tout, il traînait les pieds. Parce que, bien sûr, il avait dû la baiser une fois de plus dans son lit au réveil, puis une autre fois sous sa douche.

Après ça, elle lui avait préparé un petit-déjeuner tardif qui avait rivalisé avec ceux de Maman Ourse. Son assiette avait débordé de toasts, d'œufs brouillés moelleux et de bacon. Du vrai putain de bacon, pas cette merde à la fausse dinde. Et même un bol rempli de gruau de maïs au fromage. Il en avait besoin et avait mangé chaque putain de bouchée pour reprendre des forces. Ils avaient également vidé une cafetière entière à eux deux.

Il était partagé au sujet de la virée. Il avait hâte d'y participer, mais il voulait aussi passer un dimanche à traîner dans le lit de Liz. Comme ça n'allait pas être possible, il envisageait de quitter le méchoui de ce soir plus tôt que prévu et de retourner dans le lit de la jeune femme.

Il dirait à Rig qu'il pourrait garder la chambre ce soir, qu'il ne reviendrait que pour récupérer ses affaires quand il saurait qu'Ozzy n'était pas dans le coin. Il se disait qu'il valait mieux qu'il s'en aille quand le motard ne serait pas là pour foutre la merde et qu'il n'y aurait personne d'autre dans les parages. Parce que s'il cherchait les embrouilles, Crash saurait les lui apporter sur un plateau, et il était certain que les deux présidents de club auraient leurs putains de têtes.

Au petit-déjeuner, elle avait une fois de plus refusé de l'accompagner à la virée.

— Tu sais bien que c'est pas autorisé.

— D'après qui ?

— Les filles des Angels accompagnent les membres lors des virées ?

— Non.

— Pourquoi tu crois que c'est différent ici ?

Il avait haussé les épaules.

— Porte pas ton cuir du Fury.

Une solution simple.

— Ne pas le porter ne change pas qui je suis et à qui j'appartiens.

Il n'avait rien voulu entendre de ses conneries.

— Tu grimpes avec moi lors de la virée. Je veux que tu sois là, donc tu seras là. Si quelqu'un a quelque chose à dire, il n'aura qu'à me le dire en face.

— Crash...

— Y'a même pas à en discuter.

— Si.

— Tu ne veux pas venir ?

— Pas si ça pose problème.

Elle avait hésité assez longtemps pour qu'il comprenne qu'elle avait envie de venir.

— La seule à en faire un problème, c'est toi.

Elle avait soupiré.

— Écoute, si ça peut te rassurer, je vais d'abord en parler à mon prez.

— C'est pas ton président qui m'inquiète.

— Le mien peut parler au tien.

Elle avait cessé de ranger la vaisselle dans le lave-vaisselle et s'était tournée vers lui.

— Il ferait ça ?

— Ouais. Je vais lui dire que tu viens, qu'il le veuille ou non. S'il pense que ça va poser problème avec Trip, il n'a qu'à régler ça avec lui avant qu'on arrive.

Elle était restée bouche bée.

Il avait crispé la mâchoire.

— J'accepterai pas de refus. Je te veux sur ma meule, un point c'est tout.

La seule chose qui rivaliserait avec une journée entière à baiser serait de la sentir pressée contre son dos, accrochée à lui et leurs cheveux au vent.

— À moins que tu veuilles pas venir, avait-il ajouté quand elle s'était retournée vers l'évier.

Il s'était levé et s'était placé derrière elle avant d'enrouler ses bras autour de sa taille et de poser son menton sur son épaule.

— Je t'ai pas entendu.

Elle avait attrapé le torchon à côté de l'évier et s'était séché les mains avant de se retourner dans ses bras.

— Oui.

— Oui quoi ?

— Oui, j'aimerais bien. Si Trip est d'accord.

Son expression était toujours inquiète et il avait détesté ça.

Il lui avait caressé le cou, puis y avait déposé un baiser.

Elle s'était tortillée et avait ri.

— Ta barbe gratte vraiment.

— J'ai encore du chemin à faire avant qu'elle soit comme avant.

— T'as une photo de toi avant que tu te rases la tête et le visage ?

— Sur mon Instagram.

Elle avait écarquillé ses yeux marron.

— Je te fais marcher. J'ai pas de putain d'Instagram. J'en ai peut-être une sur mon portable que j'ai prise pour mon profil Tinder.

Elle avait entrouvert la bouche.

— Ou peut-être que j'ai encore cette photo que j'ai prise pour le calendrier de motards nus.

Un petit couinement avait quitté la bouche de Liz.

Il avait remué les sourcils et elle avait éclaté de rire.

— S'il existe un calendrier de motards nus, il faut absolument que je le voie.

— Après que j'ai déchiré tous les mois sauf le mien.

Il avait baissé la tête et embrassé sa bouche. Ses lèvres avaient le goût d'un mélange de café et de crème française à la vanille.

Après avoir bien profité de sa bouche, il avait mis fin à leur baiser à contrecœur.

— L'année serait bien courte si elle ne durait qu'un mois, avait-elle dit contre ses lèvres.

— Tu t'ennuierais peut-être, puisque tu n'aurais que moi toute l'année.

Elle s'était écartée et lui avait caressé la joue.

— J'en doute.

Il avait fini par envoyer un texto à Zak pendant qu'ils étaient assis sous le porche arrière de Liz pour qu'il puisse fumer une clope. Puis il lui avait montré quelques photos sur son portable. Il n'était nu sur aucune d'entre elles, mais il avait ses cheveux et sa barbe.

Il ne referait plus jamais un putain de pari si stupide.

Il avait aussi adoré les *oooh* et les *aaah* qu'elle avait lâchés devant certaines des personnalisations qu'ils avaient réalisées à l'atelier. Ces photos occupaient la majeure partie de la galerie de son portable, car elles valaient mieux qu'une carte de visite. Il n'avait qu'à montrer à un autre motard à quel point sa bécane pourrait déchirer après être passée entre les mains de Jag pour qu'il se mette littéralement à leur jeter du blé dessus comme sur une strip-teaseuse du Club pour Hommes du Paradis des Anges. Pas besoin de gros nichons ni de string ficelle.

Il n'avait pas été déçu lorsqu'il eut la réponse qu'il attendait de Zak. Son prez avait réussi à arranger les choses. Z avait demandé à Hawk, le vice-président du MCDA, de parler à Trip. Le prez du Fury n'avait aucun problème avec le fait que Liz accompagne Crash sur la virée ; Trip avait dit que c'était une virée spéciale pendant un week-end spécial et qu'il ferait une exception cette fois-ci.

Quel putain de type en or.

Mais Crash se disait que Trip ne voulait pas faire de vagues, car son club n'était pas aussi ancien que le MCDA ou même les Knights. Le Blood Fury était le petit dernier du groupe.

Le prez du Fury respectait Z et appréciait tous les conseils qu'il lui avait donnés lorsque Trip était venu à Shadow Valley quelques années plus tôt pour demander à Crow de tatouer les couleurs du MCBF dans son dos. Chaque fois que Trip était descendu dans le sud pour se faire tatouer, il avait aussi passé du temps avec Slade, puisqu'ils avaient servi ensemble dans les US Marines, ainsi qu'avec Zak et quelques autres officiers, à boire, fumer et discuter tard dans la nuit, construisant leur future alliance.

Crash avait remarqué que Trip avait suivi beaucoup des conseils de Zak. Une sage décision. Il avait reconstruit un club détruit et créé quelque chose de solide et de prospère. Le Blood Fury était rené de ses cendres, comme un phénix, à l'image du tatouage qui recouvrait le torse de Crash. C'était franchement impressionnant.

Alors qu'il ramenait la Mercedes de Liz à la ferme, Crash vit que tout le monde s'était déjà rassemblé dans la cour, car le temps était meilleur que la veille. Les meules étaient déjà alignées en formation, mais étaient immobiles.

— Je vais garer ta cage au même endroit qu'hier.

Il avait passé la majeure partie du trajet de dix minutes avec sa main sur la cuisse de Liz et sentait à quel point elle était tendue.

Il lui serra la jambe pour la rassurer.

— Ça ne posera pas de problème. T'as vu le texto. Trip a donné son accord. Si quelqu'un doit poser problème, ce sera une seule personne, et il a déjà été prévenu hier soir.

Elle ne dit rien, mais posa sa main sur celle du motard et la serra.

Une fois qu'il eut garé sa cage, ils se séparèrent. Elle voulait aller à La Grange pour voir s'il y avait quelque chose à faire ou si quelqu'un avait besoin d'aide.

En la regardant s'éloigner, vêtue aujourd'hui d'une tenue appropriée pour faire de la moto, il sentit son cœur se serrer. C'était son club, elle connaissait les membres bien mieux que Crash, mais il avait laissé ses inquiétudes lui chambouler la tête.

Son besoin fou de la protéger lui donna envie de la suivre. Au lieu de ça, il se retira cette idée de la tête et alla chercher sa meule pour la garer près de celles du MCDA.

Il trouva Rig avec cette jeune chatte, Callie, toujours accrochée à lui comme une putain de sangsue. Mais son associé était tout sourire, donc que cette fille lui colle au cul ne devait pas le déranger.

Les goûts et les putains de couleurs.

Il rejoignit Z et Hawk pour les remercier. Après une rapide poignée de main et un coup d'épaule, les deux lui lancèrent un regard qui voulait clairement dire : « ne fous pas la merde aujourd'hui ».

Il passa devant Diesel, qui avait ses bras musclés croisés sur son torse épais, et, bien sûr, qui arborait son froncement de sourcils habituel, en pleine conversation avec sa fille aînée Violette et un garçon de son âge. Le Sergent d'Armes du MCDA leva les yeux en le voyant passer et lui lança un regard qui voulait dire : « ne fous pas la putain de merde aujourd'hui, espèce de putain de fils de pute ».

Avec un sourire, Crash lui fit un salut militaire à deux doigts et continua sa route.

— Yo, entendit-il à sa droite.

Il tourna la tête dans cette direction et jura dans sa barbe lorsqu'il vit Ozzy traverser la pelouse et se diriger droit vers lui.

Pour l'amour du ciel, il n'était pas d'humeur à se battre ce matin.

Plusieurs têtes se tournèrent aussi dans leur direction. Il ignora le public et garda plutôt les yeux rivés sur la menace qui s'approchait de lui. Crash voyait bien que la mâchoire de l'homme était déjà crispée et que ses poings étaient légèrement serrés.

Il n'avait pas l'énergie pour ces conneries. Et si ce connard et lui en venaient aux mains, ça ne ferait que prouver à Liz qu'elle avait eu tort de l'accompagner sur cette virée.

Bon sang, ça voulait dire qu'il devait essayer de désamorcer la situation.

Crash s'arrêta, écarta les jambes pour garder l'équilibre et attendit que le frère du Fury lance les hostilités.

Il ne comptait pas chercher les ennuis, mais il ne comptait pas non plus se laisser marcher sur les pieds. Et ce connard ignorait que Crash avait appris la boxe auprès de deux experts, Slade, son frère du MCDA, et Steel, l'une des Ombres de Diesel. Et il n'avait pas peur d'utiliser ses compétences si nécessaire.

Tous les muscles de Crash se tendirent lorsque Ozzy s'arrêta devant lui. Il n'hurla pas, il ne lui mit pas de coup de poing, mais son regard noir lui indiquait qu'il en mourrait d'envie.

— Ça te dérange pas de la fourrer le soir alors que je l'ai

fourrée le matin même ? Ça te dérange pas de te taper mes putains de restes ?

Ses paroles avaient clairement pour but de pousser Crash à frapper le premier. Crash savait que s'il se laissait avoir, ça donnerait à cet homme une bonne excuse pour se « défendre » sans avoir de problèmes avec son prez.

Putain de fils de pute sournois.

Crash se rappela que pour une fois dans sa vie, il devait se montrer plus mature. Et il n'y avait qu'une seule raison à ça. La blonde de trente-deux ans avec laquelle il avait passé la nuit et avec laquelle il comptait bien recommencer ce soir.

— Non. Je parie que tu t'es déjà tapé plus d'une femme dans la même journée ?

Ozzy serra les lèvres aussi fort que sa mâchoire.

— Ouais. C'est bien ce que je pensais. Je l'ai fait plein de fois moi-même.

Crash se pencha en avant, tenté de planter son doigt dans la poitrine de ce connard.

— Tu vois ? grogna-t-il à voix basse. C'est ça la différence entre toi et moi. Je lui impose pas des normes plus élevées que celles que je m'impose à moi-même. Tu t'es déjà dit que ça pourrait être un problème pour elle ? Ou tu penses qu'à ta putain de gueule ? Parce que de là où je me trouve, c'est ce que je vois. Et si je le vois, elle aussi.

Il inclina la tête vers la foule qui commençait à se rassembler.

— Et eux aussi. Si tu peux la baiser et ensuite aller baiser quelqu'un d'autre, rien ne l'empêche de faire pareil. C'est pas parce que c'est une femme que c'est différent pour elle. Ne fais pas le connard.

Ozzy changea de position, mais dès qu'il ouvrit la bouche, probablement pour provoquer Crash à nouveau, une voix grave et sérieuse se fit entendre derrière le motard à la barbe poivre et sel.

— Y a un problème ici ?

Crash jeta un coup d'œil par-dessus l'épaule d'Ozzy, mais sans baisser sa garde. Le frère du Fury nommé Shade s'approcha. Les rares fois que Crash l'avait entendu parler, il avait remarqué que son débit était plus lent et réfléchi que la normale. Comme s'il avait du mal à trouver les mots justes. Crash n'avait jamais posé de questions là-dessus, car ça ne le regardait pas.

Tout comme ce qu'il faisait avec Liz ne regardait personne d'autre.

Si le prez du Fury avait un problème avec le fait que Crash soit avec Liz, il l'aurait dit à Hawk lorsqu'ils avaient discuté plus tôt. Au lieu de ça, Trip lui avait donné le feu vert. Une approbation dont il n'avait en vérité pas besoin, car tous les jolis culs étaient censées être disponibles pour tous les frères patchés.

Ozzy avait bizarrement tendance à oublier ce fait.

— Aucun problème, assura Crash à Shade.

Il donna une tape faussement amicale sur la poitrine d'Ozzy.

— Pas vrai, mon frère ? On discutait juste d'une petite customisation qu'il pensait faire sur sa meule.

En voyant les longs cheveux bouclés de Shade attachés en chignon pour la virée à venir, Crash regretta pour la millionième fois de s'être rasé la tête.

Plus jamais, putain.

Shade regarda Ozzy d'un air sceptique. Les narines de ce dernier se dilatèrent et il finit par faire un signe de tête à Shade.

Les yeux sombres de Shade se déplacèrent soudainement et devinrent plus intenses. Crash jeta un rapide coup d'œil par-dessus son épaule pour voir ce que l'homme regardait. Diesel, Violette et l'adolescent. Deux secondes plus tard, il reprit sa route, laissant Crash et Ozzy seuls à nouveau.

En quelque sorte. Parce qu'ils avaient toujours un public

attentif.

Crash baissa la voix de façon à ce que seul Ozzy puisse l'entendre.

— T'as de la chance que je respecte les putains de décisions de mon prez. Tu devrais essayer de faire pareil.

— Va te faire foutre, grogna Ozzy en se dirigeant droit vers Crash, qui ne bougea pas d'un pouce.

Il ne laisserait pas cet homme essayer de l'intimider. Au lieu de ça, il resta campé sur ses positions et laissa Ozzy le bousculer, et ce n'était pas une bousculade amicale. Crash resta figé sur place jusqu'à ce qu'il entende les pas s'éloigner derrière lui. Il tourna les yeux sur le côté lorsqu'il perçut un mouvement.

Putain.

Liz.

Elle avait tout vu.

Un cri retentit à proximité.

— Tout le monde en selle ! C'est l'heure de démarrer !

Il ne prit pas la peine de voir qui avait donné cet ordre. Il supposa que c'était le Capitaine du Bitume du Fury qui allait mener la virée d'aujourd'hui. Au lieu de ça, il regarda Liz emprunter les doubles portes entrouvertes sur le côté de la chapelle du club et disparaître dans le bâtiment.

Il fit de longues enjambées pour réduire rapidement la distance qui les séparait et, alors que quelques gars sortaient de La Grange, il se dirigea à l'intérieur. Il l'aperçut devant une table remplie de nourriture, lui tournant le dos.

Elle ne portait pas son cuir aujourd'hui. Elle l'avait laissé dans sa Mercedes au cas où on lui demanderait de le mettre. Elle avait enfilé un jean usé qui avait quelques déchirures. L'une d'elles se trouvait sur le haut de sa cuisse droite, juste en dessous de la fesse. Et son putain de cul...

La perfection enveloppée dans du denim.

Elle portait un haut moulant en coton bleu roi avec les épaules dénudées, ce qui donnait l'impression que sa peau bronzée jouait à cache-cache. Son haut était aussi doté d'un décolleté profond qui mettait parfaitement sa poitrine en valeur. Des seins qui semblaient faits pour la bouche de Crash.

Même s'il adorait manger, la femme devant la table était plus appétissante que la nourriture derrière elle.

Aujourd'hui, elle portait des bottes en cuir marron à talons plats qui lui arrivaient aux genoux, de la même couleur que la ceinture qui soulignait sa taille fine.

Ses longs cheveux blonds étaient tirés en arrière et tressés en une natte serrée. Elle avait dit que c'était pour éviter qu'ils ne s'emmêlent pendant la virée. Crash comprenait. Quand il avait les cheveux plus longs, il aurait juré avoir des zones dégarnies après avoir défait quelques nœuds à la suite d'une virée, même lorsqu'il portait une calotte.

Mais aujourd'hui, elle était habillée pour être sa moutonne. Et c'était ce qu'elle allait être.

— Allez, Sunny.

Elle se retourna, les sourcils froncés.

— T'as déjà oublié mon nom ?

— Non. Mais Sunny te va bien. Sauf là tout de suite. T'as un nuage noir au-dessus de la tête.

— T'es surpris ?

Il pencha la tête sur le côté en guise de réponse.

— Tu vas laisser cet enfoiré te gâcher toute ta journée ? Gâcher nos putains de projets ?

— Crash..., soupira-t-elle avant de se mordre la lèvre inférieure.

— Tu vas le laisser te voler ton soleil ?

Il leva la main pour l'empêcher de continuer.

— Tu vas le laisser me voler mon soleil aussi ?

Elle poussa un léger soupir.

— Parce que c'est ce que t'es. Je dois presque plisser les yeux chaque fois que je te regarde, c'est comme regarder le soleil en face. La robe à tournesols d'hier te va mieux que tu le penses. Y a rien de sombre en toi, bébé, alors ne le laisse pas assombrir cette lumière.

Elle roula les lèvres et cligna des yeux plusieurs fois.

Après quelques secondes et quelques émotions qui traversèrent son visage, elle se redressa et sourit.

Le revoilà.

Il n'était pas aussi large que ceux qu'il avait vus ces derniers jours, mais c'était mieux qu'un froncement de sourcils.

— Sunny sera ton nom de route à partir de maintenant, d'accord ?

— J'aime bien.

— Moi aussi. Viens ici.

Il prit son visage à deux mains et l'attira vers lui avant de poser ses lèvres sur les siennes, se fichant complètement que quelqu'un les voie s'embrasser.

Quand ils se séparèrent enfin, il avait une demi-érection. Il était presque certain que lorsqu'elle aurait les bras enroulés autour de lui, que ses seins seraient pressés contre son dos et que sa chatte serait collée à son cul, à l'arrière de sa meule, il aurait une érection de compétition.

Il ne doutait pas non plus qu'elle était le genre de femme qui pourrait facilement atteindre l'orgasme grâce aux vibrations du moteur et des pots d'échappement de sa Harley.

— Tu prends ton pied en moto ? demanda-t-il en libérant sa bouche.

— Ça m'est jamais arrivé, mais j'ai entendu parler de ce mythe.

— C'est pas un mythe. T'as juste pas grimpé sur le bon mec.

— Tu veux dire *avec* le bon mec.

— Ouais, ça.

Le rire rauque qu'elle cracha en réponse était agréable à entendre. Ouais, ces nuages s'étaient dissipés.

— Je parie que tu seras pas la seule à venir sur cette virée, lui assura-t-il.

— Joli double sens.

— Ouais, mais c'est vrai.

— *Si* je viens.

— Tu viendras.

À la virée et sur sa meule. Il lui tendit la main et attendit un moment.

Elle la prit et entrelaça leurs doigts.

— Allons prendre la putain de route, Sunny.

Elle hocha la tête et son sourire s'élargit.

— Allons prendre la putain de route, Crash. Mais s'il te plaît... essaie de ne pas faire honneur à ton nom.

Il ricana et la tira hors de La Grange pour la propulser dans la lumière du soleil.

———

ELLE N'AVAIT JAMAIS ROULÉ qu'à l'arrière de la meule d'Ozzy. Personne d'autre ne lui avait jamais proposé de l'emmener faire un tour. Donc cette virée de quatre heures et demie était la plus longue qu'elle ait jamais faite.

Elle en savoura chaque putain de minute.

Si elle le cherchait, elle pouvait voir Ozzy au loin, en formation avec le reste des membres du Fury, mais elle ne le laissa pas « assombrir » sa lumière. Au lieu de ça, elle profita simplement du vent dans ses cheveux, du soleil de juin sur son visage et de la puissance entre ses cuisses ainsi que celle de l'homme au guidon.

Toute tension résiduelle causée par l'échange entre Oz et Crash auquel elle avait assisté se dissipa progressivement au fil des kilomètres.

La virée multi-clubs était impressionnante, tant par le nombre de meules que par la façon dont ils faisaient en sorte de les garder alignées. Ça lui rappelait la natation synchronisée. Mais au lieu d'eau chlorée et de lycra, elle était entourée de cuir souple et de denim usé. Tous les motards réussissaient à garder leur place dans une formation bien ordonnée, roulant en files de deux.

Cage, en tant que Capitaine du Bitume, avec sa compagne Jemma, menait ce qui semblait être une mer infinie de motos. À certains moments de la virée, Liz ne voyait même plus ni l'avant ni l'arrière de la formation, tant elle était imposante.

Le nombre de motos et de motards portant des cuirs de MC attirait beaucoup l'attention, quelle que soit la ville qu'ils traversaient, la maison devant laquelle ils passaient ou les véhicules qu'ils croisaient en sens inverse.

Sans surprise, elle était le seul joli cul sur la virée. Toutes les autres femmes portaient un cuir « Propriété de » avec le nom de leur vieux écrit en dessous. Ce qui la faisait encore plus sortir du lot étant donné qu'elle avait laissé son cuir dans sa voiture.

En plus des autres jolis culs, les prospects du Fury étaient également exclus, car ceux des Angels et des Knights n'étaient pas invités au week-end de fête. La nuit dernière, dans son lit, Crash lui avait dit qu'ils avaient laissé les leurs au bercail pour qu'ils s'occupent des affaires du club, qui comprenaient un bar, une salle de sport, un club de strip-tease, un magasin d'armes et d'autres choses. Des affaires qu'ils ne pouvaient pas se permettre de fermer pendant plusieurs jours.

Malgré tout, entre le Fury, les Angels et les Knights, il y avait des dizaines de membres patchés et leurs vieilles dames. Elle était sûre que pour le citoyen lambda, c'était un spectacle intimidant.

Le temps était parfait et elle était contente d'avoir mis de la crème solaire, même si elle savait que ses joues seraient roses à la fin de la journée.

Comme la plupart des vieilles dames, Liz avait noué un

bandana autour de sa tête dans l'espoir de maintenir sa natte et de réduire le nombre de nœuds qu'elle aurait à démêler plus tard.

Teddy, le propriétaire du salon Manes on Main, se plaignait souvent des dégâts causés lorsque les cheveux des femmes s'emmêlaient dans le vent et se cassaient au moment de les coiffer. Quoi qu'elle ou les autres femmes du club tentaient de faire pour protéger leur chevelure, quelques mèches s'envolaient forcément.

Mais à ce moment précis, Liz s'en foutait.

Elle avait la joue plaquée contre le cuir noir et chaud du gilet de Crash, les mains posées sur son ventre ferme, et lui avait une main fermement plantée sur son genou. Elle ignorait s'il faisait ça pour marquer son territoire ou parce que ça lui semblait naturel.

Avant de quitter la ferme, Crash l'avait mise au défi de voir combien d'orgasmes elle pouvait avoir pendant le long trajet en se contentant de se relaxer et de laisser les vibrations faire leur travail.

La seule fois qu'elle avait atteint l'orgasme sur la moto d'Ozzy, c'était lorsqu'il s'était arrêté sur une route isolée et qu'ils avaient fait l'amour sur la selle. Elle n'avait jamais joui pendant qu'ils roulaient. Elle n'avait même jamais pensé à tenter de le faire. Peut-être qu'Ozzy supposait qu'elle prenait du plaisir, mais si c'était le cas, il ne lui avait jamais rien dit là-dessus.

En revanche, Crash lui avait donné un signal à utiliser pour qu'il sache quand elle avait un orgasme. Et, pour une raison quelconque, elle ne voulait pas le décevoir. Mais, en vérité, quand elle se concentrait, elle n'avait pas de mal à jouir. Il avait raison. Il fallait juste qu'elle se détende et qu'elle laisse les vibrations faire tout le travail. Ça ne faisait pas de mal non plus qu'elle soit accrochée fermement à un homme qui faisait palpiter son cœur et mouiller sa chatte.

Quatre, c'était le nombre final. Chaque fois qu'elle

embrassait sa nuque, le signal convenu, sa moto vacillait légèrement et il serrait sa cuisse ou son genou un peu plus fort. Puis il jetait un coup d'œil par-dessus son épaule avec un grand sourire.

Pendant les deux pauses qu'ils firent durant la virée, l'une dans la forêt domaniale de Susquehannock et l'autre le long de la superbe route 6, Crash lui murmura des mots coquins à l'oreille et lui fit promettre de l'aider à soulager son érection fulgurante dès qu'ils seraient de retour à la ferme et qu'ils auraient trouvé un endroit privé où aucun des enfants ne pourrait être témoin des choses amusantes mais obscènes qu'il avait l'intention de lui faire.

Bien sûr, elle avait accepté, car elle n'était pas une idiote. Aujourd'hui était leur dernier jour ensemble avant qu'il ne retourne à Shadow Valley le lendemain matin.

Elle fut prise au dépourvu lorsqu'elle réalisa qu'il allait vraiment lui manquer. Elle avait apprécié chaque instant passé avec lui, à l'exception des deux fois où Ozzy et lui s'étaient pris la tête.

Elle n'avait pas passé une seule seconde de la journée à réfléchir sérieusement à ce qu'elle ferait après lundi. Rester avec le Fury ou partir. En vérité, elle détestait l'idée de s'en aller car, même si elle était un joli cul, elle considérait le Fury comme sa famille.

De plus, il y avait toujours une possibilité qu'un membre de sa famille biologique revienne un jour, que ce soit son père ou même un demi-frère ou une demi-sœur.

Elle avait également prévu d'envoyer le kit ADN contenant les cheveux de Stella dès lundi matin. Malheureusement, elle était presque certaine que les résultats seraient négatifs, comme tous les autres.

Elle devrait peut-être finir par réprimer sa curiosité au sujet de sa lignée paternelle. Si sa mère apprenait qu'elle essayait de découvrir la vérité, elle serait sans doute horrifiée et exigerait même qu'elle arrête.

Mais un jour, elle aurait peut-être des enfants, et est-ce qu'il ne serait pas préférable qu'elle connaisse les éventuels problèmes de santé qui pourraient les affecter ?

Bien sûr, Liz, continue d'utiliser cette excuse.

Mais c'était une excuse valable. *Si* elle décidait d'avoir des enfants un jour. À ce stade de sa vie, elle n'était même pas sûre d'en vouloir. Et si elle choisissait de franchir le pas, elle voudrait que le père de ses enfants reste à ses côtés et ait une bonne influence sur eux. Elle voudrait également que le père de ses futurs enfants *veuille* être père, et pas qu'il y soit contraint. C'était l'une des raisons pour lesquelles, outre le risque de maladies sexuellement transmissibles, elle insistait pour que tous ses partenaires utilisent un préservatif en plus de son implant contraceptif. Même Ozzy.

Même si les surprises, comme Dyna, pouvaient être formidables, elle était le genre de femme qui aimait planifier. Son besoin d'organiser sa journée et sa vie était l'une des raisons pour lesquelles elle avait du succès en tant que rédactrice indépendante. Elle était suffisamment organisée pour respecter son emploi du temps et ses délais.

Tout le contraire de certains motards qu'elle connaissait et qui aimaient vivre leur vie librement et sans contrainte.

Elle s'interrogea à propos du motard contre lequel elle était actuellement blottie, alors que la longue file de motos descendait County Line Road et tournait dans l'allée de la ferme. D'après les photos qu'il lui avait montrées plus tôt, il semblait diriger une entreprise très prospère. Ça demandait des compétences en organisation et en planification, non ?

Mais... ça n'avait pas d'importance, n'est-ce pas ?

Car, qu'elle soit prête ou non à le voir s'en aller, demain matin, il serait parti. Il rentrerait chez lui à Shadow Valley. Tandis qu'elle resterait à Manning Grove pour déterminer si continuer la vie qu'elle s'était construite ici en valait la peine ou si elle ferait mieux de passer à un nouveau chapitre de sa vie.

Quel qu'il soit.

Chapitre Douze

— Ces garçons ont l'air de futurs briseurs de cœurs, murmura-t-elle alors que Crash et elle se balançaient lentement au rythme de la musique.

Ils se frottaient plus qu'ils ne dansaient, car la reprise de *Man in the Box* d'Alice in Chains par le groupe était un morceau sur lequel il était difficile de danser et que la plupart des motards ne « dansaient » pas, de toute façon. Ou du moins, ils refusaient d'admettre savoir comment faire. La plupart d'entre eux considéraient ça comme une sorte de préliminaires. Ou comme un moyen de convaincre des femmes de finir dans leur lit.

Encore une fois, Crash avait la trique, alors qu'ils venaient de trouver un endroit tranquille dans l'obscurité, à l'abri des nombreux regards d'enfants curieux, pour le soulager de celle qu'il avait eue quelques minutes plus tôt.

Après s'être rempli le bide de porc tellement tendre que la chair glissait presque de l'os, d'accompagnements succulents et de bière fraîche, et après avoir partagé un joint, ils s'étaient calés dans un coin sombre de la cour pour qu'ils puissent passer encore un peu de temps dans les bras l'un de l'autre. Le frottement rythmique dans lequel ils étaient entraînés n'était qu'un prétexte pour se toucher.

Elle remarqua les deux garçons qui traînaient ensemble ; riant, papotant et mangeant non-stop, comme la plupart des ados.

— Ouais. Ils sont tous les deux à l'âge où ils commencent à s'intéresser aux filles. Je serais pas surpris que Zeke perde bientôt sa virginité.

— Vraiment ? Il a quel âge ?

Il ne semblait pas assez âgé pour avoir des relations sexuelles. Ni même s'y intéresser.

— Quatorze ans. Ash a environ un an de moins que lui. Petit Z est le fils aîné de notre prez, et Ash, c'est le fils de notre vice-président. Ces deux-là sont inséparables. Ils sont plus comme des frères que comme des cousins.

— Quatorze ans, c'est jeune pour perdre sa virginité.

— Je pense pas que ça soit déjà arrivé, mais il apprend à draguer les filles comme un vrai boss. Il faut dire qu'il a le physique pour. Et c'est pas un idiot non plus. Je le vois bien prendre la place de son père en bout de table un jour.

Est-ce que c'était ce que voulaient les motards pour leurs progénitures ? Qu'ils deviennent motards à leur tour ? Qu'ils perpétuent la tradition ? Elle supposait que oui. Pour ces types, être motard était un mode de vie, pas un hobby.

— Je déteste voir que les enfants sont obligés de grandir si vite de nos jours. J'aimerais qu'ils prennent leur temps et profitent de leur enfance avant de se retrouver soudainement submergés de responsabilités.

— Ouais.

— Comme être le président d'un MC, ajouta-t-elle sèchement.

— Il a ça dans le sang. Il est né pour mener. Né pour être un motard. Son arrière-grand-père était l'un des fondateurs du MCDA en 74.

— Wouah.

Elle ignorait que son MC existait depuis si longtemps.

— Donc, c'est tout naturel qu'il prenne les rênes quand son heure sera venue, mais ça prendra encore un moment. Zak est un bon président et personne d'autre ne veut de cette putain de position.

— Personne ne lui a jamais disputé ce poste ?

Crash hésita.

— Personne ne le lui a vraiment disputé, non.

Il semblait y avoir une histoire derrière cette réponse évasive.

— C'est dans les gènes de Trip aussi, vu que son père était l'ancien président. Je suis sûr que lorsqu'il aura des fils, il voudra qu'ils fassent la même chose. Mais d'après ce qu'on raconte, Buck était un tyran au tempérament explosif. C'est en partie pour ça que le Fury d'origine s'est auto-détruit.

— Z est assez décontract'. Il prend les coups comme ils viennent, relève la tête et continue d'avancer.

— Tu le respectes.

— Ouais, murmura Crash à son oreille.

— T'as une belle vie.

— La meilleure, Sunny.

Chaque fois qu'il l'appelait comme ça, elle souriait de toutes ses dents. Elle aimait beaucoup son nouveau « nom de route ». Elle était heureuse qu'il la voie comme une personne positive et enjouée, et pas juste comme un joli cul.

Quand le groupe termina sa chanson, la cour redevint silencieuse, puis un murmure parcourut la foule composée de motards, de leurs femmes et de leurs enfants.

Crash la fit pivoter dans ses bras et, avec un bras autour des épaules de Liz, la serra contre lui tandis qu'ils regardaient la femme qui avait chanté lors de la cérémonie de la veille grimper les marches de fortune menant au plateau de la remorque sur laquelle le groupe s'était installé. Alors qu'elle avançait vers le pied de micro au centre de la plateforme, ce fut l'un des rares moments du week-end où la foule se tint parfaitement silencieuse.

Ce qui, pour un groupe de cette taille, était un peu surnaturel.

La petite blonde se retourna et dit quelque chose au chanteur principal, qui lui répondit en haussant le menton et en lui offrant un sourire, puis elle se tourna à nouveau vers le public.

Alors qu'elle avait le visage baissé, les yeux fermés et une main posée sur le micro, la musique commença. Elle leva la tête, ouvrit les yeux et se mit à chanter.

— Putain de merde ! s'exclama Liz, le souffle coupé.

Alors qu'elle était parcourue de frissons, Crash la serra contre sa poitrine un peu plus fort et plaqua la tête de son rayon de soleil sous son menton.

— Ouais.

— Comment elle s'appelle ? murmura-t-elle aussi doucement que possible pour ne pas couvrir la version impossiblement émouvante de la chanson qu'elle avait reconnue sur le champ.

— Jazz.

La chanson que chantait Jazz était tout sauf actuelle. En fait, c'était même tout le contraire. Liz l'avait entendue à plusieurs reprises, car elle était tirée du film *Le Masque de Zorro*. Mais son interprétation, avec sa voix inoubliablement envoûtante, rendait *I Want to Spend My Lifetime Loving You*, le duo original chanté par Marc Anthony et Tina Arena, encore plus spécial.

Le chanteur et guitariste des Dirty Deeds, un Dirty Angel nommé Nash, se tenait tout près derrière Jazz, se servant de sa voix rauque de rockeur pour les chœurs, mais laissant la vedette à Jazz pour lui permettre de briller de tous ses feux.

La femme semblait particulièrement concentrée sur un homme dans la foule qui se tenait au bord de la plateforme sur laquelle jouait le groupe. L'homme aux longues tresses noires nommé Crow. Celui sur les épaules de qui se trouvait une petite fille aux cheveux de la même couleur écoutant sa mère chanter.

Même de là où se trouvaient Liz et Crash, la connexion entre le couple était évidente. Cette image lui causa une pointe de jalousie.

Pas parce qu'elle voulait Crow, mais parce qu'elle voulait ce que ces deux-là avaient. Si ce n'était pas maintenant, alors un jour.

Qui ne voudrait pas d'une connexion si forte que si l'un inspirait, les poumons de l'autre se remplissaient d'oxygène ? Que si l'un cessait de respirer, l'autre aussi.

— Putain, elle est douée.

Liz n'avait même pas eu l'intention de le murmurer à voix haute, même si ça devait être dit.

— La meilleure, murmura Crash.

— Elle ne chante pas pour gagner sa vie ?

— Non.

— Je suppose qu'il y a une raison à ça ?

— Plusieurs.

Il ne lui donna pas plus de détails et elle n'insista pas non plus. Il semblait que son club abritait autant de secrets que le Fury. Peut-être qu'ils partageaient leurs secrets au sein de la famille des Angels, mais pas avec les étrangers.

Ils protégeaient les leurs comme une confrérie solide se devait de le faire.

Quand la dernière note fut jouée et que les dernières paroles se dissipèrent, le public stupéfait resta silencieux.

Puis tout le monde revint à la vie lorsque l'homme à la longue tresse noire lui arrivant au milieu du dos avança au bord des marches et tendit la main à sa femme. Avec un doux sourire, elle la saisit et il l'aida à descendre, puis tous trois disparurent dans la zone obscure derrière la scène improvisée.

Liz était certaine qu'ils allaient trouver quelqu'un pour surveiller leur jeune fille pendant l'heure qui suivrait.

Un sourire en coin était dessiné sur les lèvres de Crash alors qu'il regardait le couple disparaître, pensant certainement la même chose.

— C'est comme ça chaque fois qu'elle monte sur scène et chante pour lui. D'habitude, il la soulève dans ses bras et l'emporte avec lui comme un homme des cavernes, mais c'est difficile avec une enfant de cinq ans sur les épaules.

— Tu crois qu'elle a choisi cette chanson spécialement pour lui ?

— Ouais. Après les enfants, elle pense que chanter pour lui est le plus beau cadeau qu'elle puisse lui offrir en échange de tout ce qu'il a fait pour elle. Le problème, c'est qu'elle ne se rend pas compte que Crow reçoit beaucoup plus d'elle qu'elle ne reçoit de lui.

Liz aurait voulu soupirer tant c'était romantique. Au lieu de ça, elle se tourna vers Crash et passa ses bras autour de son cou avant de presser son corps contre celui du motard.

— Elle semble beaucoup plus jeune que lui.

Le groupe entama la chanson suivante et, une fois de plus, Liz et Crash se mirent à remuer lentement sur place.

— Elle l'est. Mais il était ce dont elle avait besoin quand elle en avait le plus besoin. Et elle était ce dont il avait besoin sans le savoir.

Cette fois, elle soupira doucement et lui enlaça le cou plus fort.

— Une vraie histoire d'amour, hein ?

— Ouais. Elle a un passif difficile à effacer.

Liz attendit de voir s'il en dirait davantage. Comme il resta silencieux, elle supposa qu'il ne voulait pas en parler et laissa tomber le sujet.

— Ils ont deux enfants, n'est-ce pas ? Je les ai vus assis ensemble à la cérémonie.

— Ouais. Phœnix et Lyric. Je suis pas le seul à avoir un phénix tatoué sur le corps. Leur mère aussi.

— Elle a fait ce tatouage pour une raison particulière ?

— Ouais.

Une fois de plus, il ne donna pas plus de détails.

— Et toi ?

— Non. J'ai juste trouvé que c'était un motif mortel. Crow manie l'aiguille comme un artiste et c'est le meilleur du coin. Il l'avait dessiné pour un client qui s'est désisté à cause du temps que ça aurait pris.

Sans lui relâcher les reins, il se recula légèrement pour la regarder dans les yeux.

— C'est lui aussi qui s'est occupé de tatouer les couleurs sur le dos de ton prez.

— C'est certainement l'artiste qui a dessiné les couleurs sur le dos de la plupart des gars. Je savais qu'ils ne les avaient pas fait faire en ville, mais je ne savais pas que c'était un Angel qui s'en était occupé.

— Comme je l'ai dit, c'est le meilleur du coin. Peut-être même le meilleur de Pennsylvanie, insista-t-il. J'ai inspecté chaque centimètre de ton corps et je sais que t'en as pas un seul, murmura-t-il en faisait glisser sa barbe naissante et piquante sur la joue de Liz.

— J'ai rien contre, bien sûr, mais j'ai jamais eu l'envie d'en faire un.

Elle ne dirait jamais qu'elle ne se ferait jamais de tatouage, mais si elle décidait d'en faire un, il faudrait qu'il veuille dire quelque chose. Elle comprenait que les gars aient les couleurs de leur club dans le dos, vu que ça leur donnait l'impression de montrer leur loyauté envers leur confrérie. Se tatouer les rockers du club sur la peau était la preuve visible et indéniable de leur implication totale.

La nuit dernière, Crow avait tatoué les noms de Trip et Stella sur l'annulaire des deux nouveaux mariés. Liz n'était pas sûre d'être prête à aller jusqu'à tatouer le nom d'un homme sur son corps, mais il existait des options pour les effacer si la relation prenait fin. Tout comme Scar, l'un des nouveaux prospects du Fury, qui était en train de faire effacer une larme tatouée près de son œil. Quelque chose que le prospect avait dû s'engager à faire avant que Trip n'accepte de le laisser intégrer le club.

Trip dirigeait son club d'une main de fer, et pour cause. Pour lui, le tatouage de larme sur la joue était une manière de faire le mariole en affichant le fait d'avoir déjà tué quel-qu'un. Et le président du Fury ne voulait pas que ses gars mettent en avant ce genre de violence. En surface, il voulait que le Fury ait l'air irréprochable. Mais sous la surface... Trip voulait que ce qui se passe ici reste entre les membres du club.

Comme beaucoup d'autres membres du Fury, Trip avait fait de la prison et ne voulait pas que l'un de ses frères y retourne.

— La plupart de nos vieilles dames ont le nom de leur vieux tatoué sur elles.

Les mots de Crash ramenèrent brusquement l'attention de Liz sur lui.

— C'est obligatoire ?

— Non. C'est juste quelque chose qu'elles ont toutes décidé de faire. Sophie, la vieille dame de Z, a été la première. Les autres ont suivi, vu que la plupart ne veulent pas porter de cuir « Propriété de ». C'était une sorte de compromis.

— Elles les portent ce week-end.

— C'était obligatoire ce week-end. Un moyen facile d'identifier qu'elles sont déjà revendiquées et par qui, mais normalement, elles les portent que sur les virées. Et parfois même pas.

Ils arrêtèrent de « danser », ce qui ressemblait davantage à un lent rapport sexuel habillé, lorsqu'une nouvelle chanson commença. Cette fois-ci, ils ne pouvaient même pas prétendre bouger au rythme de la musique, car c'était du hard rock. Liz se dit que c'était peut-être un morceau original de Dirty Deeds.

Ils étaient vraiment talentueux.

— Jazz est une super chanteuse, mais ce groupe est le meilleur que j'ai entendu depuis longtemps.

Crash hocha la tête, et encore une fois, Liz put voir la fierté sur son visage, la même que lorsque Jazz chantait.

— Ouais. Ils se débrouillent bien. Ils voyagent principalement le long de la côte est. Parfois, ils se produisent dans l'ouest, quand on leur propose un concert qu'ils ne peuvent pas refuser. Mais la plupart du temps, Nash et ses camarades ne veulent pas trop s'éloigner de chez eux ni partir trop longtemps.

— Pourquoi ? La famille ?

— Ouais. La plupart d'entre eux sont mariés et ont des enfants. Mais leur manager remplit leur agenda à ras bord et ils se font un paquet de blé en jouant dans des petites salles. Parfois, ils font même la première partie de grands noms.

— Impressionnant. Je suis sûre que Trip et Stella apprécient qu'ils jouent pour leur mariage ce week-end.

— Comme Jazz, Nash a la musique dans le sang. Il en a besoin autant que d'air pour respirer.

— Je suppose qu'il a une vieille dame, puisqu'il ne veut pas s'absenter trop longtemps ni s'éloigner trop loin de chez lui ?

Nash se déchaînait sur « scène », ses longs cheveux humides se balançant chaque fois qu'il secouait la tête comme un homme en transe. Sa peau était luisante et son vieux t-shirt d'Aerosmith était trempé de sueur.

L'homme donnait vraiment tout ce qu'il avait.

Comme Crash ne répondit pas à sa question, Liz détourna les yeux du groupe pour les poser à nouveau sur lui. Elle lui planta le doigt dans le ventre.

Il baissa les yeux vers elle.

— Non, pas de vieille dame.

De toute évidence, encore une réponse qui cachait autre chose. Est-ce que c'était un autre secret du club ?

— Une autre histoire que tu ne peux pas ou ne veux pas partager ?

Il pinça les lèvres, ce qui accentua davantage son adorable fossette au menton. Il jeta un rapide coup d'œil à Nash, puis reporta son regard sur elle.

— Il n'a pas de vieille dame.

— T'as déjà dit ça, Crash, mais ta façon de le dire laisse entendre qu'il y a quelque chose derrière. Elle est décédée ou quelque chose comme ça ?

Il se suça les dents une seconde.

— Non.

— Alors, il ne s'est rien passé de tragique ?

— Ça dépend à qui tu poses la question.

Elle posa sa main à plat sur son ventre, sous son cuir ouvert.

— C'est à toi que je pose la question.

— T'as dit que le Fury était rempli de secrets. J'ai dit qu'on n'en avait presque pas, mais c'est pas vrai.

Liz se prépara à sa révélation, sans savoir où ça les mènerait.

— Nash nous a caché quelque chose jusqu'à ce qu'il soit forcé de cracher le morceau.

Elle sentit son cœur se mettre à palpiter alors qu'elle attendait la suite.

— Il est bi.

— Oh.

Elle fronça les sourcils. Elle s'attendait à une catastrophe majeure. À un secret qui ferait trembler le sol sur lequel ils se trouvaient. Est-ce qu'il avait oublié qu'elle était bi, elle aussi ?

— Et ? Je veux dire... Il porte toujours les couleurs de

votre club, donc visiblement, c'était pas un problème pour ta confrérie.

— C'est pas le fait qu'il soit bi. Qu'il préfère avoir une bite ou une chatte dans son lit, c'est son problème.

Il se pencha vers elle et lui chuchota à l'oreille.

— Comme l'identité de la personne avec qui je décide de me mettre à poil est le mien.

— OK, alors c'est quoi le problème ? Je suppose que son partenaire est un homme et que ça pose un problème.

— Le problème, c'est pas qu'il aime la bite, c'est ce à quoi elle est attachée.

— Elle est attachée à quoi ? insista-t-elle.

— À un poulet.

— Et ?

— Et rien du tout. C'est un putain de poulet.

Son ton était devenu plus sec.

— Tu veux dire que ça ne vous dérange pas qu'il aime un autre homme, mais juste que cet homme soit policier.

— C'est suffisant. J'imagine que le « et », c'est que Cross refuse de renoncer à son badge et que Nash refuse de lui demander de le faire.

Elle ne considérait toujours pas que c'était un problème.

— Mais vous le laissez fréquenter le club ?

Il secoua la tête.

— Jamais de la vie. Notre comité exécutif ne le permettra pas. Pas avant qu'il ne rende son badge.

Elle fronça les sourcils. Ils étaient assez progressistes pour accepter un homme bisexuel qui entretenait une relation homosexuelle, mais pas un flic.

— Vraiment ?

— Ouais.

Même si elle était surprise, elle ne devrait pas. La plupart des clubs se frittaient avec les forces de l'ordre pour des raisons évidentes. Les MC étaient considérés comme dangereux et fauteurs de troubles, même quand ils se tenaient à carreau. La plupart des motards avaient commis des crimes dans le passé et avaient un casier judiciaire bien rempli, et la plupart continuaient à en commettre.

Comme en éliminant les membres masculins d'un certain clan de la montagne.

Donc, malgré elle, elle comprenait leur hésitation à accepter un flic parmi eux. C'était pareil lorsqu'on avait découvert que Rook sortait avec Jet, une flic de la ville. Le plus gros problème avec elle serait que Jet se retrouve dans une situation où elle devrait choisir son camp et fermer les yeux devant un membre du Fury commettant un crime. Sa présence au sein des forces de l'ordre pourrait mettre en péril sa carrière, ainsi que le club.

Pour cette raison, elle avait dû prendre une décision difficile : choisir entre l'homme dont elle était tombée amoureuse et la carrière qu'elle aimait également.

Son choix s'était avéré plus facile pour elle que tout le monde ne l'avait imaginé.

Peut-être que pour le « vieux » de Nash, le choix n'était pas si facile.

— Et s'il ne renonce jamais à son badge ?

Crash haussa les épaules.

— Il le fera. Quand il prendra sa retraite dans quelques années.

— Et ensuite, il sera accepté au sein du club ?

Crash se contenta de hocher la tête.

Elle espérait que c'était vrai. Imaginer le compagnon de Nash n'être jamais accepté lui retournait l'estomac.

— Alors je suppose qu'il n'est pas là ce week-end ?

— Plutôt crever.

— C'est... dommage. C'est parce qu'il est exclu de *toutes* les activités liées à ton MC ?

Ça devait être horrible d'être « rejeté » par la « famille » de son partenaire, même si cette famille était un MC, uniquement à cause d'un choix de carrière. Un choix qu'il avait probablement fait des années avant que le couple ne se rencontre et tombe amoureux.

— C'est comme ça.

Une réponse facile à une situation complexe.

— Ils sont mariés ?

— Ouais. Maintenant ils le sont. Ils se sont passé la corde au cou il y a quelques années pour pouvoir adopter.

Putain. Ça empirait encore la situation. Ils s'aimaient et étaient suffisamment impliqués pour se marier et fonder une famille, mais la personne avec laquelle Nash avait décidé de partager sa vie était considérée être une menace pour leur club. D'un autre côté, ça voulait dire aussi que leur amour était non seulement assez fort pour survivre à cette épreuve, mais aussi qu'ils étaient profondément dévoués l'un à l'autre.

— Ils ont fini par adopter ?

— Ils élèvent deux enfants en tant que famille d'accueil et l'adoption est sur le point d'être finalisée.

— C'est génial.

— En quelque sorte.

Sa réponse lui fit froncer les sourcils.

— C'est des jumeaux plus âgés dont personne ne voulait, répondit-il avant même qu'elle ne pose la question. Un garçon et une fille. Ils ont des problèmes.

Les enfants plus âgés et ayant des troubles du comportement avaient toujours plus de mal à être adoptés. La plupart des parents adoptifs voulaient des bébés et les enfants plus grands avaient tendance à être laissés pour compte. Sans compter que c'étaient des jumeaux et qu'ils devaient rester ensemble. Liz était certaine que tous ces facteurs rendaient la tâche de trouver un foyer adéquat encore plus difficile.

— Et ils ont décidé de relever ce défi en plus de celui de la... Comment t'as dit qu'il s'appelait ? Cross ?

— Ouais.

— De la relation de Cross et Nash au sein du MCDA ?

— Étant un couple du même sexe, ils ont eu du mal à trouver une agence d'adoption qui leur donnerait une chance. Ils cherchaient désespérément un toit pour ces deux enfants, vu qu'ils étaient ballottés de foyer en foyer à cause de leur mauvais comportement. À ce stade, l'agence était convaincue qu'ils resteraient en foyer jusqu'à leurs 18 ans. C'est pour ça qu'elle a fini par céder et qu'elle a décidé de laisser un couple gay les adopter. Comme s'ils rendaient à Nash et Cross un putain de service. Bande d'enfoirés. Je pense que c'était aussi parce que Cross est un poulet et qu'ils se sont dit qu'il serait peut-être mieux équipé pour s'occuper d'enfants difficiles. Je sais pas. Mais ce que je sais, c'est que ça devrait pas avoir d'importance que ce soit deux hommes, deux femmes ou même une putain de communauté poly-amoureuse. Tant que c'est un foyer aimant et stable, c'est tout ce qui compte.

Bien qu'elle soit d'accord avec lui, elle cligna des yeux lorsqu'il mentionna une « communauté polyamoureuse ». C'était un terme qu'elle ne s'attendait pas à entendre dans la bouche d'un motard. Même si Ozzy aimait les plans à trois, coucher avec deux autres personnes et avoir une rela-tion sentimentale avec elles étaient deux choses complète-ment différentes.

L'engagement semblait être un concept étranger pour lui.

— Je suis tout à fait d'accord avec toi. Eh bien, je suis contente qu'ils aient trouvé un foyer avec Nash et son mari. Vous, les motards, vous avez tendance à être rudes et bour-rus, mais la plupart d'entre vous avez bon cœur, dit-elle en tapotant son torse sous son cuir, au fond.

— Mais leur fils se bat avec les autres garçons tout le temps. Il est constamment sur la défensive, il a le sang chaud. Il fait des conneries sans arrêt. Ça crée des tensions au sein de la confrérie.

— Ils sont là avec Nash ce week-end ?

Crash secoua la tête.

— À la maison avec le mari poulet de Nash.

Elle claqua la langue pour le réprimander.

— Vous devriez être un peu plus tolérants.

Crash haussa un sourcil.

— Avec un poulet ? J'emmerde ces conneries. Nash n'est pas passé loin de perdre ses couleurs à cause de ce putain de secret. Il a même envisagé de renoncer à ses couleurs pour ce poulet. Complètement dingue. Et le pire, c'est que c'est pas le seul poulet qu'on doit se coltiner.

— Il y en a d'autres ?

Il se suça à nouveau les dents.

— Je te raconterai ça une autre fois, Sunny.

Elle se demanda quand cette autre fois aurait lieu, puisqu'il s'en allait le lendemain matin.

Elle chassa cette pensée de sa tête et tenta de se concentrer sur quelque chose de plus positif.

— C'est incroyable ce qu'on peut être prêt à abandonner par amour.

Elle scruta la foule et repéra Rook et Jet. Jet était adossée à Rook, qui avait les bras autour d'elle alors qu'ils écoutaient le groupe en tenant leur chihuahua Cujo.

— Tu vois ce couple là-bas ?

— J'ai du mal à voir autre chose que toi, vu que tu m'aveugles comme un rayon de soleil, murmura-t-il à son oreille.

Elle lui lança un sourire.

— T'as pas besoin de me draguer comme un ado de quatorze ans.

Il rit.

— Mais je veux faire tomber ta culotte ce soir. Zeke cracherait dans son jean s'il doigtait une fille et la trouvait aussi mouillée que toi.

— Non !

Liz frissonna et lui donna une tape sur le bras.

— Je veux pas penser à ça !

Tout le corps de Crash secoua contre elle quand il explosa de rire.

Elle réessaya.

— Tu vois ce couple ?

— Ouais, Sunny, je les vois. Qu'est-ce qu'ils ont ?

— C'est Rook. Il a passé beaucoup de temps en prison et a un *très* long casier, notamment plusieurs accusations d'agression sur policiers. Tu vois sa vieille dame ?

— Ouais, elle est super canon.

— C'est pas pour ça que je te la montre.

— Je sais, mais c'est difficile de pas le remarquer. C'est un sacré veinard.

— Oui, eh bien... Devine ce qu'elle faisait dans la vie ?

Crash se raidit contre elle.

— C'est un poulet ?

— Était. Elle vient d'une famille entière de policiers. Ils ont tous ça dans le sang. Au moins trois générations, à ma connaissance.

— Ils se sont rencontrés quand elle l'a arrêté ?

— Je sais pas exactement comment ils ont commencé à se voir, mais il la connaissait déjà du garage. De tous les gens qui vivent sur cette propriété, personne ne déteste les flics autant que Rook. Enfin, peut-être Scar maintenant.

— Et il l'a baisée.

— Évidemment. Mais le plus important, c'est qu'il est tombé amoureux d'elle.

Les sourcils du motard voltigèrent au sommet de son front.

— Son président autorise un poulet à être une vieille dame ?

— T'as dû rater le moment où j'ai dit « était ».

— Elle a rendu son badge.

— Elle l'a échangé contre un autre genre de badge, expliqua-t-elle. Maintenant, elle est chasseuse de primes et travaille avec Judge et Deacon. Ils ont une agence de recouvrement de caution en ville.

— Putain.

— Elle a fait ça pour faciliter les choses. Pour Rook et elle. Pour le club. Même pour sa propre famille. C'est peut-être pas exactement comme être flic, mais au moins, elle n'est plus obligée de respecter les règles à la lettre, si tu vois ce que je veux dire.

— Ouais. Pouvoir contourner un peu les règles, c'est un putain d'avantage. Sa famille de poulets accepte ça ?

— Je sais pas trop. Je pense que c'est plutôt Rook qui a un problème avec eux. Mais leur relation est récente, donc je pense que les problèmes qu'il a avec sa famille finiront par s'arranger. Je connais toute la famille de Jet. Les Bryson sont des gens bien.

— C'est des poulets.

Elle soupira.

— Peu importe comment tu les appelles, ça reste des êtres humains.

— Pas d'accord.

Elle rit et secoua la tête.

— On ne choisit pas qui on aime.

— Tu dis ça par expérience ?

— Non. Je ne suis encore jamais tombée *amoureuse* de qui que ce soit. « Amoureuse », c'est le mot clé. Et toi ?

— Non.

— Peut-être un jour.

Peut-être qu'un jour elle trouverait l'homme avec qui elle voudrait se poser. Elle n'était pas pressée. Elle avait encore un peu de temps avant que son horloge biologique ne se mette à s'approcher de l'heure finale et qu'elle doive sérieusement réfléchir à la question d'avoir ou non des enfants. En plus de ça, elle n'était pas certaine de vouloir renoncer à sa liberté sexuelle. En fonction de la personne avec laquelle elle déciderait de se poser, ça pourrait changer.

— J'en doute pas, Sunny. Je suis sûr que t'as brisé pas mal de cœurs en chemin.

Elle leva les yeux sur lui et lui offrit un sourire.

— J'ai pas laissé de sentier de cœurs brisés derrière moi.

Il ricana.

— C'est pas la traduction du titre d'une chanson, ça ?

— Oui.

Elle lui mit un petit coup d'épaule dans la poitrine et il passa ses bras autour d'elle pour la serrer contre lui.

— J'en ai marre de parler de tout le monde sauf de toi.

Elle lui sourit de nouveau.

— Pareil.

— Je crois qu'il est temps qu'on se saute dessus.

— Tu veux pas passer un peu de temps avec tes frères ? demanda-t-elle.

— Je les vois déjà beaucoup trop souvent. Et ils te ressemblent pas du tout.

— C'est une bonne chose, hein ?

— Ouais, parce que ce serait une putain de distraction.

Elle rit.

— Je parie qu'ils n'apprécieraient pas non plus que je leur souffle dans les nichons.

— Tu m'as encore jamais soufflé dans les nichons.

— Alors il faut que je remédie à ça.

— Et si tu soufflais autre part à la place ? T'es doué avec ta bouche.

Quand il sourit, les coins de ses yeux se plissèrent et ses yeux marron s'illuminèrent.

— Ah ouais ?

— Comme si tu ne le savais pas.

— Il faudra que tu me le répètes quand je plongerai mon visage dans ta chatte tout à l'heure.

Cette même chatte se contracta, déjà impatiente.

— C'est quand, tout à l'heure ? demanda-t-elle, essoufflée.

— Si on prend ta cage, on peut sûrement y être en six minutes. Ou...

— Ou ?

— Dans moins d'une minute, je pourrais t'étaler sur ma meule et te faire hurler à la lune.

Les lèvres de Liz tressaillirent.

— C'est pas la pleine lune ce soir.

— Ça le sera quand je baisserai mon jean pour te baiser.

— Une pleine lune serait peut-être un peu plus romantique que de retourner chez moi.

Il ricana.

— Je suis pas sûr d'être très romantique, mais d'accord. On fait ça sur la meule.

Il lui attrapa la main et la tira vers lui.

— Allons-y, Sunny. J'ai pas une seconde à perdre.

C'était certain. Le temps qu'ils avaient à passer ensemble approchait à sa fin. Beaucoup plus vite qu'elle ne l'aurait souhaité.

Chapitre Treize

CRASH ÉTAIT à califourchon sur sa meule rugissante, attendant que le motard à la tête de la formation leur donne le signal du départ pour rentrer chez eux.

Les Dark Knights menaient le convoi vers le sud, puisque le MCDA était en tête à l'allée. Toutes les cages, camionnettes et caravanes remplies d'enfants, de jolis culs, de souris domestiques, de matériel de camping et de plein de trucs que tout le monde avait amenés pour le long week-end suivaient la formation de meules.

Ils rouleraient avec les Knights jusqu'après Pittsburgh, puis l'autre club quitterait le groupe et retournerait sur son territoire, au sud-est de Burgh, mais au nord-est de Shadow Valley. Ces dernières années, les territoires des deux clubs s'étaient étendus et se touchaient désormais. Ni l'un ni l'autre des clubs n'avait besoin de cet espace supplémentaire, mais ça leur permettait d'éviter qu'un autre club ne s'installe dans la zone vide qui existait autrefois entre eux et ne tente d'évincer l'un des MC, voire les deux.

Si un club avait pu essayer de faire un truc pareil, c'était les Shadow Warriors. Heureusement, ces sales cons n'existaient plus. Du moins, c'était ce qu'ils espéraient. Si un ou deux Warriors égarés étaient encore en vie, ils faisaient profil bas ou avaient rejoint un autre MC. Mais si l'un d'entre eux refaisait surface comme une hémorroïde récurrente, ils leur réserveraient le traitement qu'ils méritaient.

Les cadres des trois clubs avaient eu un conciliabule rapide à l'écart avant qu'ils ne prennent la route. Ils considéraient que le week-end avait été une réussite.

Crash aussi. Il n'avait peut-être pas fait la fête autant que prévu, mais il ne regrettait pas une seule putain de seconde.

Ce qu'il regrettait, c'était d'être parti ce matin.

Les sacoches de sa meule étaient pleines. Son réservoir d'essence aussi. Et ses couilles étaient tellement vides qu'elles avaient l'air de pruneaux secs.

Mais l'arrière de sa Harley était tristement inoccupé, ce qui le faisait chier au plus haut point.

Il repensa à ce matin, lorsqu'il s'était réveillé et avait trouvé les lèvres de Liz autour de sa queue, le pompant comme si c'était la dernière fois. Parce qu'en vérité, c'était le cas. Malheureusement.

Ses cheveux formaient un nuage doré autour d'elle, dissimulant ses gestes. Après avoir rapidement écarté ses douces mèches pour pouvoir la regarder faire, il avait aperçu le tube de lubrifiant près de sa main. Celui qu'ils avaient utilisé la nuit précédente, lorsqu'il avait démonté son petit cul parfait. Ça avait été sa baise la plus torride depuis un moment.

Il n'avait pas rencontré beaucoup de femmes qui aimaient la pénétration anale, mais Liz en redemandait. Elle avait joui tellement de putains de fois la nuit dernière qu'il avait craint qu'elle ne tombe dans les pommes.

Ça n'était pas arrivé. Mais lui n'était pas passé loin. Parce que la nuit dernière, elle avait employé toutes sortes de techniques pour le mener au bord de l'orgasme et l'empêcher de chuter au dernier moment. Vers la fin, il était presque en larmes, la suppliant d'enfin le laisser jouir.

Ça avait été carrément mortel. Elle n'avait pas exagéré quand elle avait dit avoir déjà fait pleurer un homme. Il comprenait pourquoi et comment.

Ça avait encore failli se reproduire ce matin.

Quand il s'était réveillé, il n'avait pas eu besoin de très longtemps pour comprendre pourquoi elle avait sorti le lubrifiant et l'avait gardé à portée de main. Comme personne ne lui avait jamais mis de doigts dans le cul, pas même le médecin, quand il avait compris ses intentions, il avait fait part de sa réticence. Et bruyamment.

Elle s'était contentée de sourire autour de sa queue, l'avait repoussé sur le matelas et avait opéré sa magie.

Et, *putain de merde*, après le choc initial, il s'était finalement détendu et l'avait laissée faire.

Il n'avait jamais joui autant et aussi intensément de toute sa putain de vie. Pendant l'euphorie qui avait suivi son orgasme, il s'était surpris à être jaloux, pour la première fois de sa vie, de la bisexualité de Nash. Mais ça n'avait duré qu'une seconde, avant que l'euphorie ne se dissipe et qu'il se souvienne que les bites n'étaient pas sa came, contrairement à la femme qui avait avalé chaque goutte de sperme qu'elle avait extraite de son gland rougi.

Après un autre petit-déjeuner copieux et assez de temps pour qu'il se remette de sa fellation renversante, ils avaient fini par baiser une fois de plus avant de rester allongés dans le lit jusqu'à ce qu'il ne puisse plus repousser ce qui devait arriver ensuite.

Son départ.

C'était à chier, mais Manning Grove n'était pas chez lui et le Fury n'était pas sa famille.

— Je dois y aller. J'ai une boîte à gérer. Je veux pas que les prospects la fassent couler.

Il s'efforça de ne pas laisser transparaître sa déception.

— Ils peuvent faire ça en une journée ?

— Ouais, c'est vraiment des putains de mongols.

Elle avait ri.

Crash l'avait regardée pencher la tête en arrière et laisser son rire rauque résonner dans la pièce.

Bon sang. Il pourrait l'écouter rire pendant des heures.

Mais bientôt, il ne l'entendrait plus jamais. À moins qu'ils ne se parlent au téléphone, et il ne faisait pas ces conneries. Même les textos, ce n'était pas son truc.

C'était l'une des raisons pour lesquelles aucune femme n'était jamais restée. Il oubliait de jeter un coup d'œil sur son portable perso pendant un jour ou deux. Les messages de la nana qu'il baisait à ce moment-là étaient toujours tout mignons au début, puis, au moment où il finissait d'écouter le dernier message ou de lire le dernier texto, ils étaient devenus assassins. La femme l'accusait d'être le plus gros des connards, ce qui n'était pas inexact, et de l'ignorer, ce qui ne l'était pas non plus.

S'il ne mourait pas d'envie d'écouter un message vocal ou de lire un texto provenant de la fille qu'il fréquentait, ni même de lui parler au téléphone, c'était la preuve qu'elle n'était pas la bonne.

Parfois, certaines filles s'étaient même pointées à l'atelier sans prévenir et avaient fait une sorte de scène de ménage.

Il emmerdait ces conneries. Il n'avait pas besoin de ça dans sa vie.

Il avait encore moins besoin d'une femme avec une tonne d'exigences.

Il avait vécu plus de quatre décennies sans se farcir ce genre de conneries et il comptait bien vivre le reste de sa vie sans ça. Même si ça voulait dire rester seul.

Il préférait vivre seul et être heureux plutôt qu'avec quelqu'un qui le rendait malheureux juste parce qu'elle avait des seins et une chatte, aussi serrée soit-elle. S'il devait prendre une vieille dame, ou même une régulière, il faudrait que ce soit la bonne. Une femme qu'il n'aurait pas envie d'étrangler et d'enterrer dans les bois après peu de temps de vie commune.

Il doutait que Liz soit du genre à faire des histoires. Même si elle aurait tous les droits d'en faire après le comportement d'Ozzy ce week-end. Elle ne semblait pas non plus collante ou trop exigeante. Mieux encore, il avait rapidement remarqué qu'elle était facile à vivre et qu'elle ne cherchait pas juste à se trouver un motard.

Parce que si elle en voulait un, il ne doutait absolument pas qu'elle pourrait en avoir, contrairement à beaucoup d'autres jolis culs. Mais clairement, ce n'était pas un de ses objectifs de vie. Elle voulait juste des bonnes parties de jambes en l'air et une vie agréable. À sa manière. Selon ses conditions.

Tout comme lui.

Une planche invisible surgit de nulle part et le frappa dans le front...

Il cligna des yeux et secoua la tête pour se remettre de l'impact, mais le choc perdurait. Non, il était incapable d'éluder les conséquences de cette révélation.

Elle était juste parfaite.

Il ferma les yeux, inspira longuement par le nez et laissa ces quatre mots imprégner son esprit.

Elle était juste parfaite.

Il sentit son estomac se nouer et rouvrit les yeux, voyant Zak et le reste des cadres du MCDA grimper sur leurs meules.

C'était maintenant ou jamais.

Maintenant. Ou jamais, putain.

Qu'est-ce qu'il foutait, putain ? Partir et laisser quelqu'un d'autre lui piquer la femme qui était parfaite pour lui ?

Est-ce qu'il voulait prendre ce risque ?

Ou est-ce qu'il voulait la revendiquer comme sienne dès maintenant ?

Pour l'amour du putain de ciel, il ne l'avait rencontrée que vendredi. On était lundi. Pourquoi est-ce qu'il se posait même la putain de question ?

Elle ne voudrait sûrement pas de ça, de toute façon.

Elle appartenait au Fury. Est-ce que ça causerait des problèmes entre les deux clubs s'il tentait de la convaincre de venir à Shadow Valley ?

Elle avait dit qu'elle pouvait travailler n'importe où.

Elle louait aussi son appartement et n'était pas propriétaire.

Pour le moment, elle était libre de quitter le Fury, mais s'ils découvraient qu'elle était la fille d'un Originel, ça pourrait changer.

Donc, le moment idéal pour qu'elle s'en aille sans que ça cause de vagues, c'était maintenant.

Bon sang, connard, il faut que tu te décides. Soit tu vas chercher ce que tu veux maintenant, soit tu prends le risque de la perdre. Ça pourrait être ta seule putain de chance. Tu vas tout gâcher et le regretter plus tard ?

Son cœur cognait dans sa poitrine, sa gorge était contractée et il serrait les poings tellement fort qu'il commençait à avoir des crampes dans les avant-bras.

Est-ce qu'il faisait une crise cardiaque ?

Est-ce qu'il se faisait trop vieux pour les longs week-end de débauche ?

— Crash, dit une voix provenant de la meule à côté de lui.

Il avait la tête qui tournait et il eut le plus grand mal à se concentrer sur Coop.

— Mec, on dirait que tu vas t'effondrer d'une seconde à l'autre.

— Y faut que j'y aille, articula-t-il avec difficulté.

— Où ? À l'hôpital ? demanda Coop. Parce que si tu

t'écroules sur le chemin du retour, tu vas emporter tout le monde derrière toi.

— Je suis pas malade, réussit-il à répondre malgré son envie de vomir.

Gerber sur une meule avant d'avoir le temps de se ranger pourrait être désastreux. Il avait déjà connu ça, et son t-shirt imprégné d'alcool régurgité en avait été la preuve.

— T'as vraiment l'air malade.

Encore une fois, il sentit son estomac se nouer et sa poitrine se serrer davantage quand il vit Z, Hawk et Diesel, ainsi que Romeo et Magnum des Knights, démarrer leurs meules.

Il devrait juste rentrer et oublier cette soirée. Ce serait la putain de décision la plus intelligente. Considérer que c'était un week-end génial et passer à autre chose.

Retourner à sa vie de célibataire et...

J'emmerde. Ces. Conneries.

Quand il avait dit à Coop qu'il devait y aller, il ne parlait pas de rentrer chez lui. Pas encore.

Non, il devait aller chercher Sunny. *Sa* Sunny, avant qu'elle ne devienne celle d'un autre.

D'un coup de talon, Crash releva la béquille de sa meule, puis tourna la poignée pour mettre les gaz et quitter la file.

Il entendit Rig derrière lui et Coop à côté crier son nom. À cause de ça, toutes les têtes se tournèrent vers lui. Il les ignora tous et s'arrêta à côté de Jag, leur Capitaine du Bitume, et de Z, qui se trouvaient tous les deux dans la première rangée derrière les Knights.

Zak plissa les yeux vers lui et Jag se contenta de lever les yeux au ciel et de secouer la tête, tous deux devinant que Crash était sur le point de faire quelque chose de stupide.

Et peut-être que c'était vrai.

— Qu'est-ce que tu fous, connard ? Remets-toi en

formation ! hurla Diesel, qui se trouvait juste derrière leur président. Tu roules pas à l'avant.

— J'ai un truc à faire d'abord.

À part vider son estomac du petit-déjeuner qu'il avait englouti ce matin.

— Partez sans moi. Je vous rattrape.

— Putain de merde, qu'est-ce que tu racontes, putain ?! rugit Diesel.

— Tu peux éviter de passer en mode bête sauvage ? lui demanda calmement sa vieille dame Jewel. Il y a deux clubs qui nous regardent et qui se demandent ce qui se passe.

Les narines de D se dilatèrent et il pinça les lèvres.

— Un problème ? demanda Trip en s'approchant, les sourcils froncés.

— Vos jolis culs peuvent s'en aller quand elles veulent, c'est ça ?

Le président du Fury fixa Crash et hésita un moment.

— Tu peux être plus précis ?

— Je pense pas avoir besoin de le dire vu que t'es assez futé pour voir où je veux en venir.

Trip retira sa calotte noire, passa ses doigts dans ses cheveux et la remit sur sa tête.

— Ouais, je vois. Elle est libre de partir. *Si* c'est ce qu'elle le veut. C'est ce qu'elle veut ?

— Je sais pas. Je vais le découvrir.

— Bordel de merde, grogna Diesel. C'est une histoire de chatte ?

Zak ne fronçait plus les sourcils, mais luttait contre un large sourire. Sophie, sa vieille dame, sourit à Crash et haussa les deux pouces. Ivy, la vieille dame de Jag, souriait également jusqu'aux oreilles.

Jewel riait, accrochée au dos de son vieux.

— Je veux pas créer de problèmes entre les deux clubs, dit Crash à Trip.

— T'aurais pu nous en parler avant de faire une putain de scène, grogna Hawk.

— Le problème, c'est qu'il est incapable de réfléchir plus d'une seconde avant d'agir. C'est ce qui arrive quand ta mère te laisse tomber sur la tête quand t'es bébé, dit Jag.

Hawk ricana.

— Je croyais qu'il était comme ça depuis qu'il avait servi de cobaye pour des crash-tests.

Crash ignora toutes ces provocations et resta concentré sur Trip. Le prez du Fury haussa les épaules.

— Si elle veut partir, elle peut partir. Il y aura quelques répercussions si elle décide que c'est ce qu'elle veut faire, mais on gérera tout ça entre nous. Rien ne la retient ici.

Crash hocha la tête vers lui en guise de remerciement.

— On vous rattrapera, dit-il à la cantonade.

Hawk se mit à siffler.

— Regarde comme l'étalon est sûr de lui en disant « on ».

Kiki donna une tape sur le bras de son vieux.

— Bon sang, Hawk. Laisse ce pauvre mec tranquille.

— Ouais, il faut que je vous rappelle comment vous êtes tous tombés dur et fort pour vos vieilles dames ?

Comme Crash n'obtint pas de réponse, il grimaça et marmonna quelques mots.

— C'est bien ce que je pensais.

Il avait fini de parler. Maintenant, c'était le moment de passer à l'action. Alors qu'il tournait une nouvelle fois la poignée pour filer, il entendit l'une des femmes crier « Bonne chance ! », puis toute une série de cris d'encouragement provenant de la sororité du MCDA.

Il n'avait rien entendu de tel de la part de ses frères.

Rien à foutre. Ils pourraient se payer sa tronche plus tard s'il foirait son coup.

Il couvrit les cris du poulailler en faisant vrombir son

moteur avant de descendre l'allée de la ferme en trombe et de retourner chez Liz, à Parsington.

Il priait comme un fou qu'elle soit toujours là. Parce que si elle était retournée au Grove Inn pour retrouver Ozzy, il rattraperait son club beaucoup plus vite que prévu.

Et il n'avait aucun putain de doute que ce trajet serait encore plus pénible à cause du sandwich de merde que ses frères lui feraient bouffer jusqu'à l'arrivée.

UN GRONDEMENT puissant retentit dans l'allée. Liz reconnut ce bruit tout de suite et sentit son cœur bondir dans sa poitrine. Elle enregistra rapidement le document sur lequel elle était en train de travailler et ferma son ordinateur portable.

Elle s'était doutée que ça arriverait, mais pas aussi tôt. Encore moins si peu de temps après que Crash ait quitté son appartement ce matin. Elle espérait qu'Ozzy lui laisserait un peu d'espace avant d'essayer de recoller les morceaux. Mais apparemment, non.

Elle s'attendait aussi à ce qu'il soit occupé à gérer le départ des motards de l'auberge. S'il avait déjà terminé, ça voulait dire que les deux clubs étaient sur le chemin du retour.

Se dire qu'elle ne reverrait peut-être jamais Crash lui causa une douleur vive dans la poitrine.

Peut-être qu'Ozzy s'imaginait qu'ils pourraient reprendre comme si rien ne s'était passé maintenant que l'autre motard avait quitté les lieux. Liz n'était pas sûre que ça arriverait avant un certain temps, si ça arrivait un jour.

Elle n'avait toujours pas pris de décision à propos de son rôle au sein du club. La seule chose qu'elle avait faite jusqu'à présent, c'était de poster le kit ADN à son réveil ce matin.

Plus vite le laboratoire le recevrait, plus vite elle aurait les résultats.

Quand elle les aurait, la décision serait peut-être plus facile à prendre.

Elle enfila les tongs qu'elle gardait près de la porte d'entrée et rassembla un peu de courage avant de sortir, en espérant que les choses ne tourneraient pas trop mal. Elle ne voulait pas que ça finisse comme ça entre eux.

Quel que soit ce qu'avait dit Ozzy, ou même ce qu'il pensait, elle tenait toujours beaucoup à lui. Il lui faudrait juste un peu de temps pour que la douleur causée par ses mots, par l'image qu'il avait d'elle, s'estompe finalement.

Toutefois, ce qu'elle vit dans son allée n'était pas ce à quoi elle s'attendait. Ou plutôt, pas *qui* elle s'attendait à voir.

Oui, c'était une Harley, mais ce n'était pas Ozzy qui était assis dessus.

C'était Crash.

Son cœur bondit à nouveau dans sa poitrine et son pouls accéléra comme un pur-sang explosant des starting-blocks.

Il était tellement canon avec cet engin customisé entre ses longues jambes et le jean usé qui les couvrait. Son cuir noir épousait parfaitement ses larges épaules, un bandana noir avec la moitié d'un crâne imprimé sur le bas couvrait la partie inférieure de son visage, et ses lunettes de soleil noires enveloppantes camouflaient la chaleur de ses yeux marron doré. Elle pariait que s'il avait les cheveux aussi longs que sur certaines des photos qu'il lui avait montrées, il porterait aussi une calotte, comme la plupart des motards qui avaient les cheveux longs. D'autant plus qu'aucun d'entre eux ne portait de casque, ou ce qu'ils appelaient des « seaux à cervelle ».

Pourquoi est-ce qu'il était revenu ?

— Vous partiez ce matin.

Les mots lui échappèrent de la bouche alors qu'elle

continuait de tenter de faire sens de sa présence dans son allée sans savoir quoi dire.

Il tira sur son bandana, dévoilant sa barbe de quatre jours, puis tourna ses lunettes de soleil vers elle. Une seconde plus tard, il balança la jambe par-dessus la selle de sa meule et parcourut d'un pas décidé l'allée en béton qui menait à son petit porche. Son cœur cognait maintenant dans sa gorge tandis qu'elle observait l'aisance et l'assurance du motard.

Sa détermination.

Sa résolution.

Qu'est-ce qu'il se passait, bordel ?

Il gravit les deux marches en trottinant et s'arrêta nez à nez avec elle. Lorsqu'il baissa la tête, elle tenta de lire son visage impassible, mais en vain. Il était indéchiffrable. Surtout avec ces lunettes de soleil.

— T'as dit que tu pouvais faire ton boulot n'importe où.

Le grondement grave de sa voix lui fit un effet qu'aucun autre homme n'avait jamais eu sur elle.

— Oui, répondit-elle après une légère hésitation sans trop savoir où il voulait en venir avec cette remarque inattendue.

Elle ne voulait pas non plus tenter de le deviner.

Elle avait peur de se tromper. Et peur d'avoir raison.

Il poussa ses lunettes sur le haut de son crâne, dévoilant des yeux marron doré intenses qui lui rappelaient les premières lueurs d'un coucher de soleil. De fines rides cerclaient ses yeux plissés. La preuve qu'il n'était plus tout jeune et avait vécu beaucoup de choses.

Un homme assez âgé pour savoir ce qu'il voulait. Et, comme Ozzy, ce qu'il ne voulait pas.

Une pensée soudaine éclaira son esprit et elle comprit ce qu'il se passait. Elle sentit son pouls battre dans ses oreilles, tandis qu'elle attendait qu'il continue. Pour savoir si elle ne s'était pas trompée à propos de la raison de sa présence ici.

— Viens avec moi.

Ses poumons se vidèrent d'un coup. *Putain de merde.*

— Quoi ? demanda-t-elle, à bout de souffle, dès qu'elle put inspirer un peu d'air.

Il baissa la tête plus bas, jusqu'à ce que leurs nez ne soient plus qu'à quelques centimètres l'un de l'autre, et plongea ses yeux dans les siens.

— Viens avec moi, répéta-t-il d'une voix grave qui semblait plutôt sortir de sa poitrine que de sa bouche.

— Très drôle.

Ce n'était pas drôle, pas du tout, mais ça devait être une plaisanterie, n'est-ce pas ? Est-ce qu'il comprenait ce qu'il était en train de lui demander ?

— Je suis sérieux.

— Je... je peux pas.

Ce fut sa réaction instinctive. Évidemment. Parce que partir avec lui serait complètement dingue, n'est-ce pas ?

Elle ne pouvait pas, n'est-ce pas ? Et même si elle le pouvait, est-ce qu'elle en avait vraiment envie ?

— Qu'est-ce qui te retient ici ? Un père inexistant ? Un homme qui te trouve assez bien pour faire de toi sa pute, mais pas sa vieille dame ?

La véracité de ses mots la fit grimacer.

— Je suis pas une pute, dit-elle, même si ce n'était pas nécessaire.

Une autre réaction instinctive, car elle était encore sous le choc de sa proposition.

Sa proposition de déraciner sa vie et de partir s'installer avec un homme qu'elle ne connaissait que depuis quelques jours.

— Non, pas du tout, mais il t'a traitée comme si tu l'étais. Tu mérites tellement mieux, putain.

— Tu me connais à peine. Comment tu peux dire que je mérite mieux ?

— Parce que je te vois, Sunny. Je te vois vraiment. Qui

t'es. Ce que tu vaux. Pas lui. S'il te voyait comme je te vois, tu porterais son cuir et tu prendrais pas la queue de qui que ce soit d'autres. Parce que si tu m'appartenais, ça n'arriverait jamais.

Parce que si tu m'appartenais, ça n'arriverait pas.

Elle avait besoin qu'il soit clair. Clair comme de la putain d'eau de roche.

— Donc, tu veux que je vienne avec toi pour être *avec toi*, c'est ça ? Tu ne me demandes pas de devenir un joli cul pour ton club ?

— Jamais, putain. Je partage pas.

Elle pinça les lèvres une seconde, tentant d'empêcher son grognement de loup protégeant une proie fraîchement tuée de la faire sourire.

— Est-ce que j'aurais à *te* partager ?

— Avec une autre femme ou un autre homme ?

Il la fixa une seconde, puis répondit avant qu'elle ne puisse le faire.

— Un plan à trois avec un autre homme, c'est pas ma came. Donc, si toi c'est ton truc...

Il haussa les épaules.

— Mais tu serais d'accord pour un plan à trois avec une autre femme ?

Elle continua de lutter contre le sourire qui menaçait sérieusement de lui fendre le visage en deux. Surtout quand celui du motard se détendit finalement, que l'esquisse d'un sourire vint recourber ses lèvres comme une jolie virgule et que ses sourcils, portés par un intérêt qu'il était incapable de camoufler, grimpèrent sur son front.

— Je dirai pas non à un plan à trois avec une autre femme. Tant que ça reste un truc occasionnel. Et que c'est quelqu'un qu'on valide tous les deux. Parce que j'ai pas le désir, ni même l'énergie, d'être avec deux femmes à plein temps.

À plein temps.

— T'as déjà réussi à m'épuiser toute seule, Sunny. Dans le bon sens du terme. La plupart des putains de femmes m'épuisent dans le mauvais sens du terme.

Putain de merde, c'était sérieux. *Il* était sérieux.

Mais tout ça était en train de lui donner le vertige. Ses émotions étaient en pagaille. Elle était euphorique une seconde, et la suivante, incertaine voire inquiète face à l'inconnu.

— Je ne suis pas sûre d'être prête à déménager, dit-elle plus à elle-même qu'à Crash alors qu'elle tentait de démêler les fils noués de cette histoire compliquée.

De comprendre ce qu'il attendait d'elle exactement.

C'était tellement inattendu.

— Déménage pas tout de suite. Considère ça comme un essai. Comme ça, si ça marche pas, alors ça marche pas. Sans rancune. T'auras toujours ton appart' ici et tu te sentiras pas coincée. Je veux surtout pas que tu te sentes coincée. Mais comment on peut savoir si ça pourrait marcher si on tente pas le coup ?

— Il faudrait que je sois d'accord pour...

Ses mots se dissipèrent. Car c'est à ce moment-là qu'elle réalisa qu'elle *était* d'accord. Elle voulait passer plus de temps avec l'homme qui se tenait devant elle. Beaucoup plus de temps. Leur week-end ensemble n'avait pas été assez long. Elle fronça les sourcils, car elle devait d'abord clarifier quelque chose...

— C'est pas que pour le sexe ?

— Bien sûr que non, putain.

Il lui saisit le menton à deux doigts, le releva et la regarda fixement.

— Écoute... Je parle pas de te revendiquer à table et de faire de toi ma vieille dame. Pas encore. Je parle d'explorer ce qu'il y a entre nous. De nous donner le temps de faire ça. C'est pas possible si t'es ici et moi là-bas. Ça marchera pas pour moi.

— Tu t'inquiètes de la présence d'Ozzy ?

Est-ce qu'il craignait que ce dernier ne tente de la récupérer, soit pour la revendiquer, soit pour qu'ils reprennent leur ancienne vie ensemble ?

Elle s'attendait à la deuxième option, mais pas à la première. Elle ne pouvait pas imaginer Ozzy s'engager avec une femme. Il était juste comme ça.

— La vérité ? Pas du tout. T'as dit que tu l'aimais, mais que t'étais pas *amoureuse* de lui. Ça veut dire que j'ai une chance.

Crash voulait qu'elle tombe amoureuse de lui ?

Elle ferma les yeux et ravala les sentiments inattendus qu'elle sentait bouillonner en elle. Liz était effrayée à l'idée qu'il ne lui ait fallu qu'un long week-end pour en arriver là.

Et c'était impossible, n'est-ce pas ?

Personne ne tombait amoureux aussi vite.

Peut-être que ce n'était pas de l'amour. Peut-être qu'elle était juste attirée par lui. Mais cette attirance pourrait être la graine nécessaire pour que germe l'amour.

Donc, oui, ils avaient besoin de temps pour explorer cette connexion. Pour voir si elle était solide et sincère. Elle n'avait jamais été du genre à croire au coup de foudre. Elle ne pouvait pas faire confiance à ce qu'elle ressentait. Pas encore.

Malgré tout, elle ne s'était jamais imaginé que le week-end se terminerait de la sorte, ni même que la semaine commencerait comme ça.

Ce qu'il lui proposait pourrait totalement bouleverser sa vie. Un avenir auquel elle n'avait même pas songé, mais qui, maintenant qu'elle s'autorisait à le faire, ne lui déplaisait pas.

Pas du tout.

Le souffle chaud du motard effleura les lèvres de Liz lorsqu'il murmura quelques mots.

— Tu veux la même chose que moi ?

Dis oui. Il te demande juste une chance. Offre-la-lui.

Prends le risque, Liz. Mise sur toi-même.

Qu'est-ce que tu as à perdre ?

Peut-être que tu finiras avec le cœur brisé.

Ou peut-être que tu trouveras l'homme que tu aimeras pour toujours.

Elle observa l'homme devant elle. Celui qui ne prenait pas la peine de cacher la lueur d'espoir qui brillait dans ses yeux.

Il était revenu pour *elle*.

Il la voulait, *elle*.

Il était prêt à explorer la connexion qu'ils avaient eue tout le week-end.

Il ne lui avait pas manqué de respect une seule fois.

Il ne l'avait pas faite se sentir comme une pute une seule fois.

Il ne l'avait pas appelée comme ça une seule fois non plus.

Comment est-ce qu'elle pourrait dire non ?

Elle ne pouvait pas.

Alors, elle ne le fit pas.

Quand elle ouvrit enfin les yeux et les plongea dans ceux de Crash, elle murmura quelques mots à son tour.

— Oui. Je le veux aussi.

La bouche du motard écrasa la sienne et elle s'accrocha à lui pendant ce qui lui sembla être des heures, mais n'était en réalité qu'une minute ou deux.

— C'est dommage qu'on n'ait pas le temps de baiser là tout de suite, parce que tu me fais bander comme une poutre. Mais on a un bout de trajet à faire. Je doute qu'on puisse rattraper le reste de mon club.

Il écarta une mèche de sa joue et passa son pouce sur sa lèvre inférieure.

— Merci de me donner une chance.

Bon Dieu, sa façon de dire ça avait fait doubler son cœur de volume.

— Merci de me voir comme je suis vraiment.

Avec un sourire, il recula, lui attrapa le bras, la fit pivoter et lui donna une tape sur les fesses. Assez fort pour la faire pousser un cri et éclater de rire.

— Je te ferai un bisou pour faire passer la douleur plus tard. Maintenant, va faire tes valises. Prends assez de trucs pour tenir deux ou trois semaines. Prends tes affaires pour le boulot aussi. On mettra le plein dans ta Mercedes avant de quitter la ville. Et...

— Tu donnes l'impression que c'est si simple.

— C'est aussi simple que ça.

Il était tellement sûr de lui.

Mais, *putain de merde*, peut-être que c'était vraiment aussi simple que ça. Elle pouvait prendre de quoi tenir au moins deux semaines, emporter son ordinateur portable et juste s'en aller.

Elle pourrait juste partir avec lui.

Il avait raison. Elle pourrait toujours revenir si ça ne marchait pas.

En attendant, elle pourrait continuer à payer son loyer comme elle le faisait depuis deux ans déjà. Dan se ficherait qu'elle soit partie tant qu'il n'était pas forcé d'assumer tout le loyer seul. Elle pourrait facilement se permettre de conserver son appartement jusqu'à ce qu'elle soit sûre de son choix.

Jusqu'à ce qu'elle soit sûre d'en avoir fini avec Manning Grove, le Fury et...

Bon sang, même avec Ozzy.

Elle sentit sa poitrine se comprimer.

Est-ce qu'elle devrait, pourrait, partir sans même un au revoir ?

Est-ce que ce serait plus facile pour eux deux ? Au moins pour le moment ?

Quand elle reviendrait, que ce soit pour récupérer le reste de ses affaires ou parce que ça n'avait pas marché entre eux, elle pourrait arranger les choses avec lui.

Quand les choses seraient moins fraîches.

Au final, si ça ne marchait pas avec Crash et qu'elle ne voulait pas rester à Shadow Valley ni retourner à Manning Grove, elle pourrait aller n'importe où. Ses options étaient illimitées.

C'était peut-être le coup de pouce dont elle avait besoin.

Mais pour l'instant, elle ne voulait pas s'en aller n'importe où.

Elle voulait s'en aller avec Crash.

Et elle le fit.

Chapitre Quatorze

Il rompit la succion de ses lèvres sur son clito, taquina le bouton gonflé du bout de la langue, puis recommença à le sucer tellement fort cette fois qu'elle souleva brusquement les hanches du matelas. Il recueillit un peu de son doux nectar en glissant sa langue entre ses lèvres vaginales trempées.

Au cours des deux dernières semaines, ils avaient utilisé un tube de lubrifiant entier, tant elle aimait l'anal. C'était loin d'être une corvée pour Crash, car il adorait ça aussi.

Mais il ne la prenait pas par derrière ce matin. Du moins, pas avec sa queue. À la place, il ramonait son trou serré avec deux doigts tout en dégustant son « Sunny Delight » avant d'entamer le vrai petit-déjeuner.

Il était rare qu'une femme parvienne à maintenir son attention pendant plusieurs semaines. Par contre, il semblait incapable de se lasser de Liz. Les deux premières semaines n'étaient que le début d'une histoire qu'il espérait durer très très longtemps.

Mais tout était encore nouveau, donc il ne voulait pas la pousser. Tout comme elle ne le poussait pas non plus.

La première étape avait été qu'elle accepte de le suivre

après ce lundi matin sous le porche de chez d'elle. Bientôt, ils devraient franchir la deuxième étape : quitter sa chambre à l'étage de la chapelle et trouver un autre endroit où vivre.

Non seulement elle était trop petite pour deux personnes, mais elle était aussi franchement répugnante, même après qu'elle l'ait nettoyée de fond en comble. Elle ne pouvait pas faire grand-chose avec un espace plus petit qu'une chambre de motel.

Une chambre de motel serait en fait une énorme amélioration.

La première nuit qu'elle avait passée à Shadow Valley, après qu'ils aient fait l'amour, elle était sortie du lit, avait utilisé ses chiottes minables pour se faire une toilette, puis avait commencé à rassembler ses vêtements.

— Tu fais quoi ?

— Il faut que je trouve un motel ou quelque chose comme ça.

Il avait froncé les sourcils, ne comprenant pas ce qu'il se passait. Surtout vu qu'elle avait utilisé « je » et pas « on ».

— Pourquoi ?

Elle s'était interrompue et avait jeté un coup d'œil vers lui, toujours allongé dans le grand lit qui occupait la majeure partie de l'espace disponible. À part le lit, il avait une petite table et une commode dans laquelle il rangeait ses chaussettes et tout un tas de trucs, quand il ne se contentait pas juste de les balancer au sol. Mais il n'y avait vraiment pas beaucoup d'espace de rangement, ce qui expliquait pourquoi il y avait un tel bordel. Il gardait beaucoup de ses affaires à l'atelier.

— Parce qu'on ne peut pas me trouver ici le matin.

Quoi ?

— Et pourquoi pas, putain ?

Le froncement de sourcils de Liz était devenu identique au sien.

— Parce que les femmes ne sont pas autorisées à rester toute la nuit.

— Qui dit ça ? avait-il presque hurlé en se demandant ce qu'elle pouvait bien raconter.

— C'est...

Puis il avait compris d'un coup et ses sourcils avaient grimpé sur son front. Pendant le week-end du mariage, elle lui avait parlé de la règle que Trip avait instaurée chez le Fury.

— T'es plus à Manning Grove, Sunny. Bienvenue à Shadow Valley. C'est pas pareil ici. Je t'ai dit qu'on n'avait pas cette règle de merde chez nous. Personne ne dira rien si tu te réveilles dans mon lit tous les putains de matins.

— Vraiment ?

— Ouais. Mais cet endroit n'est pas assez bien pour toi. Tu mérites beaucoup mieux que ce trou à rats.

Il voyait qu'elle avait fait de son mieux pour ne pas plisser le nez en inspectant sa chambre une fois de plus.

— C'est... pas mal.

Il avait ricané.

— Bon sang, t'es une menteuse à chier.

Elle avait haussé les épaules et souri.

— J'ai vu pire.

— Que t'aies vu pire ou pas, ça n'a aucune importance. C'est quand même pas assez bien pour toi. C'est juste temporaire, le temps qu'on trouve une solution.

— Juste temporaire, avait-elle répété dans un murmure.

Liz avait soupiré et s'était assise au bord du lit, ce qui avait fait pencher le matelas plus qu'il n'aurait dû le faire.

Putain, même son lit n'était pas assez bien pour elle.

— Je parlais de la chambre, Sunny. Rien d'autre.

— Mais tout ça pourrait être temporaire.

Il avait serré la mâchoire. *Bon sang*, il n'aurait jamais dû appeler ça un essai.

— Tu regrettes déjà d'être partie ?

Elle avait levé ses yeux marron d'une petite montagne de vêtements sales au sol et les avait posés sur lui.

Comme elle était restée silencieuse, il avait continué.

— T'as juste besoin d'un peu de temps pour t'adapter et rencontrer tout le monde.

— Tout le week-end, ils m'ont regardée comme si je n'étais pas là.

Parce qu'à l'époque, elle n'était qu'un joli cul, et que personne ne se doutait qu'elle pourrait devenir autre chose. Ça changerait bientôt.

— Une fois qu'ils t'auront rencontrée en tête-à-tête, ce sera différent. Ils t'adoreront quand ils apprendront à te connaître.

Si quelqu'un lui manquait de respect, il péterait une putain de durite.

— Les filles sont très solidaires, tu feras partie du groupe en un rien de temps. Je te le promets.

Si elle avait entendu leurs réactions lorsqu'il avait brisé la formation pour aller la chercher, elle n'aurait pas eu le moindre doute là-dessus.

Malgré tout, il comprenait que sa vie venait d'être bouleversée, mais tout s'arrangerait bientôt. Tout ce qu'elle avait à faire, c'était de leur donner une chance. De lui donner une chance. Et de cesser de s'inquiéter de ce qu'elle avait laissé derrière elle. Ou de qui...

Putain de fils de pute. Peut-être que ça n'avait absolument rien à voir avec la sororité.

— Sunny, il en a rien à foutre de toi, lui avait-il rappelé.

Elle avait légèrement secoué la tête.

— C'est pas vrai.

— Pas autant qu'il le devrait. Laisse-moi te dire un truc... s'il se souciait vraiment de toi, il aurait sauté sur sa meule dès qu'il aurait appris que t'étais partie et il nous aurait poursuivis jusqu'au bout du monde. C'est pas ce qu'il a fait.

Heureusement qu'il ne l'avait pas fait, parce ça aurait pu franchement mal tourner.

— Je suis sûre que ça ne lui a pas fait plaisir.

— Ouais, je parie qu'il était même furax. Mais qu'il aille se faire foutre, il est forcé de te laisser partir puisqu'il a laissé passer plein d'occasions de te garder.

Crash n'avait pas la moindre intention de la laisser s'en aller.

Pas maintenant. Jamais.

Mais pour le moment, il gardait cette dernière partie pour lui. Il voulait d'abord lui offrir quelque chose de mieux que sa chambre miteuse. Et il voulait lui laisser le temps de s'adapter.

À une nouvelle ville, un nouveau club, une nouvelle famille.

À lui.

À une toute nouvelle putain de vie.

Mais pour le moment, il devait cesser de penser à cette conversation passée, et à leur avenir ensemble, et se concentrer sur le présent. Sur ce qui se passait actuellement dans sa chambre, deux semaines après cette discussion. Et sur ce qu'il faisait avec sa bouche sur sa chatte et ses doigts dans son cul.

Il fit glisser les poils rêches de sa barbe naissante sur la peau chaude et tendre de sa chatte nue, puis sur son clito sensible, sachant que ça la rendait folle.

Elle se débattit contre lui.

— Crash !

Elle était tellement réceptive à ses cunnis qu'il devait s'assurer qu'elle ne lui casse pas une dent ou qu'elle ne lui abîme pas une lèvre.

Ses frères ne croiraient jamais pourquoi elle était enflée et se foutrait de sa gueule comme ils se foutaient de celle de Dex à propos de sa soumission sexuelle à sa vieille dame Brooke.

Il leva légèrement la tête et lécha la mouille qui lui couvrait les lèvres.

— Tu te plains, Sunshine ?

— Ne t'arrête pas !

Elle tira violemment les cheveux du motard.

Il sourit.

— J'en avais pas l'intention.

Dès qu'il continua, elle cria à nouveau son nom. Elle était tellement proche de jouir. À présent, il pouvait lire son corps comme un livre ouvert. Il savait exactement quoi faire pour obtenir les réactions qu'il voulait. Et lui offrir la satisfaction dont elle avait tant besoin.

S'il ne faisait pas rapidement avancer les choses, il avait l'impression que sa queue se fendrait en deux tellement elle était dure. Tout en continuant de lui doigter le trou de balle, il alternait entre lécher sa douce chatte si addictive et titiller son clito.

Avec un halètement qui devint rapidement un grognement rauque, elle plaqua sa chatte contre le visage du motard et tous ses muscles se contractèrent. Il ralentit le rythme jusqu'à ce que son orgasme s'estompe.

Quand sa chatte cessa de palpiter, il passa rapidement à l'action.

— Je veux que tu me chevauches la queue.

Il se redressa, s'adossant contre le mur, car son lit n'était pas équipé de tête de lit, et tendit la main.

Comme il n'avait pas encore enfilé de capote, elle s'assit à califourchon sur sa cuisse plutôt que sur ses genoux, étalant le résultat de son orgasme sur sa peau.

Putain, ça fit palpiter sa queue.

Il serra les dents et prit une seconde pour se ressaisir, puis baissa la tête pour gober l'un de ses tétons roses et pointus. L'autre soir, elle avait pressé ces putains de melons l'un contre l'autre et il les avait baisés avant de lui éjaculer sur le visage.

C'était tellement bandant qu'elle soit tout le temps prête à tout essayer. Elle ne le faisait pas uniquement pour lui faire plaisir, elle le faisait parce *qu'elle* en avait envie aussi. Elle adorait tout ça. C'était elle qui l'avait encouragé à lui jouir au visage.

Et quel connard il était pour refuser une telle requête ?

Mais ce matin, il ne jouirait pas sur son visage, il jouirait en elle.

Il continua de lui sucer les seins, passant d'un téton à l'autre. Il se servit de ses doigts pour rouler, tordre et tirer celui qui n'était pas dans sa bouche. Ce qui la fit gémir, cambrer le dos et frotter sa chatte contre la cuisse de Crash.

Il ne pourrait plus tenir très longtemps. Liz avait la faculté de le pousser à bout bien plus vite que toutes les autres femmes qu'il avait connues avant elle.

— Si tu continues de te frotter contre ma cuisse comme ça, je vais me jouir dessus avant de pouvoir jouir en toi.

— Et on ne peut pas laisser faire ça, n'est-ce pas ? le taquina-t-elle avant de lui gober les lèvres et de lui offrir un baiser court et intense.

Contrairement à certaines femmes, ça ne la dérangeait pas de pouvoir goûter sa mouille sur la langue de Crash.

Est-ce qu'il avait déjà dit qu'elle était parfaite ? Parce qu'elle était la putain de perfection incarnée.

Quand elle libéra sa bouche après lui avoir doucement mordillé la lèvre inférieure, il put enfin lui répondre.

— Eh bien, on peut, mais ça serait un putain de coup dur.

Il ouvrit brusquement le tiroir de la petite table près du lit. Avant, ce tiroir était rempli de préservatifs. De toutes les marques, de tous les types.

La première fois qu'elle avait passé la nuit ici et aperçut son trésor, ses yeux étaient devenus aussi gros que deux soucoupes volantes.

— Purée. T'es un garçon occupé.

— Si j'étais un garçon si occupé que ça, ce tiroir serait vide.

Elle avait poussé le rire rauque et *incroyablement sexy* dont elle seule avait le secret.

— C'est vrai. À moins que tu les achètes par camions entiers.

— On n'est jamais trop prudent.

Ce matin, ce tiroir était beaucoup plus vide. Pour une bonne raison.

Cette raison attrapa l'un des préservatifs restants, déchira l'emballage et le déroula sur son membre palpitant. Comme elle utilisait un moyen de contraception, il avait l'intention de lui demander si elle était prête à faire un test avec lui pour qu'ils puissent se passer de protection.

Il était impatient de la démonter sans capote. Autant par devant que par-derrière.

— Je vais juste rester assis là tranquillement et te laisser faire le boulot cette fois-ci.

— Exactement, comme ce que tu me dis de faire quand je suis sur ta meule, dit-elle avant de baisser la voix en la rendant plus rauque pour imiter Crash. Détends-toi et profite du voyage.

Il lui fit un sourire tout en dents.

— Carrément, ouais. Je vais pas me faire prier.

Elle ajusta sa position jusqu'à ce qu'elle se retrouve juste au-dessus de ses cuisses, puis se pencha en avant et attrapa sa queue. Elle la serra légèrement une fois, ce qui lui arracha un grognement soudain, puis fit glisser son gland entre ses lèvres charnues et glissantes avant de l'enfoncer dans le trou qui n'attendait que sa venue.

Ensuite, sans la moindre hésitation, elle glissa sur sa queue avec autant de dextérité qu'une des filles du Paradis des Anges glissant le long d'une barre de strip-tease. Quand elle sentit son gland toucher le fond, elle s'arrêta, leurs regards se croisèrent et ils sourirent tous les deux.

Elle était un vrai putain de rayon de soleil.

Éblouissante, chaleureuse et aussi indispensable à la vie que l'oxygène.

Ses propres pensées le firent cligner des yeux.

Putain.

Ces pensées se dispersèrent rapidement lorsqu'elle se mit au travail et exécuta les mouvements qu'elle maîtrisait si bien. Et même s'ils étaient géniaux, ce qui était encore meilleur, c'était que la chatte de cette femme soit assez serrée pour casser une putain de noix.

Elle pourrait le vider en quelques coups de reins s'il ne faisait pas attention.

Tentant de se distraire assez longtemps pour garder son sang-froid et tenir plus de quinze putains de secondes, il agrippa son téton et le suça si profondément que ses molaires en effleurèrent le bout, ce qui la fit se cambrer à nouveau et pousser un cri.

Quand elle balança la tête en arrière et que sa chevelure dorée tomba dans son dos, il ne put s'empêcher d'en attraper une poignée et de tirer en arrière pour lui étirer le cou un peu plus. Il fit glisser ses lèvres le long de sa gorge, puis suivit son pouls palpitant du bout de la langue alors qu'il redescendait vers ses seins.

Parce que, *putain*, il ne pouvait pas s'en lasser. Ils n'étaient pas les plus gros qu'il ait jamais vus, mais clairement pas les plus petits non plus. Comme elle, à ses yeux, ils étaient parfaits. Pour sa bouche, ses mains, et même pour qu'il glisse sa queue entre eux.

— Remonte le cul, bébé.

Les jeux anaux la faisaient toujours jouir plus vite et de façon plus intense.

Et, pour l'amour du ciel, il fallait qu'elle jouisse en moins de deux avant que quelqu'un d'autre ne tienne pas deux minutes.

Elle se replaça sur les genoux de Crash, inclinant les hanches et frottant son clito contre lui.

Il longea le tour de son anus, cette fois avec son majeur seulement, jusqu'à ce qu'il le sente se détendre une fois de plus : une invitation claire à continuer.

Il enfonça son doigt en elle jusqu'à la première phalange, puis la deuxième, et se mit à faire des mouvements de va-et-vient, la faisant gémir et se frotter contre lui encore plus fort. Il s'arrêta un instant avec le doigt toujours enfoncé en elle pour serrer les dents et dire à sa bite de se calmer un peu. Encore une fois, il était sur le point de cracher bien avant l'heure.

Quelqu'un frappa sur le mur tellement fort qu'il vibra.

— Putain de merde ! Encore ? Un frère ne peut pas fermer l'œil un seul putain de matin ?

Ça résolut le problème de Crash et le fit ricaner.

Liz gloussa et posa son front sur l'épaule du motard.

— Oups.

— Écoute, j'ai aucune compassion pour cet enfoiré. À l'auberge de Manning Grove, il a baisé une petite meuf dans le lit d'à côté pendant que *moi* j'essayais de dormir, alors il a ce qu'il mérite.

— Oui, eh bien... On a tendance à être bruyants.

Il haussa un sourcil.

— Parle pour toi.

— Mais c'est ta faute.

Il sourit.

— Je suis prêt à en assumer la responsabilité. Je dois faire quelque chose comme il faut.

Elle lui palpa la joue.

— Je peux honnêtement dire que tu fais quelque chose comme il faut, même si c'est moi qui fais tout le boulot en ce moment.

Il remua son majeur, celui qui était enfoncé dans son trou du cul.

— Pas tout le putain de boulot.

— Eh bien, il y a ça, murmura-t-elle avant de recommencer à remuer les hanches.

Ses paupières s'alourdirent et ses lèvres pulpeuses s'entrouvrirent. Le bout de ses tétons durcis effleurait le torse de Crash à chaque fois qu'elle bougeait.

Il appuya sa tête contre le mur et se contenta de l'observer. D'observer la façon dont bougeaient ses seins, les réactions sur son visage, les vibrations de sa gorge délicate à chaque gémissement.

Ces petits bruits qui remplissaient ses oreilles le ramenèrent rapidement au bord du précipice. Il lutta pour garder la tête vissée dans le bon sens, car il était sérieusement sur le point de la perdre.

Quand son anus se resserra autour de son doigt et que sa chatte se contracta autour de sa queue, il comprit qu'elle s'approchait de la ligne d'arrivée.

Dieu merci.

Mais il voulait la regarder jouir avant de jouir à son tour.

Un frisson la parcourut lorsqu'elle atteignit l'orgasme, et il laissa enfin les pulsations intenses de sa chatte le pousser au-delà du point de non-retour.

La pression monta et il éjacula comme si quelqu'un avait retiré le bouchon d'une bouteille de soda après l'avoir secouée.

Il avait peut-être vu des étoiles. Et s'était même évanoui une seconde.

Il ne pouvait qu'imaginer à quel point coucher avec Liz serait meilleur sans préservatif, pouvoir la sentir dégouliner sur lui, tremper sa queue.

Il se pencha en avant, enfouit son visage dans le cou de Liz et grogna pendant que sa queue terminait de pulser. Après un dernier coup de langue sur sa peau salée mais douce comme la soie, il s'effondra contre le mur en lâchant un soupir.

Liz resta empalée sur sa queue, les yeux fermés et un sourire paresseux sur les lèvres.

— Je t'aime tellement, putain.

Il secoua la tête, essayant d'éclaircir son esprit embrumé par le sexe.

— Quoi ?

Il n'avait pas pu entendre ce qu'il avait entendu.

Elle ouvrit les yeux et son sourire s'élargit.

— J'aime tellement te baiser.

Merde.

Ouais, ça avait plus de sens. Quand les battements de cœur qui tambourinaient dans ses oreilles se calmèrent, il lui répondit finalement.

— Mais pas autant que j'aime te baiser.

Parce qu'il était impossible qu'à propos de leurs ébats, elle soit la plus chanceuse des deux.

Elle fit glisser ses ongles le long de sa barbe, puis le gratta sous le menton, comme il adorait tant. Comme un chien qu'on gratte sous le museau. Il était surpris que sa jambe ne tressaille pas à chaque fois qu'elle faisait ça.

Le nez pointé vers le plafond, il renifla bruyamment. En plus de l'odeur du sexe, il sentit quelque chose qui lui fit grogner l'estomac.

— T'es prête pour le petit-déjeuner ? On dirait que Maman Ourse a allumé le grill dans la cuisine.

C'était une autre raison pour laquelle il ne s'était jamais empressé de quitter la chapelle. Cette femme cuisinait comme une cheffe et veillait au grain sur le reste des cuisiniers de La Taverne du Cheval d'Acier.

Elle plissa le nez.

— Vu l'odeur, on a aussi tous les deux besoin d'une bonne douche.

— Ouais, on va d'abord prendre une douche. D'autant plus que j'ai encore une bonne dose de karma à livrer.

Comme ma salle de bain est collée à celle de Moose, je vais te baiser sous la douche quand il ira faire sa grosse commission du matin. Je veux que tu cries comme une putain d'alarme incendie et que tu frappes contre le mur pendant que t'y es.

Elle leva les yeux au ciel.

— Comme la scène dans *Quand Harry rencontre Sally* ?

Il ignorait de quelle scène elle parlait.

— Ouais, bien sûr.

— Je savais pas que t'étais si romantique.

— Le romantisme coule dans mes veines, Sunny, tout comme le soleil coule dans les tiennes.

Elle attrapa la base de la capote et la maintint fermement en se déplaçant juste assez pour que sa bite ramollissante glisse de sa chatte sans renverser le contenu dedans.

— On peut faire un marché ?

— Quoi ? demanda-t-il.

Elle la retira habilement sans en faire tomber une seule goutte et noua l'extrémité ouverte.

— Quand t'iras faire ta grosse commission matinale, t'iras dans la salle de bain en bas plutôt que dans ce placard que t'appelles salle de bain et qui est collé à ce placard que t'appelles chambre ?

Placard était une bonne description de « son appartement ». Il était un peu gêné de ne pas avoir encore trouvé d'endroit plus adéquat. Il fallait qu'il s'y mette sans tarder.

— Tu veux dire que ma merde pue ?

Elle se pencha vers lui et embrassa le bout de son nez.

— Je ne veux pas être avec quelqu'un qui s'imagine que sa merde sent la rose.

Il pinça les lèvres et se gratta le menton, regrettant que les doigts de Liz ne le fassent pas à sa place. Peut-être que s'il gémissait et la suppliait comme un chien, elle recommencerait.

— Pareil pour moi.

Elle fit glisser le dos de ses doigts le long de la mâchoire de Crash.

— Dommage que bientôt, je ne pourrai plus voir cette petite fossette sexy sur ton menton.

— Tu peux mater autre chose à la place.

— Comme tes yeux ?

— Comme ma queue.

Elle posa son front sur son torse et son corps trembla contre lui. Quand elle s'arrêta de rire, elle releva la tête.

— En parlant de cette queue, puisque t'as besoin de temps pour récupérer avant qu'on essaie de ne pas se tuer en baisant dans ta micro-douche, j'ai le temps d'aller vérifier mes e-mails rapidement.

Il lui arracha la capote remplie des doigts et elle s'écarta de lui pour attraper son ordinateur portable sur la montagne de trucs qui encombraient la seule petite table de la chambre.

— Tu travailles trop, grommela-t-il en descendant du lit pour aller poser une belle pêche et se laver les mains.

Et, plus important encore, maintenant que sa bite était molle, il pouvait enfin se vider la vessie.

— Eh bien, ça paie les factures.

Il jeta un coup d'œil par-dessus son épaule en entrant dans la salle de bain sans prendre la peine de fermer la porte.

Elle avait pris sa place, assise à la tête de son lit, adossée contre le mur, son ordinateur portable en équilibre sur ses cuisses nues.

D'habitude, elle travaillait en bas, dans la chapelle, ou dehors dans la cour quand il faisait beau et que les moustiques n'étaient pas à la recherche de leur prochain repas. Quelques fois, elle était aussi allée travailler dans le garage. D'autres fois, elle travaillait dans un café du quartier qui avait une excellente connexion Wi-Fi.

Tout se passait bien. Et si... *et puis merde, quand* ils auraient leur propre appartement, elle pourrait aménager un bureau.

Pendant qu'il pissait, il l'entendait marmonner toute seule en consultant ses e-mails. Soudain, la pièce devint totalement silencieuse.

Lorsqu'un halètement bruyant emplit la pièce, il secoua rapidement sa bite, se lava les mains à toute vitesse et retourna dans la chambre.

— Qu'est-ce qui se passe ?

Elle avait le visage pâle, ses yeux marron étaient écarquillés et sa bouche grande ouverte.

— C'est quoi le problème, putain ? demanda-t-il en se rapprochant d'elle.

Comme elle ne lui répondait pas, mais continuait de fixer l'écran sans rien dire, il haussa le ton.

— Liz ! Parle-moi, putain. Y faut que j'aille buter quelqu'un ?

Elle leva les yeux vers lui.

— Quoi ? Non !

— Alors qu'est-ce qui se passe, putain ?

Elle déglutit visiblement, reporta son regard sur son écran et commença à lire à voix haute. Lorsqu'elle eut terminé, elle lui jeta un nouveau coup d'œil, ses yeux marron exorbités.

— Putain de merde, murmura-t-il.

Il se frotta la main sur la bouche, puis s'attrapa la nuque et la tordit légèrement. Il ne savait pas trop s'il devait considérer que c'était une bonne nouvelle pour elle, mais il commençait à craindre que ce ne soit pas une bonne nouvelle pour lui.

Elle s'attendait probablement à une nouvelle déception avec les résultats du test ADN. Mais cette fois-ci, elle avait fait mouche.

Et ça pourrait tout changer.

— Crazy Pete est… *était* mon père. Putain de bordel de merde !

Ça voulait dire que Stella, la vieille dame et désormais l'épouse du président du Fury, était sa demi-sœur.

Il ne faisait aucun doute qu'elle avait le Blood Fury dans le sang.

Qu'elle serait désormais considérée comme la propriété du club, même sans son cuir de joli cul.

Pire encore, ça voulait dire qu'ils souhaiteraient peut-être qu'elle revienne à Manning Grove.

Et dans ce cas…

Bon sang. Sa mâchoire se crispa alors qu'il fixait la blonde assise dans son lit et qui était devenue une partie importante de sa vie en un peu plus de deux semaines.

Comment est-ce qu'il pourrait rivaliser avec sa véritable famille ?

Pour l'instant, il n'avait que sa personne et une chambre minable à lui offrir.

Et de retour à Manning Grove…

Non, qu'ils aillent se faire foutre. Ils ne pouvaient pas la récupérer.

Ni aujourd'hui, ni demain, ni jamais.

Elle était à lui désormais. Peut-être pas officiellement, pas encore, mais s'il le fallait, il la revendiquerait plus tôt qu'il ne le souhaitait.

Parce qu'il emmerdait le Fury et les conséquences que sa revendication pourrait avoir.

Sa confrérie et lui s'en occuperaient comme ils s'étaient occupés de tous les autres problèmes par le passé.

De la seule façon qu'ils connaissaient…

À la façon des Dirty Angels.

Et cette façon, c'était « Down & Dirty jusqu'à la mort… »

Chapitre Quinze

LIZ était assise au bar, piquant la nourriture dans son assiette du bout de sa fourchette au lieu de la mettre dans sa bouche. Elle n'avait pu avaler que deux bouchées de toast pour le moment.

Son cerveau continuait de tourner à toute vitesse tandis qu'elle considérait ses options.

L'assiette de Crash était déjà vide. Elle le regarda marcher vers la machine à café à l'autre bout du bar et revenir quelques minutes plus tard avec deux tasses fumantes.

Grizz avait l'habitude de s'asseoir en bout de table. Ce matin, « son » tabouret était vide. Probablement parce qu'il était trop tôt pour le doyen du MCDA. Liz avait rapidement remarqué les habitudes de cet homme. Chaque fois qu'il décidait de quitter son domicile pour venir à la chapelle, il appelait son épouse et vieille dame, Maman Ourse, qui passait alors la tête par la porte battante de la cuisine, l'insultait pour lui dire d'arrêter de gueuler comme un animal sauvage, puis disparaissait dans son domaine, la cuisine, en soufflant bruyamment.

Quelques minutes plus tard, elle revenait avec une

assiette remplie d'aliments offrant un vol direct vers une crise cardiaque. Il grognait, puis après avoir rempli son estomac du bon repas fait maison de sa vieille dame et partagé sa sagesse ancestrale avec tous ceux qui en avaient besoin, il se mettait à s'enfiler une bière après l'autre pour le reste de la journée.

Le couple avait une routine bien ficelée.

Comme Dutch, Liz avait rapidement compris que Grizz cachait un grand cœur sous son apparence grincheuse et bourrue.

Maman Ourse était exactement ce que son nom indiquait : la maman ourse du club, qui veillait à ce que tout le monde soit bien nourri et pris en charge. Elle choyait tous les enfants qui venaient à la chapelle comme si c'étaient les siens. Et chaque fois que Crow ou Jazz se présentaient avec leurs arrière-petits-enfants, Maman Ourse et son vieux fondaient comme une motte de beurre laissée au soleil un jour d'été.

C'était adorable et leur amour était palpable. Même entre eux deux.

Mais ils étaient une famille. Une *vraie* famille.

Liz n'avait plus de vraie famille aux États-Unis depuis que sa mère et son beau-père avaient décidé de s'installer en Nouvelle-Zélande après leur retraite.

Non, ce n'était pas vrai.

Elle avait désormais Stella.

Seulement, Stella l'ignorait, et Liz n'était pas certaine de comment elle réagirait en apprenant que son père avait eu une autre fille avec une femme qui n'était pas sa mère.

Bon sang, ce n'était même pas le fait que son père ait eu une autre fille qui pourrait déranger Stella, mais plutôt d'apprendre que Liz avait été conçue lors d'un gang bang. Ça pourrait perturber n'importe qui.

Mais est-ce que ça aurait de l'importance pour Stella ? Est-ce qu'elle pourrait passer outre ce fait ? Sans parler du fait que Liz avait été un joli cul ? Ou même qu'elle ait décidé de garder le secret sur le fait qu'elle était la fille d'un Originel ?

Elle se mordilla la lèvre inférieure tandis que Crash, après s'être rassis sur le tabouret près d'elle, buvait une longue gorgée de son café noir.

Elle baissa les yeux sur sa tasse et la couleur plus claire de son café lui apprit qu'il avait ajouté de la crème dans le sien. Elle était trop distraite pour remarquer qu'il ne lui avait même pas demandé ce qu'elle voulait dans son café, ce qui prouvait qu'il était attentif et savait désormais comment elle aimait sa dose de caféine matinale.

Ozzy n'avait jamais appris comment le préparer correctement, même après deux ans.

— Merci, murmura-t-elle en prenant une gorgée.

Juste ce qu'il fallait de sucre. C'était parfait.

Crash pivota sur son tabouret jusqu'à ce qu'il se retrouve en face d'elle, son genou appuyé contre la cuisse de Liz, un air concerné sur le visage. Ou est-ce que c'était de l'inquiétude ?

— Sunny...

— Il faut que je rentre chez moi.

Merde. Elle n'avait pas voulu le dire aussi sèchement que ça. Son indécision était devenue brusquement une décision ferme.

Son cerveau avait décidé sans consulter son cœur.

Mais c'était la bonne décision.

Elle vit la poitrine du motard gonfler sous son cuir quand il prit une lente et profonde inspiration. Presque comme s'il profitait de ce moment pour s'empêcher d'exploser. Après quelques secondes, il lui posa une question d'un ton beaucoup trop calme.

— Pour quoi faire ?

— Pour quoi faire ?

Vraiment ? Est-ce qu'il souhaitait qu'elle se sente encore plus coupable de vouloir partir si tôt ? Non, pas de vouloir, de *devoir*.

— Je dois parler à Stella.

Il posa sa main calleuse sur la cuisse de Liz et la serra doucement.

— T'as pas besoin de retourner là-bas pour ça. Il y a un truc qui s'appelle le téléphone. Tu te souviens ?

Elle savait qu'il ne voudrait pas qu'elle s'en aille. Tout allait tellement bien entre eux. Enfin, tout sauf l'état de sa chambre à l'étage. C'était le seul aspect de leur nouvelle relation auquel elle ne donnerait pas cinq étoiles.

Et c'était bien ce que c'était. Une relation.

Il ne voulait pas que du sexe avec elle, il voulait une relation plus intime. Il n'avait pas besoin de le dire à voix haute pour qu'elle voie ou sente à quel point il désirait ça.

— Crash... C'est pas quelque chose que je veux lui dire au téléphone. C'est pas qu'une conversation sérieuse, ça pourrait être un choc. Et elle est...

Il pencha la tête, attendant la suite.

— Ma famille, termina Liz. Pas seulement ma famille du Fury... mais ma *vraie* famille. Il faut qu'elle le sache.

Elle écarquilla les yeux, plaqua une main sur sa bouche et laissa échapper un cri étouffé.

— Putain de merde !

Elle baissa la main et faillit crier : « Crash ! J'ai une sœur. Une *vraie* sœur », car elle n'avait pas encore complètement réalisé. C'était à la fois excitant et effrayant.

— Une demi-sœur. Et tu vas avoir plein de sœurs ici.

— Une vraie sœur de sang !

Elle agrippa le t-shirt de Crash. Elle avait toujours voulu avoir un frère ou une sœur.

— Ouais, souffla-t-il.

Elle se mordilla la lèvre inférieure.

— Peut-être qu'elle ne voudra pas de moi comme sœur.

Il fronça les sourcils.

— Qui ne voudrait pas de toi comme sœur ? Enfin, à part moi, bien sûr...

— Maintenant, je regrette de m'y être prise comme ça. D'avoir gardé le secret.

— T'as fait ce qu'il fallait pour toi.

C'était vrai, mais Trip et Stella ne le verraient peut-être pas de cet œil.

— C'est ce que je pensais. Mais peut-être qu'au final, je m'en mordrai les doigts. Peut-être qu'ils seront furieux que je leur aie caché ça pendant tout ce temps. Ils vont peut-être penser que j'ai été sournoise.

— T'as fait ce qui était le mieux pour toi, pas pour eux. Personne ne veillera sur toi autant que toi-même. Enfin... à part moi.

Elle cligna des yeux et les leva vers lui. Son visage était complètement fermé, ce qui lui fendit un peu le cœur.

— Sunny, si tu retournes là-bas, ils te laisseront peut-être pas repartir.

Il se passa une main dans les cheveux, qui avaient déjà un peu poussé depuis leur rencontre.

— Putain. Si tu retournes là-bas, t'auras peut-être plus envie de repartir.

Elle attrapa sa main crispée sur sa cuisse et la serra pour le rassurer un peu.

— C'est pas vrai. J'ai juste besoin de lui dire ça en face.

Soudain, quelque chose changea et son visage s'assombrit. Sa colère était palpable. Il arracha brusquement sa main de celle de Liz. Il se détourna d'elle et regarda droit devant lui, et même si sa barbe couvrait sa mâchoire, elle voyait tout de même à quel point elle était crispée. Elle voyait même qu'il serrait les dents.

— Hé, dit-elle doucement en saisissant son biceps qui devint de l'acier sous ses doigts.

Il tourna la tête vers elle et, voyant un nuage noir planer au-dessus de lui, elle se prépara à la tempête.

— T'es descendue ici avec moi pour le rendre jaloux ? Pour le forcer à te revendiquer à table ? C'est ça ? C'était pas pour moi ? Tu t'es servie de moi pour lui forcer la main ?

Elle cligna des yeux. D'où est-ce que ça venait ?

De la douleur. Voilà d'où ça venait. Il s'en prenait à elle parce qu'il était en souffrance. *Merde.*

Il fallait qu'elle fasse attention à ses mots. Elle ne voulait pas réagir impulsivement parce que lui l'avait fait. Ça ne ferait qu'engendrer une relation encore plus conflictuelle.

— Non, Crash. Ça n'a rien à voir avec Ozzy. Je n'avais aucune raison de mentir là-dessus. Je t'ai dit que je ne voulais pas et que je ne veux toujours pas qu'Ozzy me revendique. Ma décision de rentrer chez moi est strictement liée à Stella, pas à Ozzy.

Il ferma les yeux un instant.

— C'est des conneries, Liz. Des putains de conneries.

Il utilisa son prénom au lieu du surnom qu'elle aimait tant désormais. Un autre signe de la souffrance dont il était victime.

— C'est pas…

Sa mâchoire se crispa et bien qu'il ait rouvert les yeux, il évitait son regard.

— Je me laisserai pas utiliser comme ça.

— Crash, c'était pas mon intention.

— Ah ouais ? Prouve-le.

— Regarde-moi.

Elle lui saisit le menton et le força à poser les yeux sur elle.

— Regarde. Moi.

Quand il finit par croiser son regard, ses narines se dilatèrent, et ses lèvres se pressèrent l'une contre l'autre à tel point que son nez et son menton ne semblèrent séparés que par une fente.

Elle déglutit et prit une inspiration profonde avant de continuer.

— C'est que temporaire.

— Ouais.

— Non, je veux dire mon retour chez moi.

Elle grimaça. Elle n'aurait pas dû utiliser l'expression « chez moi ».

— Retourner à Manning Grove n'est que temporaire. Juste le temps de parler à Stella.

— Si t'y retournes, ils te laisseront pas repartir.

— C'est pas vrai. C'est pas une secte. C'est un club, comme le tien. Trip, et même Stella, ne me forceraient jamais à rester. Ils ne *peuvent* pas me forcer à rester. Ils peuvent juste me le demander.

Elle savait que Trip pourrait l'exiger comme le ferait un vrai chef, mais il ne la forcerait jamais. Il ne pouvait pas le faire. Il avait peut-être un tempérament explosif, mais il avait aussi la tête sur les épaules.

— T'as déjà une vie là-bas et maintenant t'as des liens de sang. T'as encore rien ici. Juste moi. La putain de balance penche clairement de leur côté.

L'émotion brute qu'elle entendit dans sa voix lui déchira le cœur.

— C'est pas vrai.

Il pencha la tête sur le côté.

— Ah bon ?

— Et si je te donnais ma parole, que je te promettais que je reviendrai ? Je ne veux rien de plus que de continuer à explorer ce qu'il y a entre nous. Continuer à créer des liens avec la sororité du MCDA. Je sais qu'elles sont occupées avec leurs familles et leurs affaires. Et même toi, tu l'as dit, elles essaient de ne pas me submerger toutes d'un coup, et j'apprécie ça. Jusqu'à présent, elles sont tout ce que t'as dit qu'elles étaient, et même plus. Toutefois, je vais te le répéter

parce qu'il faut absolument que tu saches que c'est la vérité... Venir ici n'a jamais rien eu à voir avec Ozzy.

Elle palpa son visage et murmura la suite.

— Ça n'avait à voir qu'avec toi.

La tension quitta son visage et son corps se détendit.

— Je viens avec toi.

Quoi ? Ce n'était peut-être pas la meilleure idée. Ça
pourrait même faire plus de mal que de bien. Si Trip
commençait à exiger qu'elle reste à Manning Grove avec le
Fury, Crash se mettrait certainement en colère et ça causerait non seulement des problèmes entre les deux hommes,
mais aussi entre les deux clubs.

Elle ne voulait pas être la raison pour laquelle une
alliance si importante se brisait, surtout maintenant qu'elle
avait des liens avec les deux clubs.

— Je pense pas que ce soit une bonne idée.

— Il faut que je te protège.

— Pourquoi ?

Elle ne voulait pas lui dire qu'elle n'avait pas besoin
qu'un homme la protège, car ces motards étaient le genre
d'hommes qui pensaient au contraire que c'était leur
mission. C'étaient des mâles alpha qui, toute leur vie,
avaient cru qu'ils étaient le sexe fort et les protecteurs des
femmes et des enfants.

La plupart des femmes liées aux MC étaient aussi fortes
qu'eux, mais laissaient les hommes croire à leur idée erro-
née. C'était juste plus facile et moins frustrant.

Il détourna les yeux pendant une longue minute, secoua
la tête, puis se tourna à nouveau vers elle. Lorsqu'il ouvrit la
bouche, sa voix sortit dans un grognement possessif, ressemblant une fois de plus à celui d'un loup se tenant devant une
proie fraîchement tuée.

— Parce que t'es à moi.

Sa voix, sa revendication, lui envoyèrent une vague d'euphorie à travers le corps et couvrirent sa peau de chair de poule.

Qu'une femme soit forte ou indépendante, lorsqu'un homme faisait une déclaration aussi primitive, ça la faisait toujours frissonner.

Ou du moins, c'était le cas pour Liz.

— Crash…

Son nom resta coincé dans sa gorge.

— Sunny, t'es à moi, putain. T'es mon rayon de soleil. C'est pas des conneries. Je savais pas à quel point ma vie était sombre avant de te rencontrer.

Putain de merde. Ce n'était pas une déclaration d'amour, mais ça y ressemblait sacrément. Toutefois, il ne pouvait pas vraiment l'aimer, c'était beaucoup trop tôt. Elle comprenait qu'ils avaient besoin de temps et elle voulait le lui donner. Le *leur* donner.

D'autant plus qu'elle ressentait la même chose que lui.

— Crash, souffla-t-elle, les yeux soudainement humides.

— Alors, pars, mais reviens. Si tu reviens pas, je viens te chercher. S'ils ont un problème avec ça, ils ont un problème avec moi. S'ils ont un problème avec moi, ils ont un problème avec mes frères.

Exactement ce qu'elle voulait éviter.

— Je ne vaux pas une guerre.

Il baissa la tête, la regarda droit dans les yeux et, avec ce grognement d'Alpha, lui répondit lentement et distinctement.

— Tu vaux même la troisième putain de guerre mondiale.

Dès qu'elle reprit son souffle, elle attrapa son t-shirt et le traîna dans sa chambre à l'étage.

Elle ne quitta Shadow Valley pour retourner à Manning Grove que plusieurs heures plus tard. Mais lors de son départ, elle laissa une grande partie de son cœur derrière elle.

Qu'il le croie ou non, elle avait l'intention de revenir le récupérer.

———

Le cœur de Liz cognait dans sa poitrine alors qu'elle traversait La Grange. Elle n'était partie que depuis un peu plus de deux semaines et avait déjà l'impression d'être une intruse.

Ils n'avaient pas vu d'inconvénient à ce qu'elle s'en aille, mais est-ce qu'ils en verraient à ce qu'elle revienne ?

Elle s'était d'abord arrêtée chez Crazy Pete et avait parlé à Dodge. Malheureusement, Stella n'était pas là. Après un arrêt rapide à la ferme, elle avait découvert qu'elle était vide aussi.

Elle n'avait pas le numéro de téléphone de Stella pour pouvoir lui envoyer un texto, car elles n'avaient jamais été très proches. Elle espérait que ça changerait, mais ne se faisait pas trop d'illusions. En plus de ça, elle savait qu'elle aurait du mal à nouer une relation solide avec sa demi-sœur si elle tenait la promesse qu'elle avait faite à Crash.

Retourner à Shadow Valley.

Et revenir vers lui.

Elle lui avait dit qu'elle serait absente pendant au moins quelques jours, mais qu'elle resterait en contact. Elle voulait au moins avoir le temps nécessaire pour que, si Stella le souhaitait, elles puissent commencer à se connaître un peu mieux. Ce n'était peut-être pas grand-chose, mais ce serait un premier pas en avant. Peut-être que la propriétaire du bar lui raconterait même quelques anecdotes sur leur père.

Leur père.

La seule chose qu'elle savait vraiment de Pete, c'était qu'il tenait le bar et était mort d'un cancer quelques années plus tôt.

Elle s'arrêta devant le cuir de Crazy Pete accroché au

mur près du bar et alluma le petit projecteur qui l'éclairait chaque nuit grâce à une minuterie automatique. Elle le regardait maintenant d'un œil bien différent.

Normalement, les cuirs étaient enterrés ou incinérés avec le membre du club lors de sa mort. Mais comme le club avait été dissous, ou plutôt détruit, personne n'avait pensé à le faire pour Pete, et Stella n'était pas revenue à Manning Grove à temps pour s'en occuper. Donc, la meilleure solution avait été que Trip l'accroche au mur pour commémorer l'histoire du Fury, car il ne pouvait pas être transmis à un autre motard comme celui d'Ox, l'ancien Sergent d'Armes.

Comme le père de Judge et Jemma était mort en prison et que personne n'avait réclamé son corps, ses couleurs n'avaient pas non plus été incinérées avec lui. À la place, Judge avait remplacé le patch nominal d'Ox, arraché le patch « Originel » et s'était approprié le cuir, sans oublier le rang et la position de Sergent d'Armes.

Elle leva la main et passa le bout de son doigt sur le patch rectangulaire, usé et sale sur lequel était brodé « Crazy Pete » et se demanda quel genre de père aurait été cet homme s'il avait su qu'il avait une autre fille.

Elle ne se faisait pas d'illusions en s'imaginant qu'il aurait été le père idéal. En fait, elle savait qu'il aurait été loin d'être un père formidable. Mais quand même...

Elle soupira.

Au moins, il aurait été informé de son existence.

En vérité, peut-être qu'il s'en serait carré. Après tout, c'était un Originel. Elle ne comptait pas le mettre sur un piédestal juste parce qu'il était mort.

La porte d'entrée de La Grange s'ouvrit brusquement et la seule personne qu'elle espérait éviter aujourd'hui entra dans la pièce. Ses yeux gris se posèrent sur elle et restèrent fixés là, tandis qu'il s'avançait d'un pas décidé vers elle.

Elle grogna dans sa barbe en voyant son visage. Elle n'était pas d'humeur à se disputer.

Et Ozzy semblait déterminé à provoquer une embrouille.

— J'ai vu ta cage devant. Qu'est-ce que tu fous ici ? Qu'est-ce qu'il t'a fait pour que tu reviennes en courant ?

Mon Dieu, même s'il la mettait déjà sur les nerfs, il lui avait manqué. Vraiment. C'était difficile de passer deux ans avec quelqu'un, même dans une relation très libre et décontractée, sans s'attacher.

— Il n'a rien fait, Oz. Il n'a rien à voir avec mon retour.

— Alors, c'est à cause de moi. T'es partie sans me dire un putain de mot et tu crois que tu peux revenir comme une fleur ? Comme si j'allais juste oublier ce qui s'est passé ?

Elle retint un cri de frustration. *Ces hommes ! Tout tourne toujours autour d'eux !*

Avant qu'elle puisse lui répondre calmement, il continua. Mais cette fois, ses mots étaient teintés d'arrogance.

— Je savais que tu reviendrais. Je savais que tu reviendrais vers moi. Je suppose que ton nouveau joujou a très vite perdu de son éclat. Il a une petite bite ? Il sait pas comment te bouffer la chatte ? Il veut juste te traiter comme sa putain de salope ?

Alors qu'elle ouvrait la bouche pour le remettre à sa place, il l'attrapa par la nuque et la tira brutalement vers lui avant de lui agripper les cheveux de sa main libre pour lui renverser la tête en arrière et s'emparer de sa bouche comme si elle était à lui.

Il croyait à tort que c'était le cas.

Elle coinça ses mains entre eux, le repoussa violemment et tourna la tête juste assez pour rompre le baiser, mais pas assez pour le forcer à relâcher son cou et ses cheveux.

Déçue, elle secoua la tête autant que son étreinte serrée le lui permettait. Elle n'aurait pas dû attendre mieux venant de lui, mais c'était pourtant ce qu'elle avait fait.

Ce moment précis lui fit réaliser qu'elle avait pris la bonne décision en quittant Manning Grove et en explorant une nouvelle vie avec Crash. Un homme qui la traitait avec beaucoup plus de respect qu'Ozzy ne lui en avait jamais témoigné. Ou ne lui en témoignerait jamais.

— Même si t'aimerais croire que je reviens vers toi la queue entre les jambes pour te supplier de me reprendre, je ne suis pas là pour toi, Oz.

Il lâcha son cou et fit un pas en arrière, les coins de ses lèvres maintenant pointés vers le sol et ses yeux gris plissés sur elle.

— Alors pourquoi t'es revenue, Lizzy ?

Elle ignora le fait qu'il utilise un surnom qui, selon elle, ne lui appartenait plus.

— Je dois parler à Stella.

Son beau visage se déforma, comme s'il avait avalé un scarabée lors d'une virée.

— Pour quoi faire ?

Elle préférait que Stella soit la première informée.

— C'est entre Stella et moi.

— Tu te fous de moi ? grogna-t-il.

— Non. Mais maintenant que t'es là, je veux te dire que je suis désolée.

— Tu devrais l'être, ouais.

Bien sûr, au lieu d'accepter gracieusement ses excuses, il fallait qu'il se montre grossier. Elle ouvrit la bouche, tentée de retirer ses excuses, mais elle devait se rappeler que, comme Crash, Ozzy réagissait de la sorte parce qu'il était en colère et blessé. Même s'il n'avait aucun droit de l'être, puisque leur relation n'avait jamais été sérieuse.

Ozzy voulait ce qu'Ozzy voulait et, en temps normal, il ne se souciait de rien ni de personne d'autre. Il n'avait aucun problème à coucher avec d'autres femmes que Liz. Ça ne le dérangeait même pas que Liz couche avec l'un de ses frères, tant qu'il était impliqué d'une manière ou d'une autre, mais à la seconde où Liz avait voulu passer du temps avec quelqu'un d'autre, ça lui avait posé un problème.

Même si ce n'était clairement pas juste pour elle, cet imbécile borné ne le verrait jamais sous cet angle. En tant que membre des Originels, il croyait que les femmes liées au club étaient leur propriété, un point c'est tout.

Il croyait aussi que les femmes, en tant que biens appartenant au club, devaient obéir au doigt et à l'œil.

À son âge, qui était proche de celui de Crash, Liz doutait qu'il change un jour.

Mais encore une fois, elle s'était impliquée dans le club, était devenue un joli cul et avait fini par passer presque toutes les nuits dans le lit d'Ozzy, les yeux grands ouverts. Elle n'avait jamais été une femme « obéissante », mais jusqu'à présent, elle n'avait jamais eu de raison de faire des vagues et de mettre Ozzy en rogne.

Toutefois, elle ne voulait pas non plus le mettre en rogne maintenant. Elle n'était pas là pour lui faire du mal. Elle n'était là pour faire de mal à personne.

Mais si Ozzy ne voulait pas faire la paix avec elle, elle n'avait d'autre choix que de l'accepter.

Et juste de passer à autre chose.

— Je ne suis pas désolée d'être partie, Ozzy. Je suis désolée de ne pas t'avoir parlé avant, mais j'ai pensé qu'il valait mieux attendre un moment, parce que les choses étaient encore trop fraîches entre nous.

— Mais t'es revenue.

Elle dut puiser au fond de sa patience pour lui répondre calmement.

— Encore une fois, je ne suis venue que pour parler à Stella et récupérer quelques affaires dans mon appartement. C'est tout.

Sous ses yeux, elle vit son visage s'assombrir, se remplir de colère et de consternation. Une bombe à retardement prête à exploser.

Elle se prépara au choc.

Quand il leva brusquement la main, elle grimaça instinctivement, mais en fait, il n'avait pas l'intention de la frapper, il n'avait et ne ferait jamais ça, mais pointa plutôt la porte d'entrée de La Grange.

— Alors fous le camp d'ici. Retourne vers lui. Retourne à Shadow Valley. C'est ce que tu veux, alors va poursuivre ton putain de rêve. J'en ai fini avec toi.

— Ozzy.

— Va te faire foutre. On veut pas de toi ici. Dégage.

Il baissa le bras, ferma les yeux et serra les lèvres.

— Je ne partirai pas juste parce que tu me dis de le faire. Je ne suis pas et n'ai jamais été ta vieille dame. Je ne suis pas venue pour te mettre en colère, et je ne m'attendais pas à te voir ici, mais ça ne change rien au fait que je doive retrouver Stella.

Il ouvrit les yeux et cacha rapidement le trouble qui les agitait, mais pas avant qu'elle ne le remarque. Il prit quelques inspirations, sans doute pour calmer sa colère, avant de lui poser la question une fois de plus.

— Pour quoi ?

— Comme je l'ai dit, ça ne regarde qu'elle et moi.

Il crispa la mâchoire.

— Ouais. En tant que secrétaire du club, j'ai le droit de savoir tout ce qui se passe dans ce putain de club. Quand je te pose une putain de question, j'exige une putain de réponse.

Elle secoua la tête.

— Tu ne peux pas juste changer les règles quand ça t'arr…

— Je change que dalle.

— Si tu le sais, dis-moi où est Stella, Ozzy. S'il te plaît. Fais-le pour moi. J'ai été voir à la ferme et même au Crazy Pete...

— Ouais, je sais où elle est, mais je te dirai pas un putain de mot tant que tu m'auras pas dit pourquoi t'as besoin d'elle.

Reste calme, Liz. Si tu perds ton sang-froid, ça ne fera qu'attiser sa colère.

— Tu peux au moins me donner son numéro de téléphone ?

— Pas avant que tu me dises pourquoi.

Elle serra les dents. Elle ne voulait le dire à personne avant Stella, mais Ozzy lui forçait la main. Elle n'aimait pas ça, mais savait à quel point il pouvait être têtu. Il ne lui donnerait pas ce qu'elle voulait tant qu'il n'aurait pas obtenu ce qu'il exigeait d'elle.

— Si je te le dis, tu dois me promettre quelque chose…

Comme il ne répondit pas, elle ajouta autre chose.

— Ozzy. Il faut que tu me promettes de ne rien dire à personne. Ça ne regarde personne d'autre que Stella et moi. Et peut-être Trip.

Clairement Trip aussi, bien sûr. En tant que président du club, mari de Stella et... beau-frère de Liz. *Putain de merde.*

— Je parie *qu'il* est au courant, grogna Ozzy.

— Mais il ne dira rien à personne. Il faut que tu me promettes la même chose. Au moins pour l'instant, jusqu'à ce que Stella et moi, on ait réglé les choses.

Il fronça les sourcils et caressa son menton barbu. Son froncement de sourcils devint une grimace sévère.

— D'accord. Putain.

Elle ne se contenterait clairement pas de ça.

— Tu promets ?

Il lui fit un signe de tête sec et unique.

— Je te le promets.

— Je te fais confiance.

Il lui offrit un autre hochement de tête.

Elle trouva sa réponse douteuse, mais s'efforça de ne pas lever les yeux au ciel.

— Ça a un rapport avec Crazy Pete, commença-t-elle.

Il fronça les sourcils.

— Ça a un rapport avec son père ?

Elle prit une profonde inspiration et expira lentement. Elle était sur le point de révéler quelque chose qui pourrait changer la vie de plusieurs personnes, y compris la sienne.

— Il n'est pas que *son* père.

Il resta immobile une seconde, les yeux rivés sur elle. Elle pouvait voir les rouages de son cerveau tourner comme les roues d'un train en marche, attendant la suite. Lorsqu'elle hésita, il jeta un coup d'œil au cuir de Pete sur le mur. Elle remarqua distinctement le moment où il comprit pourquoi elle était debout devant, étudiant les couleurs de l'Originel sous le projecteur allumé.

Ce n'était pas parce qu'Ozzy était têtu et avait ses habitudes qu'il était stupide. Loin de là.

— Bon sang, Lizzy. Qu'est-ce que tu sais ?

— Tu faisais partie des Originels. Tu as vu tout ce qui se passait à l'époque. Tu as même participé à tout ça. Ça ne devrait pas être étonnant qu'il y ait des enfants de membres du Fury dont personne ne connaisse l'existence.

Au moins, la mère de Liz avait participé à cette orgie *bien* avant qu'Ozzy ne rejoigne le club. Elle était soulagée de ne pas avoir couché avec un homme qui avait couché avec sa mère de dix-huit ans.

Il prit une inspiration profonde, puis expira lentement en un long sifflement.

— Toi ?

Il n'attendit pas sa réponse, et au lieu de ça, explosa une seconde plus tard.

— Bon Dieu, Lizzy ! Ça change tout...

— Non.

— Ta place est avec le Fury. T'as rien à faire là-bas avec ce fils de pute.

— J'ai pas ma place ici non plus, Oz.

— Bien sûr que si, tu l'as. T'es la putain de fille d'un Originel.

Sa réaction fit tambouriner son cœur comme celui d'un pur-sang en pleine course. Elle avait peur que Trip réagisse de la même manière.

— Et ça ne veut rien dire à ce stade.

— C'est des putains de conneries. Ça veut tout dire.

Elle ravala la boule qui lui serrait la gorge. Il avait peut-être raison. Peut-être que ça voulait tout dire. Peut-être pas pour Stella, mais certainement pour Trip.

— Il s'est pointé ici et a volé la putain de propriété du Fury.

Merde. Merde. Merde.

— Il n'a rien volé, Ozzy.

À part son cœur peut-être.

— Je suis partie avec lui de mon plein gré. Et quand je retournerai auprès de lui, ce sera également de mon plein gré.

Les sourcils du motard grimpèrent sur son front.

— Tu crois que Trip va juste te laisser partir quand il apprendra la nouvelle ? Je sais que t'es pas stupide, femme. Mais...

Elle réprima la panique qu'elle sentait monter en elle.

— Mais rien du tout. C'est pas un gardien de prison.

Elle fit un geste de la main pour désigner La Grange et tout ce qu'elle représentait.

— C'est pas une prison. J'étais un joli cul, c'est tout.

C'était tout, autrefois.

Mais ce n'était plus le cas. Désormais, elle était bien plus que ça.

— Oh, mais alors pas du tout, putain. C'est pas tout. Plus maintenant. T'aurais mieux fait de pas dire un putain de mot et d'emporter ce secret dans ta tombe.

— Je ne suis pas d'accord, dit-elle fébrilement en espérant qu'il se trompe.

Est-ce qu'elle aurait dû garder ça pour elle ? Ne jamais le révéler à personne ? Même pas à Crash ?

Est-ce qu'elle avait commis une énorme erreur en le faisant ? En revenant ici ?

Il était trop tard maintenant. Ozzy était au courant.

Ozzy ne la laisserait jamais garder ce secret. Surtout maintenant qu'elle savait qu'il voulait la voir rentrer au bercail. Il pourrait se servir de cette information pour lui causer des problèmes. Pour poser des problèmes à Crash. Aux deux clubs.

Mais est-ce qu'il le ferait ?

Ce n'était pas important. Elle était venue ici pour parler à Stella, pour lui dire la vérité. Et c'était ce qu'elle comptait faire.

Elle avait toujours voulu une sœur, elle en avait une maintenant et ne pouvait qu'espérer que sa sœur l'accepterait.

Mais dans le cas contraire, elle passerait juste à autre chose.

— Dis-moi où elle est.

Elle voulait en finir.

— Ils sont allés voir le doc.

Elle fronça les sourcils.

— Pour quoi ?

— Ils n'ont rien dit, mais comme ils y sont tous les deux, tu peux te faire une putain d'idée. On sait tous ce qu'il en est.

Son souffle quitta lentement sa bouche grande ouverte tandis qu'elle digérait ses paroles.

— Le mariage n'a eu lieu qu'il y a quelques semaines.

Ozzy haussa les épaules d'un air désinvolte.

— Depuis quand il faut avoir la corde au cou pour se faire mettre en cloque ?

Jamais.

Putain de merde.

Plus de liens qui la retenaient à Manning Grove. Une future nièce ou un futur neveu. Sa famille s'agrandissait plus vite qu'elle ne l'aurait jamais imaginé.

Mais elle ne pouvait pas appeler Stella, ni même Trip, s'ils étaient chez le gynécologue, même si Ozzy lui donnait son numéro.

Elle allait devoir attendre leur retour. Même espérer qu'ils reviennent.

Elle avait le numéro de Dodge, elle lui enverrait un texto pour lui demander de lui dire si Stella se présentait là-bas au lieu de rentrer chez elle après leur rendez-vous.

À part ça, elle devait juste être patiente. Elle avait passé les deux dernières années à espérer découvrir qui était son père. Maintenant qu'elle le savait, elle pouvait attendre encore un peu avant de parler à sa sœur.

— Donc, si Stella est ta sœur, ça veut dire qu'elle va faire de toi une tata. Une raison de plus de rentrer là où est ta place, dit-il. Je dois retourner à l'auberge. Tu viens ? ajouta-t-il d'un air satisfait.

Est-ce qu'il voulait coucher avec elle ? Pour quelle autre raison voudrait-il qu'elle vienne avec lui ?

Elle secoua la tête.

— Non, Ozzy, je ne vais pas faire ça.

Sa mâchoire se crispa et ses yeux devinrent aussi froids que l'acier. Il hocha la tête.

— Tu sais où me trouver quand t'auras parlé à notre prez et à sa vieille dame et qu'ils t'auront expliqué comment ça se passe ici. Je laisserai la porte ouverte.

Il tourna les talons et se dirigea vers la porte d'entrée de la chapelle du Fury.

— Je ne serai pas là, Ozzy, murmura-t-elle en le faisant s'arrêter dans son élan.

Il fixa la porte un long moment, le corps si tendu qu'il avait l'air d'une statue de pierre.

Il jeta un coup d'œil par-dessus son épaule.

— Tu m'as même pas laissé une putain de chance, Liz, puisque t'as même pas eu les couilles de me dire que tu partais. Maintenant, t'as une raison de rentrer à la maison et d'y *rester*...

Le silence envahit l'espace entre eux.

Après un moment, il se retourna vers la porte. Elle entendit à peine ses derniers mots, qui lui firent l'effet de coups de couteau transperçant sa poitrine et se logeant dans son cœur.

— Pour l'amour du ciel, bébé, je me sens pas à la maison sans toi.

Il ouvrit brusquement la porte, sortit à grands pas et la claqua derrière lui.

Chapitre Seize

LE GRONDEMENT des pots d'échappement creusa un profond sillon dans sa poitrine, à l'endroit où son cœur tentait déjà de percer un trou béant.

Elle n'avait presque plus d'ongles, tant elle les avait rongés.

Elle n'avait plus de vernis, tant elle l'avait gratté nerveusement.

Elle n'avait plus de gloss, tant elle s'était mordu la lèvre inférieure.

Depuis une heure et demie, elle se servait de son pied pour faire balancer le fauteuil à bascule tout en fixant l'espace se trouvant entre la ferme de Trip et Stella, et La Grange.

Heureusement, à part Ozzy, elle n'avait vu qu'une seule personne pour le moment, et c'était le prospect Croquette. Il lui avait adressé un regard étrange et un léger hochement de tête alors qu'il passait devant la maison sur sa meule pour se rendre à la remise où il la garait. Mais ça remontait à quarante-cinq minutes.

À présent, elle espérait que le bruit de la Harley à l'approche annonçait l'arrivée de Trip. La moto descendit l'allée, puis ralentit et Liz garda les yeux rivés sur le coin de la maison, attendant l'image qui la délivrerait de son attente interminable.

Quand elle vit qui c'était, son cœur resta logé dans sa gorge.

C'était le moment.

Deux paires de lunettes de soleil foncées se tournèrent vers elle lorsque la meule tourna au coin du porche et s'arrêta devant.

Trip posa la béquille au sol et coupa le moteur, sans quitter Liz des yeux.

Liz espérait de tout son cœur qu'Ozzy ne les avait pas prévenus avant elle. S'il avait fait ça, elle ne le lui pardonnerait jamais.

Elle avait du mal à lire l'expression de Stella, vu que la moitié inférieure de son visage était couverte d'un bandana noir à motifs cachemire. Quand elle le baissa et releva ses lunettes de soleil sur le haut de sa tête, Liz vit sans peine la confusion de Stella et sa surprise de la voir assise sur le porche arrière de chez elle.

Trip aida sa vieille dame à descendre de la moto avant de descendre à son tour, puis ils s'approchèrent de la maison, unis, leurs doigts entrelacés.

Le véritable amour.

Des âmes sœurs.

Liz n'était pas certaine que les âmes sœurs existaient avant le mariage du couple ; et les voir tous les deux, prêts à mettre au monde leur premier enfant, renforçait sa conviction que ces deux-là étaient faits l'un pour l'autre.

Trip devait être aux anges.

Liz n'était pas sûre que Stella soit aussi excitée, car elle avait entendu dire que la femme du prez avait perdu un enfant il y a des années. C'était pour cette raison qu'elle ne s'était pas empressée d'offrir à Trip les bébés qu'il désirait tant. Elle avait besoin de plus de temps pour guérir et pour que sa relation avec Trip se consolide.

Liz se demandait si une mère pouvait guérir complètement après avoir perdu un enfant. Probablement pas. Une telle perte devait laisser un vide immense dans le cœur de n'importe qui pour le reste de sa vie.

Mais l'enfant que Stella avait perdu était aussi la nièce ou le neveu de Liz. Elle espérait qu'un jour, Stella se sentirait assez à l'aise avec elle pour lui en parler. Mais Liz comprendrait si ce n'était pas le cas et ne pousserait jamais sa sœur à le faire.

Elle se leva du fauteuil à bascule alors qu'ils montaient les marches du porche et ils s'arrêtèrent tous les deux devant elle.

Aucun ne dit un mot, mais Liz pouvait lire les questions qu'ils avaient dans la tête et que leurs visages exprimaient malgré eux, surtout celui de Trip.

— Je parie que vous ne vous attendiez pas à me voir poireauter devant chez vous, dit Liz avec un rire sec et gêné.

Trip pencha la tête sur le côté avant de répondre.

— Je peux honnêtement dire que je ne m'attendais pas à ce que tu reviennes. Je pensais que tu t'imaginais que l'herbe était plus verte dans le sud. Apparemment, c'est pas le cas.

— Ils voulaient que tu sois un joli cul ? demanda Stella, sans cacher sa surprise.

Liz secoua la tête.

— Pas du tout.

— Alors je sais pas pourquoi t'es sur notre porche. Il y a un problème avec les Angels dont tu dois nous parler ? demanda Trip.

— Non, pas de problème, du moins pas que je sache. Je... je suis venue parler à Stella... Enfin, à vous deux.

Trip fronça les sourcils et jeta un rapide coup d'œil à sa vieille dame. Stella, à l'inverse, haussa ses sourcils foncés. Comme elles n'avaient jamais eu aucune relation auparavant, pas même une relation amicale, Liz comprenait pourquoi elle semblait confuse. Peut-être même méfiante.

— Mais d'abord, commença Liz, j'ai entendu dire que des félicitations étaient de mise.

Trip plissa les yeux et, quelques instants plus tard, s'adressa à Liz.

— Qui te l'a dit ?

Elle ne balancerait jamais Ozzy.

— Apparemment, le fait que tu accompagnes Stella chez le médecin était un énorme signal lumineux.

— Putain, laissa échapper Trip en baissant la tête vers ses bottes.

Il secoua la tête et la releva.

— Honnêtement, on pensait tous que ça arriverait peu après le mariage, donc personne ne sera surpris.

Les coins de la bouche de Trip se crispèrent.

— C'est encore tôt, je voulais que personne le sache pour le moment.

— Je t'avais dit que t'aurais dû me rejoindre là-bas, dit Stella avec un soupir en tapotant le ventre de son homme sous son cuir ouvert. Je suppose que maintenant, tu peux aller courir le crier sur tous les toits comme tu voulais le faire.

Il se gratta la nuque.

— Je pensais louer un de ces avions avec des banderoles. Un qui annoncerait en lettres capitales : « J'ai un putain de fils ! »

Stella ricana doucement.

— Tu sais que tu ne peux pas le garantir, n'est-ce pas ? Carly t'a déjà rappelé au moins vingt fois que tu as une chance sur deux d'avoir une fille.

— J'emmerde les statistiques. Si ça vient de mes couilles, ce sera un garçon.

Liz et Stella échangèrent un regard, puis Stella leva les yeux au ciel avant de s'adresser à Liz.

— Juste pour clarifier les choses, au cas où tu te poserais la question, le sperme vient bien de ses couilles.

Liz rit, ce qui détendit légèrement la tension qui lui nouait l'estomac.

— Ouais, eh bien. Je veux deux garçons, s'il faut que j'aie dix filles avant d'avoir mes deux garçons, alors c'est ce qui arrivera.

— Continue de croire ça, l'étalon, dit Stella en soupirant. T'auras ce que t'auras, et c'est tout. N'oublie pas, ce sont tes nageurs qui décident du sexe du bébé.

— C'est pour ça que j'ai dit ce que j'ai dit.

Stella secoua la tête.

— Enfin bref... Tu nous attendais pour une raison, Lizzy. T'as dit que tu voulais me parler. Qu'est-ce qu'il se passe ?

— Liz, s'il te plaît. Lizzy était un joli cul, et je n'en suis plus une.

Elle n'avait jamais beaucoup aimé le surnom Lizzy, c'était donc le moment idéal de dire aux gens de cesser de l'utiliser.

Trip la fixa longuement.

— T'as complètement chamboulé Ozzy.

Avant que Liz puisse répondre, Stella intervint.

— Eh bien, on dirait que quelqu'un s'est pointé et a ravi le cœur de cette femme. Tu ne peux pas lui en vouloir d'être partie.

— Quelqu'un s'est pointé, a tiré le tapis sous les pieds d'Ozzy et l'a fait tomber sur son cul alors qu'il ne s'y attendait pas, corrigea Trip. On pourrait dire que quelqu'un l'a fait se *crasher*.

Le regard de Liz vacilla entre les deux membres du couple.

— Il aurait dû s'y attendre.

Stella haussa les épaules, pas inquiète du tout.

— Il a eu *tout le temps* de faire de Liz sa vieille dame s'il le voulait. Il ne l'a pas fait, tant pis pour lui.

Liz décida d'intervenir.

— Ça n'a jamais été comme ça entre nous.

Trip rit sèchement, mais ne répondit pas. Il frappa une fois dans ses mains.

— Bon, je crève de faim et il faut que je mette un peu de bouffe dans le bide de ma femme pour que mon gamin mange aussi. Qu'est-ce que tu veux de nous ?

— Quelques minutes de votre temps.

En réalité, il lui faudrait plus de quelques minutes, mais ce serait déjà un bon début.

— Balance, dit Trip.

Ce n'était pas une conversation anodine, donc elle n'était pas certaine qu'elle doive avoir lieu sur le porche.

— C'est quelque chose dont on devrait parler à l'intérieur, non ? demanda Stella, en voyant l'hésitation de Liz.

Cette dernière haussa la tête, la nausée qui lui retournait l'estomac faisait un retour impromptu.

— Trip, et si on entrait et que tu nous préparais à dîner.

Le président de Fury ouvrit la bouche en fixant Stella. Son regard se porta ensuite sur Liz avant de revenir sur sa femme.

— Merde, murmura-t-il lorsqu'il comprit que ce dont Liz voulait parler devait être sérieux.

Il retira sa casquette de baseball noire, se passa les doigts dans les cheveux et la remit comme à son habitude. Ensuite, il hocha la tête, puis se dirigea vers la porte arrière qui menait à la cuisine et la tint ouverte pour laisser entrer Liz et Stella.

Elle suivit Stella à l'intérieur. Non seulement un bébé allait changer la vie de sa sœur, mais la révélation de Liz aussi. Elle inspira profondément par le nez, essayant de calmer son estomac remué.

— Assieds-toi, dit Stella en tirant une chaise pour que Liz s'installe à la table de cuisine que le grand-père de Trip avait fabriquée à la main plusieurs décennies plus tôt.

Liz adorait cette vieille ferme. Au cours des deux dernières années, Trip avait fait beaucoup de travaux pour la préparer à accueillir sa progéniture. Elle imaginait déjà deux petits garçons pleins d'énergie se courant après autour de cette table tandis que leur père leur préparerait un bon goûter au comptoir.

Ses yeux se mirent à picoter. Elle ignorait si c'était parce qu'elle allait peut-être passer à côté de tout ça ou parce qu'elle voulait la même chose elle-même.

Elle avait trente-deux ans et avait le temps de se décider, mais elle ne pouvait pas attendre trop longtemps non plus. Et elle n'avait aucune idée de ce que Crash pensait d'avoir des enfants. Il avait atteint la quarantaine sans en avoir. Elle s'en était même assurée un soir en lui posant la question directement. Il lui avait répondu avec une conviction totale, donc Liz ne s'attendait pas à voir surgir de nulle part une portée de mini-Crash.

Mais est-ce que ça voulait dire qu'il n'en voulait pas du tout ? Est-ce qu'il pensait qu'il était trop vieux pour élever des enfants ? Les enfants demandaient beaucoup de travail et d'énergie...

Le bruit d'une autre chaise raclant le parquet la tira de ses pensées. Des pensées très prématurées vu la nouveauté de sa relation avec Crash.

Des pensées qu'elle n'avait jamais envisagées avant.

Stella s'installa en face d'elle après avoir posé un verre rempli de glaçons et de thé glacé devant elles deux.

— Pourquoi est-ce que j'ai l'impression que je dois me préparer au pire ? demanda Stella avant de prendre une gorgée de thé.

Trip était occupé à prendre des trucs dans le frigo, mais Liz était certaine qu'il avait l'oreille tendue. Si cette conversation concernait sa femme, alors elle le concernait aussi. C'était comme ça qu'était Trip. Protecteur et possessif. Surtout envers Stella.

Maintenant qu'elle portait son enfant, il risquait d'être encore plus intense.

Liz savait aussi qu'il était attentif même quand il n'en avait pas l'air. Comme maintenant.

C'était le signe d'un bon leader. Il était toujours au courant de tout ce qui concernait sa famille du Fury.

Liz n'avait aucun doute sur le fait que, malgré son tempérament explosif, il ferait un excellent père. Il savait de première main ce qu'était un mauvais père et elle savait qu'il ne voulait en aucun cas suivre l'exemple de Buck. Tout comme Judge ne voulait en aucun cas ressembler à Ox. Le Sergent d'Armes du Fury ferait tout ce qui était en son pouvoir pour être un bon père pour Daisy et Ry, et pour tous les futurs enfants qu'il aurait avec sa vieille dame Cassie. Trip également.

La famille.

Ce mot était si important. Surtout en ce moment.

— Je vais juste arracher le pansement, murmura Liz en grattant le dernier coin de vernis à ongles restant sur son majeur.

Stella posa la main sur celle de Liz pour l'empêcher de continuer.

— Tu vas me rendre nerveuse si tu ne le fais pas.

Liz leva la tête et croisa le regard de sa sœur. *Sa sœur.* Elles ne se ressemblaient pas du tout. Liz était blonde, Stella avait les cheveux noirs avec des mèches bleues. Les yeux de Liz étaient marron, ceux de Stella étaient bleus. Quiconque les regardait ne croirait jamais qu'elles étaient sœurs. Pour cette raison, Stella était la dernière personne dont elle se serait imaginée partager le sang. Un des gars, oui. Mais la femme assise en face d'elle, non.

C'était aussi la raison pour laquelle les résultats qu'elle avait reçus plus tôt dans la matinée étaient si surprenants.

Assise dans cette cuisine, Liz était maintenant très heureuse de n'avoir jamais couché avec Trip. Lorsque Liz était arrivée à la ferme ce soir-là, quelques années plus tôt, Trip avait déjà pris Stella comme vieille dame.

— Liz, murmura Stella en fronçant les sourcils. C'est à propos de moi, n'est-ce pas ? Pas de Trip ?

Elle hocha la tête.

— Oui.

Liz jeta un rapide coup d'œil à Trip, qui était occupé à préparer le dîner à moins de trois mètres d'eux. Il entendrait tout, et c'était normal.

— OK, alors écoute-moi jusqu'au bout, commença-t-elle.

Même si Stella pensait que Liz s'adressait à elle, elle s'adressait en réalité à l'homme qui s'affairait au comptoir.

— Quand j'ai appris que Trip ressuscitait le Fury, je suis venue ici le premier soir pour voir ce qu'il se passait exactement, mais je suis restée parce que... Eh bien, pour deux raisons, en fait. La première, parce que c'était une soirée sympa qui est devenue bien plus. La possibilité de coucher avec qui je voulais, quand je voulais, sans être jugée, était un gros plus pour moi.

Lorsque Liz hésita, Stella hocha la tête pour l'encourager à continuer.

— Et la seconde ?

— Quand j'ai eu dix-huit ans, ma mère m'a raconté une histoire à propos d'un MC avec lequel elle avait fait la fête pendant quelques nuits après avoir elle-même eu dix-huit ans. Elle était un peu délurée à l'époque...

Du coin de l'œil, elle vit Trip se figer complètement. Même s'il ne se retourna pas.

Stella s'adossa au dossier de sa chaise, le regard empreint d'inquiétude et d'angoisse.

— Le Fury ?

Liz hocha la tête.

— Ils l'ont violée ? demanda Stella doucement.

Compte tenu de ce qu'elle savait des Originels, Liz ne

fut pas surprise que ce soit sa première pensée. Même Trip se crispa, arrêta ce qu'il était en train de faire et se retourna.

Liz secoua la tête et essaya de l'ignorer pour se concentrer sur Stella.

— Non. Elle y est allée de son plein gré avec des amies et elle m'a dit que tout ce qu'elle a fait ces nuits-là, elle l'a fait volontairement. Je pense pas qu'elle ait menti là-dessus.

Trip sembla se détendre, mais seulement un chouia.

Stella fronça les sourcils.

— D'accord, alors pourquoi est-ce que c'est important maintenant ?

— Parce que…

Liz prit une profonde inspiration pour se donner du courage.

— Parce qu'elle a couché avec un tas de membres du Fury pendant ses soirées à la remise. Une de ces nuits-là, il y a eu un…

— Un putain de gang bang, grogna Trip en s'éloignant du comptoir pour les rejoindre à table. Ça arrivait tout le temps. Au moins, elle a participé de son plein gré, beaucoup de filles n'étaient pas consentantes, mais ça n'avait aucune importance pour les Originels. Ils étaient violents dans tous les cas.

Les imaginer violer des femmes en groupe, voire des filles, fit frissonner Liz. Elle ne serait pas restée dans le club actuel s'ils étaient toujours comme ça. Elle était heureuse qu'ils aient changé. Qu'ils aient insisté pour s'améliorer.

Le président du Fury tira une chaise du bout de la table, la fit pivoter et s'assit dessus à califourchon. Il croisa les bras sur le dossier.

— Continue.

Elle le fixa pendant quelques secondes avant de reporter son attention sur sa demi-sœur. Au visage de Stella, Liz comprit que la femme se doutait déjà de la suite, mais elle resta silencieuse, laissant Liz exposer les faits clairement.

— Ce matin, j'ai découvert que Crazy Pete est... *était* mon père.

Un silence complet envahit la cuisine. Trip la fixa, jeta un rapide coup d'œil à sa femme, puis reporta son regard sur Liz.

Stella cligna des yeux plusieurs fois.

— Tu en es sûre ? demanda-t-elle ensuite.

Liz hocha la tête.

— À 99,99 %.

Stella écarquilla les yeux.

— T'as fait un test ADN ? Comment ?

Liz pinça les lèvres.

— C'est la seconde raison pour laquelle je suis devenue un joli cul.

— T'as prélevé notre putain d'ADN à notre insu ? aboya Trip.

Stella attrapa l'avant-bras de Trip et le serra. Tout le club savait que le toucher de sa femme avait généralement le don d'apaiser ses démons.

— Trip, arrête. Laisse-la s'expliquer.

— Pas le tien, poursuivit Liz, mais celui de Sig. De Judge. De Dutch. Et même d'Ozzy, par mesure de sécurité.

— Tous ceux que t'as baisés, conclut Trip avant de se passer une main sur la bouche.

Cette remarque n'aurait pas dû la déranger. Ça n'avait jamais été le cas avant, car elle n'avait jamais eu honte de son rôle au sein du club. Mais pour une raison quelconque, les mots de Trip lui rougirent les joues.

— Tous ceux qui ont un lien de parenté avec les Originels.

— Mais..., commença Stella en fronçant les sourcils.

— Avant que je... Avant qu'on...

Elle agita la main devant elle, espérant que Stella comprenne ce qu'elle essayait de dire sans avoir à le formuler clairement.

— Et, heureusement, vous deux, vous ne m'avez jamais invitée dans votre lit, ajouta Liz en fermant les yeux une seconde. Dieu merci.

Un son rauque remua la gorge de Stella.

Trip se pencha en avant sur sa chaise.

— Alors, comment tu t'es débrouillée pour trouver le putain d'ADN de Pete ? Tu l'as pris sur son cuir ?

— Non, j'ai pris quelques cheveux de Stella dans un peigne de Teddy.

Stella écarquilla les yeux.

— Le jour de notre mariage ?

Liz hocha la tête.

— Oui.

— Donc... on est sœurs.

— Demi-sœurs, corrigea Trip en se levant brusquement de sa chaise. Mais putain de merde ! Depuis tout ce temps, tu savais que t'étais la fille d'un Originel et t'as jamais rien dit ? C'est plus ça qui me met en rogne que d'apprendre que t'es la fille de Pete.

Il se mit à faire les cent pas dans la grande cuisine rustique.

— Tu ne nous faisais pas assez confiance pour venir nous en parler. T'as gardé ce secret pendant tout ce putain de temps.

Les secrets n'étaient pas une nouveauté au sein du Fury, mais elle savait que celui-ci mettrait Trip en colère.

— Et t'aurais fait quoi si t'avais su, Trip ? lui demanda Liz.

— Je t'aurais pas donné un putain de cuir pour Noël comme les autres jolis culs, voilà ce que j'aurais fait. Pour l'amour du ciel, si j'avais su, t'aurais même jamais été un joli cul. Bon sang !

— C'est ce que je pensais, t'aurais essayé de me contrôler. C'est exactement pour ça que je ne voulais pas que quelqu'un l'apprenne avant que je sois certaine de qui c'était.

Trip s'arrêta de faire les cent pas et se retourna vers Liz.

— Oz était au courant ?

Maintenant, elle était contente qu'il n'ait jamais su, qu'elle ne lui ait jamais révélé ce secret, même si elle avait été tentée de le faire à plusieurs reprises. S'il l'avait su, il aurait été la cible de la colère tempétueuse de Trip.

— Non. Je ne lui ai rien dit non plus.

— Et si tu l'avais jamais découvert ? Et si c'était aucun de nous ou que c'était pas Pete ? T'aurais gardé le secret pour toujours ? demanda Trip, le visage rougissant et ses yeux sombres brillant comme des éclats de verre.

— Je sais pas. J'espérais découvrir quel Originel il était, mais si je ne l'avais jamais su... Est-ce que ça aurait eu de l'importance ?

Trip cligna des yeux.

— Non, ça n'aurait pas eu d'importance, répondit Stella à la place de son vieux tout en le surveillant du coin de l'œil, car il avait tendance à s'enflammer spontanément. Mais maintenant qu'on le sait, souffla-t-elle, qu'est-ce qu'on fait ?

— Je sais pas, dit Liz honnêtement. J'espérais qu'on pourrait construire une relation.

La femme assise en face d'elle fronça les sourcils.

— On en avait déjà une.

— Non, Stella, on n'en avait pas. Tu ne manques peut-être pas de respect aux jolis culs, mais tu ne te lies pas d'amitié avec elles non plus. Je ne dis pas que tu aurais dû le faire ou que tu devrais le faire à l'avenir. Ton statut dans ce club est bien supérieur au leur. Tu *es* la reine de Trip. Mais la vérité, c'est que j'étais l'un de ces jolis culs, alors même si on avait des rapports cordiaux, on n'a jamais été proches. Ça ne me dérangeait pas, parce que je savais que si je disais à quelqu'un pourquoi j'avais choisi de devenir l'une d'entre elles...

Elle jeta un coup d'œil à Trip, puis tourna les yeux vers

Stella pour faire passer un message tacite. Stella hocha la tête.

— Honnêtement, tout ça n'a plus d'importance maintenant. Ce chapitre de ma vie est clos et j'en ai entamé un nouveau.

— Avec Crash ? demanda Stella, surprise.

— Avec toi comme sœur. J'adorerais apprendre à te connaître un peu mieux. *Vraiment* te connaître. Passer du temps avec toi. Peut-être que tu pourrais m'en dire plus sur Pete. Mais je te laisse prendre cette décision. Ne te sens pas obligée. Je comprendrais que tu ne veuilles pas que je fasse partie de ta vie.

Quand elle finit de parler, un silence s'installa entre elles tandis que Stella réfléchissait à ce que Liz venait de dire.

— Bien sûr que j'aimerais apprendre à te connaître. Tu fais partie de ma famille, peu importe comment tu as été conçue.

Stella posa une main sur son ventre.

— Tu vas avoir une nièce qu'il faudra que tu apprennes à connaître aussi.

Trip poussa un soupir bruyant.

La réaction du motard fit sourire Stella, puis elle redevint sérieuse rapidement.

— Je sais que je devrais être choquée par tout ça, mais honnêtement, je ne le suis pas. Vu comment étaient les Originels, c'est pas surprenant du tout. Je suis sûre qu'il y a d'autres enfants nés des Originels dans la nature.

Elle rit sèchement.

— Bon sang, on pourrait avoir d'autres frères et sœurs toutes les deux. Malheureusement, le mot « fidèle » ne faisait pas partie du vocabulaire des Originels.

Elle inclina la tête vers son mari.

— Trip et Sig pourraient aussi avoir plus de frères et sœurs que ceux qu'ils ont déjà. Je ne serais même pas surprise que les Originels aient engendré toute une armée.

— Ça ne m'étonnerait pas non plus, dit Trip. Je persiste à dire qu'il y en a d'autres dehors. Je prie pour que d'autres se manifestent et rejoignent nos rangs. Mais je savais pas qu'il y en avait une qui se cachait parmi nous comme une putain d'espionne.

— Je suis désolée d'avoir dû m'y prendre comme ça, mais j'ai pensé que c'était la meilleure solution.

— Tu t'es trompée, dit Trip d'un ton froid.

— Trip, je comprends ce qu'elle dit et pourquoi elle s'y est prise comme ça. Mais passe à autre chose. C'est fait. Maintenant, on sait.

Stella se tourna vers Liz.

— T'es revenue juste pour me dire ça ou tu reviens pour de bon ?

C'était là que les choses pourraient se compliquer. Surtout avec Trip. Il voulait garder sa famille près de lui, autant la famille du Fury que sa famille biologique. Elle ignorait si c'était un instinct de membre des US Marines, le trait de caractère d'un leader, sa nature protectrice ou une combinaison des trois.

— Je suis là pour quelques jours... J'espérais que ça nous donnerait un peu de temps à passer ensemble...

— Je dois être au bar..., commença Stella.

— Ça ne me dérange pas de t'aider au bar pendant que je suis là, si tu veux bien. Je...

La mèche allumée finit par exploser.

— T'es ma putain de belle-sœur ! T'as le sang de Pete dans les veines ! T'es la sœur de Stella ! Tu vas être la tante de mon fils ! Tu devrais être propriétaire d'une partie de ce putain de bar !

Stella tourna brusquement la tête vers lui en entendant ses derniers mots.

Liz se plaqua la main sur la bouche. Propriétaire d'une partie du bar ?

Elle n'avait jamais imaginé que Trip utiliserait le bar

comme prétexte supplémentaire pour la garder à Manning Grove.

— Non ! dit Liz rapidement en secouant la tête. Non, c'est pas parce qu'un des nageurs de Pete a gagné la course dans une mer de sperme que je mérite une partie du bar. Je ne priverai jamais Stella de ce qui lui revient. C'est son bébé. Le bébé de son père. Je ne l'ai jamais connu. Je ne l'ai jamais rencontré. C'était un père pour elle, mais jamais pour moi.

— Il aurait pu l'être s'il avait su, dit Stella doucement.

— Peut-être. Peut-être pas. Mais ma mère pensait qu'il valait mieux que personne au Fury ne soit au courant. D'autant plus qu'elle n'avait aucune idée de qui était le père. Même si elle l'avait su, elle aurait peut-être gardé le secret. Elle disait qu'à l'époque... les choses étaient violentes.

Ni Trip ni Stella ne contestèrent ce fait. En fait, leurs visages en disaient long. Les choses auraient pu mal tourner, comme sa mère l'avait pensé. Elle aurait pu finir morte ou gravement blessée. Et Liz ne serait probablement jamais née.

Les Originels se seraient assurés de ça.

Sa mère avait fait ce qu'elle avait à faire pour que sa fille et elle survivent.

C'étaient ce qu'elles faisaient toutes. Chacune d'entre elles.

À l'époque, le Fury était un nid de vipères, s'attaquant aux autres et même aux leurs. C'était ce qui avait causé leur perte.

Elle n'avait jamais reproché à sa mère de ne pas lui avoir dit la vérité avant que Liz ne devienne officiellement « adulte ». Bien sûr, elle avait eu de bonnes raisons. Comme Liz était plus âgée lorsqu'elle l'avait appris, elle avait pu bien mieux comprendre les actions de sa mère.

Sa mère n'avait jamais eu honte de sa sexualité ni de ses

choix. Elle assumait ses actes et ses erreurs. Elle avait transmis cette façon de penser à Liz.

— Non, répéta Liz. Je ne veux pas d'une partie du bar, Trip.

Elle se tourna vers Stella.

— Mais j'aimerais t'aider cette semaine pour qu'on puisse passer plus de temps ensemble. Non pas comme un joli cul avec la femme du président, mais en tant que sœurs.

Stella ne cacha pas son soulagement. Quand elle est revenue à Manning Grove pour s'occuper du bar après la mort de Pete, Stella avait pensé être propriétaire de cette entreprise en faillite, mais il s'était avéré que non. Elle n'avait jamais su que le club avait financé le bar à l'époque, en encaissant la plupart des bénéfices en contrepartie. Ce n'était que lorsque le club avait disparu que Pete avait commencé à empocher les bénéfices lui-même. Quand Trip était revenu vingt ans plus tard et avait ressuscité le Fury, elle avait découvert que sans le club, le Crazy Pete n'aurait jamais existé.

Mais maintenant, ça n'avait plus d'importance. Stella faisait partie du club, elle était la reine, comme Trip aimait l'appeler, et elle en tirait profit, qu'elle soit propriétaire de la moitié du bar ou de la totalité. C'était également grâce à Trip que le bar avait été sauvé de la faillite et de la ruine.

Liz ne se rendit compte qu'elle retenait son souffle que lorsque Stella répondit finalement.

— J'adorerais. Et j'espère que tu reconsidéreras ta décision de partir après.

— Je…

Elle secoua la tête.

— J'ai fait une promesse.

— À Crash ? demanda Trip.

Liz s'attendait à une nouvelle mini-explosion du motard.

— Je sais que c'est très tôt, mais…

— Mais ? insista Trip.

— Je crois que je suis en train de tomber amoureuse de lui.

Les sourcils foncés de Stella grimpèrent sur son front.

— Il le sait ?

Liz expira doucement.

— Non.

— Tu vas lui dire ?

Est-ce qu'elle allait le faire ? *C'était* si prématuré. Tout était si nouveau.

Mais elle était également déchirée à l'idée de quitter Manning Grove. Elle voulait être avec Crash, mais elle voulait aussi être avec sa famille.

Même si Shadow Valley n'était qu'à quatre heures de route, c'était tout de même quatre heures de route.

Si elle repartait, elle ne serait pas là pour aider Stella avec le bébé. Après son départ, sa sœur et elle devraient apprendre à se connaître par téléphone ou texto. Ou même par appels vidéo.

Ça pourrait fonctionner. Toutefois, le plus grand obstacle serait Trip. Il pourrait réagir de deux façons : être totalement compréhensif ou camper sur ses positions et se montrer têtu comme une mule.

Elle avait déjà vu les deux côtés de sa personnalité.

Il avait le pouvoir de faciliter ou de compliquer les choses pour la relation que Stella et elle voulaient construire ensemble.

— Je t'ai laissée partir sans problème parce que j'ai toujours dit que les jolis culs pouvaient partir quand elles le voulaient. Pendant que vous êtes avec nous, on vous protège comme on protège les autres. Contrairement aux Originels, les jolis culs ne sont jamais obligées de faire quelque chose qu'elles ne veulent pas faire. Mais elles sont chez nous, ou dehors. C'est simple. Maintenant que je sais que t'es la fille d'un Originel et la sœur de ma femme, les choses sont différentes. T'es passée de la propriété du Fury à notre famille. Et tu sais ce que je pense de la famille.

Liz ouvrit la bouche, mais Trip leva la main pour l'arrêter avant de secouer la tête.

— J'ai pas fini. Les Angels sont nos alliés. J'aime pas l'idée que tu retournes chez eux, mais je la déteste pas non plus. Si Crash est ton homme, alors c'est ton homme. Ozzy ne va pas aimer ça, mais Stel a raison. Il aurait dû passer à l'action quand il en avait l'occasion. Il l'a pas fait, maintenant c'est trop tard. Malgré tout, Oz s'en remettra. Si les Angels n'étaient pas nos alliés, ce discours aurait été très différent, mais…

Il fit une pause.

— Je me dis que le fait que t'aies le sang du Fury dans les veines et que tu rejoignes les Angels ne fera que renforcer cette alliance. Donc, voilà… Je vais pas t'empêcher de partir, mais je veux que tu saches que t'auras toujours ta place ici si ça marche pas là-bas. Mais écoute-moi bien… Si ça marche pas, je te demande de partir discrètement et de ne pas faire de vagues en prenant la sortie. Je veux pas de tensions entre nos clubs. Le Fury, les Angels et les Knights doivent rester forts et unis, compris ?

Elle n'aurait pas pu répondre plus rapidement.

— Oui, dit-elle, soulagée que cette conversation ne tourne pas au vinaigre.

Quand Trip ne perdait pas le contrôle de ses émotions, c'était un homme très sensé. Liz l'avait toujours respecté pour avoir réussi à reconstruire un club qui n'était plus qu'un tas de cendres au fond d'un entrepôt rouillé. Ça n'avait pas été facile, surtout au début, quand il était le seul membre à essayer de tout remettre sur pied.

Mais penser à la façon dont le Fury était rené de ses cendres la fit se souvenir de l'énorme tatouage de phénix de Crash. Elle n'était partie que depuis quelques heures et il lui manquait déjà. Un autre signe que le morceau de son cœur qu'elle avait laissé à Shadow Valley était désormais à lui.

— Je lui ai fait une promesse, mais je vous ferai aussi une promesse à tous les deux. Je reviendrai à la maison quand le bébé sera né. Je garderai mon appartement à Parsington pendant quelque temps, pour que Crash et moi, on ait un endroit où séjourner, parce que je ne pense pas que ce soit une bonne idée qu'on dorme à l'auberge.

— Bonne idée, dit Stella. Ozzy s'en remettra. Tôt ou tard, lui assura-t-elle ensuite en soupirant.

C'était vrai, mais il fallait quand même que ce soit dit...

— Il ne m'a jamais laissé entendre que ce qui se passait entre nous était plus que ça. Pas une seule fois.

— Parce que c'est un connard borné qui a probablement refusé de se l'admettre.

Stella grimaça.

— Vous avez tous un côté borné.

Elle n'exagérait pas là-dessus.

— Je vais pas te contredire, répondit Trip. Je vais finir de préparer le repas, puis je vais aller filer un coup de main à Dodge pour que tu puisses rester là et faire tes trucs de sœur avec Liz. Tu ferais peut-être mieux de prévenir les autres filles aussi, pendant que t'y es.

La sororité.

Est-ce qu'elles l'accepteraient, elle qui était autrefois un joli cul et qui avait très probablement couché avec leur vieux ? Si oui... Sa famille continuerait de s'agrandir à un rythme effréné.

Elle espérait qu'elles l'accepteraient, mais elle comprendrait parfaitement qu'elles refusent de le faire. Elle espérait aussi que la sororité du MCDA accepterait qu'un joli cul s'installe parmi elles. Crash lui avait dit que oui et elles semblaient être accueillantes pour le moment, mais c'était un homme et les femmes avaient tendance à penser différemment.

Le vide dans son cœur, laissé par le départ de sa mère et de son beau-père à l'étranger, se comblait rapidement. Elle réalisa qu'elle devait décider quoi dire à sa mère. Pas seulement à propos de Crazy Pete et Stella, mais aussi à propos de Crash.

Heureusement, sa mère voulait juste voir sa fille heureuse.

Et elle l'était.

Mais elle aimerait tout de même faire la paix avec Ozzy avant de s'en aller.

Elle n'avait jamais ressenti de jalousie en voyant Ozzy avec d'autres femmes. Elle n'aurait pas été bouleversée qu'il ne lui demande plus de se glisser dans son lit pratiquement tous les soirs. C'était comme ça qu'elle avait compris qu'il n'était pas son homme.

L'autre soir, lorsqu'elle avait vu un joli cul du MCDA se coller contre Crash et flirter avec lui avant qu'il ne lui dise de déguerpir, elle avait ressenti quelque chose qu'elle n'avait jamais éprouvé avant... de la jalousie. Mais ce n'était pas une jalousie du genre « je vais te crever les yeux, salope, pour avoir regardé mon mec », mais plutôt une douleur qui voulait dire « je serais blessée si tu tombais amoureux de quelqu'un d'autre ».

Non. Pas de la douleur.

De la dévastation.

Il lui avait dit qu'elle était son rayon de soleil, mais elle avait compris à ce moment-là, dans cette cuisine de Manning Grove, que sa lumière s'éteindrait si un jour il se lassait d'elle. Ou s'il réalisait avoir fait une erreur en sortant avec le joli cul d'un autre club.

Ancien joli cul.

Si les choses changeaient avec Crash, elle doutait pouvoir endosser ce rôle à nouveau, non pas que Trip le permettrait.

Malgré tout, même si elle avait toujours adoré le sexe,

être avec Crash ces dernières semaines lui avait montré que le sexe avec la bonne personne pouvait être tellement... plus.

Quelque chose qu'Ozzy n'aurait jamais pu lui offrir, même s'il avait voulu essayer.

Même si son cœur débordait de joie maintenant que Stella l'avait acceptée et qu'elle allait bientôt devenir tante, elle avait laissé une partie de son cœur à Shadow Valley. Donc non, elle ne pouvait pas rester ici. Elle retournerait auprès du motard qui l'attendait.

Elle tiendrait la promesse qu'elle avait faite à l'homme qui l'avait acceptée telle qu'elle était. Pour ce qu'elle était.

Et qui ne l'avait jamais jugée.

Chapitre Dix-Sept

— Elle en a eu marre de tes conneries, hein ? Qu'est-ce qui l'a poussée à rentrer au bercail ? Ton micro-pénis ou le fait que tu l'obliges à vivre dans ton taudis ?

— Tu veux dire le taudis qui nous appartient à tous ? demanda Crash à Hawk, qui se trouvait derrière le bar, appuyé contre le comptoir et arborant un sourire de petit con.

Enfoiré.

— J'ai jamais obligé ma femme à passer la nuit là-haut, poursuivit le vice-président. J'ai plus de bon sens que ça.

Ouais, mais Crash avait souvent vu le mec traîner Kiki à l'étage pour la baiser quand ils s'étaient rencontrés et qu'il lui courait après en haletant comme un chien enragé.

— T'avais déjà ton propre appart, connard, grogna Crash.

— Ouais, mais t'as la putain de quarantaine maintenant, enfoiré. Il est temps que tu commences à te comporter comme un putain d'adulte. C'est pas une petite paumée de dix-huit balais à la recherche d'un bon coup. Elle a besoin de quelqu'un qui a des poils aux burnes.

— Peut-être qu'il n'en a pas encore, dit Linc avec un

sourire aux lèvres en se plaçant à côté de Hawk avant de poser une bière devant Crash.

— Écoute, *gamin*, être capable de produire des bambins à la chaîne ne fait pas de toi un homme, rappela Crash à Linc.

Il n'était pas venu à La Taverne du Cheval d'Acier pour se faire insulter. Il était venu pour trouver un peu de compagnie vu qu'il se sentait un peu seul depuis le départ de Liz. Mais il ne comptait certainement pas l'avouer à ces trous de balle. L'excuse qu'il avait trouvée pour venir boire en public était le match des Pirates diffusé sur les écrans géants. Même s'il n'avait absolument rien à foutre du baseball.

Il devrait juste retourner au bar privé de la chapelle et boire avec Grizz. Ou aller au Paradis des Anges et passer quelques heures avec Moose.

Ou se bouger le cul et se mettre à chercher un appart.

Mais il ne voulait pas se trouver d'appartement pour le moment. Pas avant d'être certain que Liz reviendrait. Il ne voulait pas non plus se porter la poisse en mettant la charrue avant les bœufs.

Coop les rejoignit et jeta une page du journal local sur le bar devant lui.

— Les petites annonces. Plein d'endroits à louer, espèce de putain de radin. Sors un peu du blé qui moisit dans tes poches.

— C'est pas donné, grommela Crash.

Linc ricana et se dirigea vers le comptoir pour servir un autre client.

— T'es juste flemmard, alors, dit Coop.

— Tu vis toujours à l'étage, connard.

Coop haussa les épaules et Hawk attrapa le journal avant de le froisser.

— Il ne va pas louer de putain d'appart. Il quitte la chapelle et emménage dans le complexe.

Crash grimaça. Même si le quartier résidentiel appartenait au club, acheter le terrain et construire une maison n'était pas donné. Ouais, il paierait le club, mais juste parce que c'était *sans intérêts* ne voulait pas dire que c'était gratuit. Une maison de la même taille que celles du reste du quartier coûtait une blinde, car la plupart étaient assez grandes pour accueillir une famille. Ou, dans certains cas, une petite armée.

Z ou Hawk ne le laisseraient jamais installer une de ces maisons miniatures sur l'une des parcelles.

Il n'avait pas besoin de quelque chose de gigantesque. Il n'avait pas de famille.

Il ne voulait que Liz.

Il n'avait besoin que d'un lit confortable, de chiottes et...

Une putain de minute. Est-ce qu'elle voulait des enfants ?

Pour l'amour du ciel, il ne lui avait même pas posé la question. Il avait la quarantaine, elle la petite trentaine. Elle en voulait peut-être.

Putain. Ça allait peut-être devoir être une conversation. Et bientôt.

Il devait aussi décider si c'était ce qu'il voulait, *si* c'était ce qu'elle voulait.

Il n'avait jamais voulu de femme ni d'enfants avant, et maintenant... *Bon Dieu,* il se mettait soudain à regretter d'avoir mis le pied dans ce bourbier. Son cerveau devait avoir buggé encore une fois.

— De toute façon, elle n'est pas partie pour de bon. Elle devait juste annoncer une nouvelle au prez du Fury et à sa vieille dame.

Putain. Il n'aurait peut-être pas dû laisser échapper ça.

— Quelle nouvelle ? demanda Hawk en posant ses paumes sur le comptoir avant de s'y appuyer de tout son poids. Elle doit lui dire qu'elle a commis une grosse boulette en s'en allant avec un énorme crétin nommé Crash ? Elle est à genoux devant Trip en le suppliant de la reprendre en tant que joli cul ?

Crash fixa le grand mec à la courte crête iroquoise en se demandant ce qu'il pouvait se permettre de lui révéler. C'était la vie privée de Liz. Ce n'était plus un secret maintenant qu'elle l'avait appris à Stella, mais tout de même... Ce n'était pas à lui de raconter ça. N'est-ce pas ?

Mais comme il ne réagissait pas aux provocations de Hawk et ne répondait pas à sa question non plus, un muscle se contracta dans la joue du vice-président et ses yeux sombres se plissèrent.

— Je t'ai posé une putain de question, Crash. Je m'attends à une putain de réponse.

Il pourrait peut-être rester vague pour l'instant. Au moins jusqu'au retour de Liz.

— Elle a découvert quelque chose après son départ de Manning Grove.

Hawk se redressa d'un coup, passant instantanément en mode responsable du club.

— Autre chose que ton micro-pénis ? Quoi ? Quelque chose qui pourrait nous affecter ?

Crash prit son verre et but une longue gorgée de la bière pression Iron City. Il grimaça. Il aurait dû être plus précis et demander à Linc une Yuengling, au lieu de se contenter de n'importe quelle bière pression.

Hawk lui foutrait son poing sur la gueule s'il gaspillait la bière en la versant dans l'évier. D'autant plus qu'il buvait gratuitement. Il devait juste prendre ses couilles à deux mains, finir son verre, puis commander quelque chose de meilleur lors de la prochaine tournée.

— Rig t'a éjaculé dans les oreilles et les a bouchées ? T'es devenu sourd ou quoi ? grogna Hawk.

— Je t'entends, répondit Crash en soupirant. Ça la concerne. Si elle veut en parler, elle le fera à son retour.

Il haussa les sourcils et pencha sa tête tatouée sur le côté.

— Elle est dans ton lit maintenant ?

Il savait ce que Hawk voulait dire. La réponse était oui.

Il espérait juste que ça continuerait et que rien de ce qui se passait cette semaine à Manning Grove ne viendrait perturber ça.

— Ouais.

— Tu comptes la revendiquer à la table ?

Il hésita.

Linc revint et tapota le bar du bout des doigts.

— Il ferait mieux. C'est peut-être sa seule chance de se trouver une chatte permanente avant d'être assez vieux pour avoir une demi-molle permanente à la place.

— Ouais, faut les attraper tant qu'on peut. Tant que tout fonctionne comme il faut, ajouta Coop en passant.

— Ferme ta gueule, connard. T'as même pas encore de vieille dame.

— Je suis pas un vieux briscard comme toi, moi.

Coop s'attrapa l'entrejambe et le secoua.

— J'ai encore du temps avant que ma queue me laisse tomber.

Il pointa un doigt vers le ciel.

— Ton heure approche, frérot. Tic-tac, putain.

Il recourba lentement le doigt dans sa paume, mimant une bite en train de ramollir.

Connard.

Crash ramassa un sous-verre à proximité et le lança sur Coop, qui esquiva et rit en se déplaçant rapidement vers le comptoir, hors de portée.

Crash voulut prendre une autre gorgée de bière, mais Hawk lui prit la bouteille des mains.

— Pas de bière tant que tu craches pas le morceau.

Il se leva d'un bond.

— Grizz sera de meilleure compagnie. Allez tous vous faire foutre.

— Assieds-toi, putain ! rugit Hawk tellement fort que tous les clients du bar se turent un instant.

Il baissa la voix et se pencha vers lui.

— Laisse-moi te rappeler qu'on ne cherche pas de putain de problèmes entre les deux clubs. Alors tu ferais mieux de te mettre à parler. Je veux savoir ce qu'elle a découvert et comment ça va nous affecter.

Crash se rassit sur son tabouret et fit un geste du menton vers le verre de bière couvert de buée.

— Ça pourrait ne pas nous affecter du tout.

— Pourrait. J'aime pas ce mot.

Hawk repoussa la bière devant Crash.

— Explique.

Crash haussa les épaules et prit une autre gorgée de la bière Iron City en essayant de ne pas grimacer.

— C'est la fille d'un des membres fondateurs du Blood Fury.

Hawk se figea et se contenta de le fixer.

— Ouais, et ? demanda-t-il après quelques secondes.

— Et personne ne le savait. Enfin, elle était au courant, mais elle savait pas qui était son père. Elle savait juste que c'était un membre du Fury.

— Ouais, et ?

— Ouais, et...

— Me force pas à te foutre une putain de branlée, avertit Hawk.

— Ouais, tu veux pas qu'il te mette une branlée. Crois-moi sur parole. C'est pas aussi brutal qu'une branlée de Diesel, mais tu vas morfler pendant plusieurs jours, le prévint Coop à une distance de sécurité, deux clients plus loin.

— Apporte-moi une Yuengling et pas cette pisse de singe, ordonna Crash au jeune motard en repoussant le verre de bière pression.

— Bois ça d'abord, ordonna Hawk en la repoussant vers Crash.

Ce dernier attrapa une cigarette dans le paquet près de lui et avant qu'il ait pu la mettre entre ses lèvres, Hawk l'attrapa, la coupa en deux et la jeta au sol. Ensuite, tout en fixant Crash du regard, le vice-président du club l'écrasa sous sa botte.

Bon sang. Les cigarettes coûtaient une fortune.

— T'as de la chance que ce soit pas ton cou, frère, dit Linc en riant alors qu'il se faufilait derrière Hawk pour apporter quelques verres vides à la poubelle de recyclage qui se trouvait au bout du bar.

— Elle a découvert qu'elle était la sœur de Stella. Ou sa demi-sœur. Son père est un type qui s'appelle Crazy Pete. Ou plutôt qui s'appelait comme ça. Il est mort maintenant.

Hawk fronça les sourcils et passa l'arrière de son pouce dans l'une des profondes rides qui couvraient son front.

— Stella. C'est la nouvelle femme du prez, c'est ça ?

— Ouais.

— Putain, dit Hawk en se redressant et en se frottant la joue. Ça pourrait être une bonne chose.

Ce ne serait pas une bonne chose pour Crash si Trip prenait une décision radicale et obligeait Liz à rester à Manning Grove. Ou s'il essayait de le faire.

S'il lui imposait ça, Crash sauterait sur sa meule et ferait près de quatre heures de route vers le nord pour avoir une conversation avec lui.

— Z doit savoir, dit alors Hawk. Si elle veut vraiment être avec toi et que tu fous pas tout en l'air, ce serait un peu comme quand Caitie s'est mise avec Magnum. Ça renforcerait l'alliance. C'est un bon moyen de créer des liens familiaux entre les clubs. C'est une idée qui me plaît.

— Je fais pas ça pour des histoires d'alliances, dit Crash en fronçant les sourcils.

— Mais si ça aide le MCDA, c'est un putain de bonus.

Il pencha la tête et fixa Crash.

— Mais je me fais pas d'illusions, je doute que t'arrives à la garder. C'est un joli petit cul qui a plus de cervelle dans son petit orteil que toi dans tout ton gros corps de gorille.

— C'est pas un joli petit cul, grommela Crash.

Hawk haussa un sourcil.

— Ah ouais ? C'était pas un joli cul ?

— *Était*, ouais.

— Alors tu sais ce que ça veut dire.

Les deux sourcils de Hawk grimpèrent sur son front et il pinça les lèvres.

— Putain. Ça veut aussi dire qu'elle s'est peut-être tapé le vieux de sa sœur.

Crash secoua la tête.

— Stella portait déjà le cuir de Trip quand Liz a rejoint le club.

— Ça veut rien dire.

— C'est vrai. Mais tu les as vus tous les deux pendant leur week-end de mariage. Impossible que Trip ait trompé Stella. Et Liz m'a dit qu'elle ne l'avait jamais fait avec lui.

Hawk sourit.

— Putain, mon frère. T'as peut-être bien fait de la choper.

— On n'est pas une royauté, Hawk. Je vois pas en quoi ça ferait une putain de différence.

— C'est pour ça que t'as jamais siégé au comité exécutif. Tu vois pas plus loin que le bout de ton nez.

— Et ça veut dire quoi ça, putain ?

Hawk secoua la tête.

— S'il faut que je te l'explique, c'est que j'ai visé juste.

— Peu importe, marmonna Crash.

— Je pense que si t'as du bol et qu'elle revient, tu devrais la revendiquer à la table. Tu devras en parler au comité. On peut organiser une réunion spéciale pour ça.

— Mais putain, tu racontes quoi, Hawk ! Je me laisserai pas pousser à faire ça. Je ne la pousserai pas non plus.

— Tu feras ce qui est le mieux pour le club.

Crash se rassit et observa le grand mec de l'autre côté du bar.

— Qu'est-ce qu'elle sait faire à part des fella...

— T'as pas intérêt à finir cette putain de phrase, grogna Crash en lui coupant la parole.

Hawk sourit et hocha la tête.

— Ouais, tu viens de prouver que t'es accro. Arrête de faire comme si tu ne voulais pas la revendiquer. Tu l'as déjà fait, dit-il en se tapotant la tempe avec l'un de ses doigts épais. Ici.

Même si cet enfoiré disait vrai, il n'avait pas l'intention de lui donner raison. Il n'allait pas revendiquer Liz juste parce que les putains de responsables du club voulaient renforcer leurs liens avec le Fury.

Dans le MCDA, revendiquer une femme était comme lui passer la bague au doigt. Liz avait été célibataire toute sa vie, tout comme Crash. Ce n'était pas parce qu'elle l'avait suivi à Shadow Valley qu'elle voulait plus.

Elle avait dormi dans le lit d'Ozzy pendant deux ans et n'avait jamais souhaité rien de plus avec lui. Elle ne dormait dans le lit de Crash que depuis un peu plus de deux semaines.

Malheureusement, Hawk n'avait pas fini de lui casser les couilles.

— Je vois les signes. Tu sais pourquoi ?

Le vice-président pointa un doigt vers lui.

— Parce que j'ai été à ta place. J'ai failli tout foutre en l'air. Tu le sais quand tu le sais.

Il se pencha vers lui et continua à voix basse.

— Et *tu le sais*. Ne fous pas tout en l'air.

Tu le sais.

— On a tous une autre moitié quelque part. Kiki est la mienne. Est-ce que Liz est la tienne ? Je sais que t'as du mal à te servir de ta cervelle de moineau, mais essaie. Ça ne va pas juste être une bonne chose pour les deux clubs, mais pour toi aussi. Maintenant, j'ai fini de jouer au putain de Dr Phil.

Coop ricana à l'autre bout du bar. Hawk lui lança un regard qui fit taire le jeune motard.

Linc se glissa près de Hawk.

— Kiki est la meilleure chose qui soit jamais arrivée à Hawk. Jayde est la meilleure chose qui me soit jamais arrivée. La main droite de Coop est la meilleure chose qui lui soit jamais arrivée. Ne sois pas un Coop pour le restant de tes jours, mon frère.

Il sourit et s'éloigna plus loin dans le bar.

— Je vais pas te presser, mais réfléchis-y sérieusement, dit Hawk.

Le rein de Crash vibra et il fouilla rapidement dans la poche intérieure de son cuir pour attraper son portable, espérant que ce soit Liz.

Ce n'était pas elle.

Il fit glisser son doigt sur l'écran et porta le téléphone à son oreille.

— Quoi de neuf ?

— Kat a besoin d'un partenaire d'entraînement. T'es partant ?

— Pourquoi t'es pas dispo ? demanda Crash à Steel, l'un des anciens membres des forces spéciales de Diesel, Sécurité Dans l'Ombre.

L'Ombre, qui mâchouillait constamment un cure-dent, grogna à l'autre bout du fil.

— Je suis en mission.

Putain, même s'il avait besoin de se défouler et d'oublier un peu ce qui se passait avec Liz à Manning Grove, et de se vider la tête pour réfléchir sérieusement à ce que Hawk venait de lui dire, il n'aimait généralement pas s'entraîner avec des femmes.

Mais Kat n'était pas n'importe quelle femme. C'était l'une des raisons pour lesquelles elle pouvait se farcir le plus gros connard de l'équipe des Ombres, juste après le roi des connards en personne, Diesel.

— Ouais. Dis à Slade de m'envoyer un texto pour me dire quand.

L'appel coupa d'un coup. Typique de ces putains d'Ombres : raccrocher sans prévenir.

Il secoua la tête et prit une autre gorgée de la piquette devant lui.

— Il faut que j'aille cogner une femme qui a de plus grosses couilles que vous tous.

Hawk ricana.

— La dernière fois que t'as fait ça, on aurait dit que la reine du MMA t'avait utilisé comme sac de frappe.

Avant qu'il n'ait le temps de répondre, un SMS de Slade apparut sur son écran. *T'es partant pour un round sur le ring contre la championne ?*

Crash répondit : *Dis-lui de donner tout ce qu'elle a, frère.*

Il grimaça après avoir appuyé sur « Envoyer ». Il regretta instantanément sa réponse. Surtout quand Slade lui renvoya un emoji mort de rire, rapidement suivi d'une photo de Crash la dernière fois que Kat lui avait botté le cul. Il effaça le rappel malvenu et plaqua son portable sur le bar, l'écran vers le bas.

Kat était une jolie femme, mais ce qu'elle avait fait à Crash ne l'était pas.

Ouais, espérons que Slade ne lui ait pas transmis son dernier message, car il aimerait bien revoir le soleil.

Avec un peu de chance, ce soleil brillerait à nouveau sur lui très bientôt.

CRASH grogna en se déplaçant avec raideur dans la cour. Kat lui avait botté le cul et avait souri derrière son protège-dents pendant toute la durée du combat.

Il avait eu tout le mal du monde à sortir du lit ce matin. De son lit *vide*. Ça faisait presque une semaine que Liz était retournée à Manning Grove. À part quelques textos et de brèves conversations téléphoniques, elle ne lui avait pas dit quand elle reviendrait à Shadow Valley.

Comme elle ne l'avait pas fait, il perdait espoir.

Elle avait été occupée à aider Stella au Crazy Pete afin de passer le plus de temps possible avec sa sœur.

Crash était heureux que tout se passe bien entre elles, mais dès qu'il avait appris que Stella était enceinte, son estomac s'était noué. Elle avait désormais une raison de plus de rester où elle était en ce moment.

Si elle ne revenait pas vers lui dans les deux jours qui venaient, il se rendrait au Grove le week-end suivant.

Mais putain, le week-end suivant lui semblait être dans une éternité.

C'était le putain de quatre juillet, *ce* week-end. Elle devrait être avec lui, puisque tous les membres du MCDA faisaient la fête ce soir. Un énorme poulet était en train de rôtir à la broche depuis le matin, Dirty Deeds mettait le feu sur scène, un immense feu de joie rugissait joyeusement et il y avait de l'herbe et de la bière à profusion. Assez pour que tout le monde puisse se défoncer et se bourrer la gueule s'ils en avaient envie.

D'habitude, les gamins ne restaient pas aussi tard lors d'une grosse bringue comme celle-ci, mais ce soir, il y aurait un feu d'artifice, alors ses frères et les jolis culs du club avaient reçu l'ordre de faire leurs cochonneries dans l'intimité jusqu'à la fin du spectacle et le retour des enfants à la maison.

Les parents, ou leurs souris domestiques, avaient jusqu'à vingt-trois heures pour faire ça. Après cette heure magique, tout était permis. Et généralement, tout arrivait.

Mais il était déjà presque vingt-deux heures et le ciel était maintenant noir. Ils avaient arrêté d'alimenter le feu de joie depuis un moment déjà pour l'atténuer un peu et ils éteindraient les projecteurs dans quelques minutes afin que tout le monde puisse voir le feu d'artifice pour lequel le club avait dépensé une fortune.

Les feux d'artifice du quatre juillet étaient devenus une tradition, vu que certains des enfants du MCDA avaient atteint l'âge de les apprécier. Il y avait toujours une foule qui se rassemblait devant le parking de La Taverne du Cheval d'Acier pour les regarder depuis l'autre côté de la clôture. Certains habitants de Valley faisaient même un pique-nique à l'arrière de leur voiture toute la soirée. Ça rapportait une tonne de blé au Roadhouse, donc tout le monde y gagnait et ça aidait à financer ces explosions colorées.

Si la police de Shadow Valley essayait un jour d'interdire le spectacle, elle aurait affaire à une émeute de la part des habitants. Ça aidait que l'un des leurs soit de l'autre côté de la barrière, à regarder le ciel s'illuminer avec sa famille.

Crash jeta un coup d'œil vers Axel et Bella, assis sur des chaises de jardin avec leurs jumeaux de huit ans et demi, Liam et Laney, installés sur une couverture devant le couple avec leurs cousins Gage et Adrianna, les enfants de Linc et Jayde, qui avaient à peu près le même âge qu'eux. Bizarrement, il s'imagina soudain avec Liz à la place d'Axel et Bella.

Crash réalisa qu'il pourrait avoir ça s'il le voulait. Si Liz le voulait.

Mais elle devait d'abord revenir vers lui.

Le groupe de Nash devint silencieux et, une fois qu'ils eurent quitté la scène, les projecteurs s'éteignirent, ne laissant que la lueur de ce qu'il restait du feu de joie.

Certains des plus jeunes enfants se mirent à crier avec enthousiasme et à courir dans tous les sens en agitant leurs cierges magiques. Certains des plus grands lancèrent des fusées.

Et on entendit une explosion de pétards M80 au loin.

Puis ça commença. Le spectacle impressionnant qui avait coûté au club plusieurs milliers de dollars. Le comité avait voté il y a des années pour que ce soit fait par des professionnels, et en toute sécurité, afin que personne ne perde un membre.

Une chose que Crash avait remarqué au fil des années, c'était que la plupart des membres des Ombres de Diesel ne venaient jamais faire la fête le jour de l'Indépendance. La plupart, sinon tous, souffraient de stress post-traumatique et les feux d'artifice avaient tendance à les rendre nerveux. Ou pire.

Quelques-uns d'entre eux arrivaient plus tôt et partaient avant la tombée de la nuit, tandis que leurs femmes restaient avec leurs enfants.

Le seul qui était resté ce soir était Steel avec sa femme Kat et leur fille de deux ans, Piper, qui était assise sur les larges épaules de son père, son petit visage tourné vers le ciel et la bouche grande ouverte, émerveillée. L'Ombre avait dû revenir en ville après que sa femme ait botté le cul de Crash hier sur le ring d'entraînement du Shadow Valley Fitness.

Comme c'était pratique.

Il sursauta lorsque des bras se glissèrent sous son cuir et s'enroulèrent autour de sa taille. Mais il reconnut immédiatement qui c'était à son odeur. Une odeur désormais ancrée au plus profond de son âme.

Tournesols et rayon de soleil.

Sa Sunny était de retour. Dieu merci, putain.

Un soulagement envahit chaque cellule de son corps.

— Magnifique, murmura-t-elle à son oreille en couvrant le bruit assourdissant des feux d'artifice.

Il sourit, lui attrapa le bras et la fit pivoter jusqu'à ce qu'elle se retrouve face à lui. Il approcha ensuite son visage du sien.

— Ouais, tu l'es.

Elle sourit.

— Je parlais des feux d'artifice.

Putain, ce sourire. Il était plus éclatant que les feux d'artifice dans le ciel.

— Après mon départ, je me suis rendu compte que tu ne m'avais jamais dit d'où venait ton nom de route. Tu m'avais dit que c'était une histoire que tu me raconterais après quelques orgasmes de plus, lui rappela-t-elle. Je dirais qu'on en a partagé plus que quelques-uns.

— Ouais, souffla-t-il. Beaucoup plus que quelques-uns. Et j'espère qu'on en partagera encore une tonne.

— Dis-moi maintenant.

Son nom de route était la dernière chose dont il avait envie de parler là tout de suite, mais elle avait tenu sa promesse de revenir, alors il était heureux de tenir sa promesse à son tour.

Une promesse qu'il avait oublié de tenir.

Il haussa les épaules.

— C'est pas une histoire de dingue. J'ai crashé ma meule quand j'étais prospect, et les membres patchés ont commencé à me taquiner en m'appelant Crash. Ç'est resté. J'ai fini par le garder quand j'ai reçu mes patches, vu que je bossais dans un atelier de carrosserie. Ça matchait.

— Ouais, logique.

Si la raison derrière son nom de route n'avait pas d'importance, ce qu'elle portait, en revanche, en avait. Sa robe d'été à motif tournesol. Est-ce qu'elle l'avait mise exprès ? Est-ce qu'elle avait décidé de la porter juste pour lui ?

Il voulait remonter cette robe soyeuse sur ses cuisses, la pencher sur l'une des tables de pique-nique et lui offrir un accueil digne de ce nom.

— Tu portes une culotte ?

— Est-ce que j'en porte une ?

Il glissa sa main vers ses fesses et l'inséra sous sa robe, faisant de son mieux pour ne pas l'exposer aux regards des plus jeunes pendant qu'il faisait ses recherches.

— T'en portes pas, putain, souffla-t-il.

— Ah. J'ai dû oublier.

La prochaine explosion de lumière se refléta dans les yeux de Liz et les fit scintiller. Ou peut-être que c'était juste elle.

Lorsque le grand feu d'artifice suivant illumina le ciel, elle eut le souffle coupé et attrapa le menton de Crash pour lui tourner le visage d'un côté puis de l'autre afin de l'inspecter.

— Qu'est-ce qui s'est passé ? Tu t'es battu ?

La joie de son rayon de soleil disparut bien trop vite.

— Ouais. Quelqu'un a ouvert sa grande gueule et j'ai dû lui donner une leçon, répondit-il.

— Pourquoi vous, les motards, vous utilisez toujours vos poings au lieu de vos mots ?

— T'as répondu toi-même en utilisant le mot « motards ».

Elle pinça les lèvres et secoua la tête.

— Ne le laisse pas te mentir, dit une voix féminine près d'eux.

Diamond.

Merde.

Liz tourna la tête vers la vieille dame de Slade.

— Salut.

— Salut, répondit Diamond. Contente de te revoir. On pensait que tu avais repris tes esprits et on était toutes contentes que tu aies réussi à t'échapper.

Liz fit le rire rauque et sexy dont elle avait le secret et il fixa sa gorge délicate. Il voulait enrouler ses longs cheveux blonds autour de son poing et l'embrasser jusqu'à ce qu'elle en perde le souffle.

— On perdait espoir que quelqu'un accepte de se farcir ce trou du cul, continua Diamond.

— Il a un super cul, dit Liz avec un clin d'œil.

— Je l'ai vu, annonça Diamond sèchement. Plus souvent que je l'aurais souhaité.

— Alors, qu'est-ce qui est arrivé à son visage si ce n'était pas une bagarre ? lui demanda Liz.

— Oh, c'était une sorte de bagarre. Mais pas ce que tu imagines.

Liz fronça les sourcils.

— Il est où ton vieux ? Je crois qu'il te cherche, dit Crash rapidement.

Il pencha la tête avant de continuer.

— J'entends Sawyer appeler sa maman.

Diamond ricana.

— C'est ça. Tu veux juste éviter que ta femme apprenne la vérité.

Liz se tourna vers lui.

— Quelle vérité ?

Elle lui enfonça l'index dans le ventre.

— Dis-moi.

— Fous le camp, Di, grogna Crash.

— Mentir n'est pas le meilleur moyen de garder une femme. Je dis ça comme ça.

Elle lui lança un regard qui voulait dire beaucoup et s'éloigna vers Slade et leurs deux garçons, Hudson et Sawyer.

— Je te promets de ne jamais te mentir, si tu me promets de faire la même chose.

Il détourna les yeux de Di et les posa à nouveau sur Liz.

— C'est pas important.

Elle jeta un coup d'œil sur son visage.

— On dirait bien que si.

— T'as déjà entendu parler de Kat Callahan ? demanda Crash à contrecœur.

Liz écarquilla les yeux.

— Kat Callahan, la championne de MMA ?

— La seule et l'unique.

— T'as fait quelque chose pour la mettre en rogne ?

— Non. Parfois, je suis son partenaire d'entraînement quand personne d'autre n'est dispo.

Ou quand personne ne veut être son putain de sac de frappe.

— Putain de merde, murmura Liz. Et elle t'a fait ça ?

Il grimaça en percevant une pointe d'humour dans sa voix. Quel homme voudrait avouer s'être fait botter le cul par une femme ?

Aucun, putain.

Il soupira.

— Ouais.

Liz roula ses lèvres.

— Eh bien, c'est tout à ton honneur. Certains hommes ne se battraient jamais contre une femme. Je suis contente d'apprendre que t'es un tel féministe.

Un grognement bruyant retentit dans l'obscurité derrière eux.

Putain de merde.

Il ne pouvait pas avoir une conversation sérieuse avec elle avec tous les putains de fouineurs qui rôdaient dans le noir. En plus de ça, robe d'été ou pas, il préférait discuter avec elle pendant qu'elle était à poil.

Il passa son bras autour de ses épaules et la tourna vers la porte latérale de la chapelle. Là où ils pourraient avoir plus d'intimité. Là où il pourrait lui faire des choses classées X à l'abri des regards de toutes personnes de moins de dix-huit ans.

— On va rater le reste du feu d'artifice, se plaignit-elle.

— On va monter à l'étage et faire le nôtre.

—Je... euh…

Elle planta ses talons dans le sol, le forçant à s'arrêter près de la porte.

Merde. Est-ce qu'elle était revenue uniquement pour lui faire ses adieux en face ? Est-ce qu'il avait mal interprété toute cette situation ? Est-ce qu'il était vraiment aussi paumé ?

Il retint son souffle.

— Je nous ai réservé une chambre dans un motel. Pour l'instant. En attendant qu'on trouve mieux.

En attendant qu'on trouve mieux. Ça voulait dire...

Ses poumons se vidèrent brusquement.

— T'es revenue.

Il était désormais certain qu'elle n'était pas revenue uniquement pour lui dire adieu, mais pour de bon.

— Je ne serais pas debout devant toi si je n'étais pas revenue.

— C'est la meilleure nouvelle que j'ai entendue de toute la putain de semaine.

Elle lui sourit, puis leva la main pour faire glisser ses doigts sur sa barbe.

— Ne laissons pas les choses déraper. T'es bien trop canon pour cacher ton visage sous une barbe broussailleuse.

Il l'enlaça par la taille, l'attira vers lui et lui prit la bouche, se fichant complètement que certaines personnes les regardent au lieu d'admirer le spectacle coloré dans le ciel.

— Putain, connard, moi qui croyais que tu préférais les bites depuis tout ce temps, grogna Diesel en sortant par la porte latérale et en passant devant eux d'un pas lourd. On dirait que j'ai perdu ce pari.

Quand Liz éclata de rire, le baiser prit fin bien trop rapidement.

— Tout le monde te charrie tout le temps ?

— C'est un sport olympique dans le coin.

Elle lui tapota la joue.

— Alors je pense que de rester dans le coin sera très sympa.

Il baissa la tête jusqu'à ce que leurs nez se touchent pratiquement.

— Oh, ça va être super sympa, Sunny. Ça je te le promets.

— Juste pour que tu le saches, je vais garder mon appartement avec Dan pour l'instant. Comme ça, je pourrai monter tous les week-ends ou presque pour passer du temps avec Trip et Stella. Surtout après la naissance du bébé. Si elle a besoin d'aide, je veux être là pour elle.

— Pourquoi le week-end ?

Elle avait un travail qu'elle pouvait faire n'importe où. Elle n'avait pas besoin d'attendre le week-end.

Elle entrelaça ses doigts dans ceux du motard et les serra.

— Parce que j'aimerais que tu viennes avec moi.

Putain.

Il jeta un coup d'œil rapide autour de lui pour s'assurer qu'aucun de ses connards de frères n'avaient les oreilles qui traînaient.

— J'irai où tu veux que j'aille. Tant qu'on considère Shadow Valley comme notre base.

— Ça ne me pose aucun problème.

— Moi, j'ai un problème, par contre.

— Lequel ? demanda-t-elle.

— C'est peut-être ma robe préférée, mais je la préfère quand tu ne la portes pas.

Elle remua les sourcils.

— C'est un problème qu'on peut résoudre facilement.

— En effet, Sunny.

Liz lui tira la main.

— Alors allons le résoudre.

Il n'avait pas menti quand il avait dit qu'il suivrait son rayon de soleil n'importe où.

Soudain, la nuit et son avenir lui semblaient plus lumineux.

Car désormais, dans son monde, le soleil brillerait constamment.

Épilogue

CRASH APPUYA sur la télécommande et, dès que le portail s'ouvrit, il mit un coup de gaz et fit passer sa meule à travers avant de rappuyer sur la télécommande et d'attendre que le portail soit bien fermé derrière eux.

Liz lui serra la taille.

— C'est vraiment sympa que Zak et Sophie nous aient invités à un barbecue.

— Ouais, se contenta-t-il de répondre avant d'accélérer et de slalomer dans les rues du complexe du MCDA.

Au lieu de s'arrêter chez Z, il continua sa route et suivit la rue suivante jusqu'à une petite impasse à l'ouest du quartier.

Le cul-de-sac où vivaient Linc et Jayde, ainsi que Dex et Brooke. Il avait fallu un certain temps à Dex pour convaincre Brooke de renoncer à leur maison plus proche de Pittsburgh, qui abritait également son bureau de décoration d'intérieur, mais ils avaient finalement décidé de le garder et d'agrandir son entreprise. Non seulement sa sœur Kelsea travaillait pour elle, mais elle disposait désormais d'une petite armée de designers et de quelques employés qui s'occupaient des tâches de base.

Crash espérait avoir besoin des compétences de Brooke ou de Kels dans un avenir proche.

C'était d'ailleurs le but de sa visite.

C'était aussi l'anniversaire de Liz. Comme prétexte, il lui avait dit que le prez et sa femme les avaient invités à un barbecue, ce qui était vrai, mais ils avaient un arrêt important à faire avant.

Il fit le tour du rond-point pavé sur sa Harley et s'arrêta devant un grand terrain vague. Un terrain assez grand pour que des enfants puissent jouer dessus.

Ils n'avaient pas encore pris cette décision importante, mais il pensait qu'il valait mieux qu'ils soient prêts si elle souhaitait qu'il la mette en cloque. En vérité, il était prêt à s'y mettre dès qu'elle lui dirait qu'elle était prête et qu'elle aurait fait retirer son implant contraceptif.

Comme ils n'étaient ensemble que depuis un peu plus de trois mois, il ne s'attendait pas à ce qu'elle prenne cette décision tout de suite. Mais il espérait qu'elle n'attendrait pas trop longtemps non plus, car il voulait être certain de ne pas être trop vieux pour courir après des enfants en bas âge. Il ne voulait pas avoir l'impression d'être un grand-père plutôt qu'un papa.

Dans tous les cas, il accepterait sa décision. Si elle décidait que les enfants n'étaient pas pour elle, il y avait plein d'autres enfants dans le quartier dont ils pourraient être la « tata » et le « tonton ». Sans compter l'enfant de Stella et Trip, quand elle finirait par le mettre au monde.

— J'adore ce quartier, dit Liz dès qu'il coupa le moteur de sa meule. J'adore voir que vous avez créé une gigantesque famille et que vous veillez les uns sur les autres.

— Je suis content que ça te plaise.

Il l'aida à descendre de la meule et posa ses mains sur ses épaules pour la tourner vers le terrain, car elle était occupée à regarder la maison de Dex et Brooke, que cette dernière avait transformée en véritable vitrine.

L'aménagement paysager était parfait, il n'y avait pas une seule mauvaise herbe en vue, et la maison était en accord avec sa personnalité.

La rumeur disait qu'il y avait également une « salle de jeux » pour adultes au sous-sol, accessible uniquement à l'aide d'une clé.

Crash sourit en imaginant Dex et Brooke faire toutes sortes de folies. Il jeta un coup d'œil à Liz, se demandant si elle aimerait ça. Ça pourrait être sympa qu'ils s'amusent un peu pour le découvrir. Il était prêt à sortir de sa zone de confort si elle l'était aussi.

Mais ce n'était pas pour ça qu'ils étaient là aujourd'hui. Et maintenant, *pour l'amour du ciel,* l'idée de menotter Liz à son lit le distrayait.

Pourquoi est-ce qu'il n'avait pas eu la putain d'idée de faire ça plus tôt ?

Il reporta son attention sur elle et sur la pelouse que Linc entretenait avec soin.

— Ça pourrait être à nous si on veut.

Elle leva vers lui ses grands yeux marron.

— Ça te dirait ?

— Je veux tout ce que tu veux. Si tu veux continuer de vivre dans l'appartement au-dessus du prêteur sur gages, ça me va. Si tu veux revenir dans ma chambre à la chapelle, je me poserai des questions sur ta santé mentale, mais je le ferai. Mais si tu veux cette propriété, si tu veux construire une maison ici, elle est à toi.

— À nous, le corrigea-t-elle.

— Ouais, ça.

— Mais je ne veux pas d'une maison, dit-elle.

Il fronça les sourcils.

— Tu veux pas ?

Elle secoua la tête.

— Je veux un foyer.

Il la regarda un instant, perplexe, puis il comprit ce qu'elle voulait dire.

— Ouais, murmura-t-il. Un putain de foyer. Un foyer, dit-il en la prenant par les épaules et en la faisant pivoter pour qu'ils puissent voir le quartier depuis l'endroit où ils se trouvaient, entouré de notre famille.

— Stella fait aussi partie de ma famille, lui rappela-t-elle.

— Je l'ai déjà dit et je vais le répéter, le fait que vous soyez sœurs renforce l'alliance entre nos clubs. Chaque fois que tu voudras aller dans le nord pour passer du temps avec eux, c'est ce qu'on fera. Chaque fois qu'elle voudra venir dans le sud pour passer du temps ici, ils seront les bienvenus. Et si on construit une maison ici, on aura de la place pour qu'ils séjournent avec nous. Avec le bébé. C'est une bonne chose.

— Un peu comme l'union de deux familles puissantes par le mariage, hein ? Comme dans Game of Thrones.

— Mais évitons les Noces Pourpres, d'accord ?

Elle rit de la blague sur le mariage qui était devenu un bain de sang dans la série d'HBO.

— Pas de problème, mais on n'est pas obligés de se marier, Crash. C'est pas ce que je demande. On s'aime et on est heureux, c'est tout ce qui compte.

— Je le sais. Mais comme chez le Fury, dans ce club, quand une femme est revendiquée à la table, c'est considéré comme l'équivalent du mariage. C'est peut-être pas officiel devant la loi, mais notre fraternité prend ça au sérieux. Un cuir « Propriété de » signifie beaucoup plus pour nous qu'un bout de papier notarié.

Elle lui tapota la poitrine.

— Alors je suppose que tu devrais me revendiquer à la table sans tarder.

— T'es sûre que c'est ce que tu veux ?

— Je me doute bien que c'est pour ça que tu me montres cette propriété. J'espère que c'est parce que tu veux passer le reste de ta vie avec moi. Après m'avoir murmuré à l'oreille ces petits mots qui veulent dire tellement il y a quelques semaines, devenir ta vieille dame serait la suite logique, non ?

Ouais, il les avait prononcés le premier. Ça n'avait même pas été prévu. Ils lui avaient échappé un soir où elle était blottie contre lui, la joue posée sur son torse. Il passait ses doigts dans ses cheveux, se sentant plus heureux que jamais.

Il s'était figé après avoir prononcé ces mots, plus surpris qu'autre chose. Mais elle avait levé le visage vers lui et lui avait souri, puis n'avait pas hésité à lui dire la même chose.

Deux secondes plus tard, il l'avait retournée sur le dos et l'avait pénétrée à nouveau, lui murmurant encore et encore ces mots à l'oreille.

C'était la première fois qu'il les disait à une femme, et ce n'était pas une erreur, il pensait chaque putain de mot.

Maintenant, c'était elle qui l'encourageait à la revendiquer. À la faire officiellement sienne.

— Je remercie le putain de ciel que tu veuilles ça.

Il la laissa où elle se trouvait et retourna vers sa meule. Une fois qu'il eut déterré ce qu'il avait caché dans sa sacoche de selle, il le brandit vers elle pour qu'elle puisse le voir.

— Parce que c'est trop tard, je l'ai déjà fait.

Il s'assura que les rockers arrière étaient tournés vers elle. Ceux qui proclamaient qu'elle était la « Propriété de Crash ».

— J'ai pas peur de mettre mon nom sur ton dos. J'ai pas peur non plus de te dire à quel point je t'aime.

Elle baissa la main qui couvrait sa bouche ouverte. Ses lèvres, bien que tremblantes, étaient toujours recourbées aux coins et ses yeux brillaient au soleil.

— Et je n'ai pas peur de porter ton nom sur mon dos. Ni de te dire à quel point je t'aime aussi.

Elle s'approcha de lui et passa ses doigts sur le cuir noir, brillant et doux.

—J'ai besoin de le voir sur toi.

Avec un grand sourire, elle se retourna et il le glissa sur ses bras pour le poser sur ses épaules. Il lui allait parfaitement.

Tout comme Liz allait parfaitement à Crash.

Sa robe d'été à motif de tournesols avait été sa tenue préférée, car elle lui rappelait sa personnalité ensoleillée, mais il avait désormais une nouvelle tenue favorite.

Son nom dans son dos rappellerait à tout le monde à qui elle appartenait. Il rappellerait également à tout le monde à qui il appartenait. Sans l'ombre d'un doute.

Il sourit lorsqu'elle baissa les yeux et aperçut son patch nominal.

Sunny.

Elle était peut-être Liz, ou même Lizzy, pour tout le monde, mais pour lui, elle serait toujours Sunny.

En la voyant debout devant le terrain où se trouverait leur future maison, arborant un large sourire et portant son cuir, il réalisa quel putain de coup de bol il avait eu.

Il avait réussi à capturer un rayon de soleil entre ses doigts, et il ne le relâcherait jamais.

———

Inscrivez-vous à la lettre d'information de Jeanne pour connaître ses prochaines sorties, ses ventes et bien plus encore (En anglais):
https://www.authorjeannestjames.com/

———

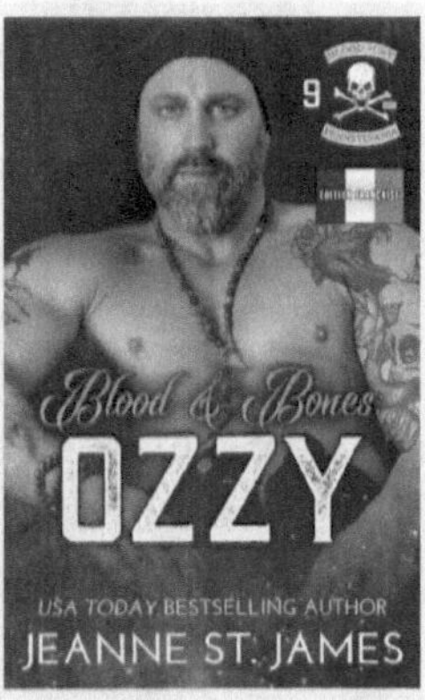

Blood & Bones: Ozzy

On l'appelle Le Grand Magicien d'Oz, mais pour Ozzy, la vie n'a rien de grandiose...

Il y a plus de vingt ans, alors qu'il n'avait que dix-sept ans, Ozzy s'est fait tatouer les couleurs du Blood Fury dans le dos.

Lorsque le club a implosé, il a été l'un des rares à survivre.

Tout au long de sa vie, l'Originel a commis des erreurs.

Trop nombreuses pour être comptées.

La plupart étaient sans importance.

Jusqu'à la dernière.

Celle qu'il regrette.

Celle qui a laissé une marque.

Quand il s'est rendu compte qu'il avait merdé, il était trop tard.

Aujourd'hui, son envie de prendre la route est tenace, et celle de redevenir un nomade est tentante.

Les événements récents ont prouvé qu'il n'aurait jamais dû revenir, car il a cette vie de vagabond dans le sang.

À l'époque, il n'avait rejoint le Blood Fury que pour une seule raison...

La vengeance.

Aujourd'hui, encore une fois, plus rien ne le retient à Manning Grove.

Jusqu'à ce qu'une personne liée à son passé fasse son apparition.

Elle le pousse à réévaluer ses choix de vie, tant passés que futurs.

Cette fois, saura-t-il tirer les leçons de sa dernière erreur ou bien l'histoire se répétera ?

Un choix lui sera-t-il imposé une fois la vérité révélée ?

Tournez la page pour lire le prologue de Blood & Bones: Ozzy

Down & Dirty: Ozzy (édition française)

PROLOGUE
Une Fin Amère

TOMMY AJUSTA le lourd sac à dos rempli de manuels scolaires qu'il avait sur l'épaule. Il était en retard. Si sa mère le surprenait, elle serait furieuse.

Mais il était devenu expert dans l'art de se faufiler dans sa chambre tard le soir.

Il était resté dans la salle de jeux jusqu'à ce que le gérant verrouille les portes et éteigne les lumières, ce qui avait obligé ses amis et lui à partir. Il avait demandé à son meilleur pote Jon de le déposer au coin de la rue, pour éviter que sa vieille Chevrolet rouillée, avec son pot d'échappement troué, ne réveille sa mère et lui révèle qu'il avait dépassé son couvre-feu.

La dernière fois qu'il s'était fait prendre, il avait été puni pendant un mois.

Mais s'il se faisait prendre ce soir, il n'aurait pas de regret. Les super initiales de son nom, Thomas Kinley Oswald, figuraient désormais en tête du classement des meilleurs scores de Galaga, son jeu d'arcade préféré.

Son objectif était d'atteindre un jour le niveau 255. Le niveau final.

Un jour…

Il n'y était pas parvenu ce soir et ça pourrait prendre un certain temps, mais il était tout de même heureux d'avoir ravi la première place à l'élève de terminal arrogant qui la détenait depuis des mois. Il ne lui restait plus qu'à faire de son mieux pour la conserver.

Il avait dépensé une petite fortune pour devenir aussi bon. Sa mère pensait qu'il économisait pour s'acheter une voiture d'occasion quand il aurait seize ans, l'année prochaine. Une fois qu'il en aurait une, elle voulait qu'il trouve un travail pour qu'il participe aux dépenses, car même si elle travaillait dur, elle avait toujours du mal à payer les factures.

Ouais, si elle découvrait qu'il avait dépensé tout son argent de poche ce soir, même si ce n'était pas grand-chose, en plus de l'argent que M. Johnson lui avait donné pour avoir tondu sa pelouse cette semaine, elle serait furieuse.

Il grimaça.

Il aurait préféré s'acheter une console pour pouvoir jouer à la maison, mais elle ne l'aurait jamais laissé dépenser son argent là-dedans, raison pour laquelle il avait passé son temps à la salle d'arcade et non là où il était censé être : chez son camarade de classe Tim, à réviser pour le contrôle d'anglais du lendemain.

Il se foutait complètement de l'école. Tout ce qu'il voulait faire de sa vie, c'était traîner avec ses potes et leur mettre des branlées à Galaga. Et, bien sûr, voir ses initiales, TKO, trôner en haut de l'écran.

Il sourit.

Tommy s'arrêta brusquement sur le trottoir sombre devant la maison de M. Johnson, qui se trouvait à trois maisons de celle dans laquelle il vivait avec sa mère.

Les parcelles de terrain du quartier étaient minuscules et

les maisons encore plus petites, il voyait donc clairement la moto garée sur le trottoir devant lui, même si le lampadaire était éteint depuis longtemps. Ce soir, la lune était assez brillante pour que la lumière soit reflétée sur le chrome de la moto de ce salaud.

Le coin de sa lèvre se retroussa. Il détestait cet enfoiré.

Il ignorait ce que sa mère lui trouvait. Il passait son temps à boire, jurer, fumer et à lui taper dessus.

Il avait aussi un nom de merde.

Fender.

C'était franchement trop stupide. Qui pouvait trouver ce nom cool ?

Personne. Quand il avait dit son nom à ses potes, ils avaient tous éclaté de rire.

Ce nom stupide était même brodé sur un écusson qui se trouvait sur son sale gilet en cuir puant.

Celui qui avait de grands patchs dans le dos qui lui donnaient l'impression d'être un gros dur. Un bad boy.

Il ne l'était pas.

Un connard, voilà ce qu'il était.

Son « nom de route » était aussi stupide que le nom inscrit dans son dos.

MC Deadly Demons.

Il aimerait tellement que son père sorte de prison et vire ce connard de Virginie-Occidentale du lit de sa mère et de chez eux. Tommy était maintenant assez grand pour lui filer un coup de main.

Mais sa mère lui avait dit que son père ne sortirait jamais. Il mourrait en prison avant d'avoir fini de purger sa peine.

Elle avait cessé de lui rendre visite il y a quelques années. Elle avait tourné le dos à son mari et avait dit à Tommy de faire pareil.

Tout ça à cause d'une erreur commise par Thomas

Oswald, père. Une erreur que celui-ci ne pouvait pas réparer. Ni effacer.

Un cambriolage qui avait mal tourné. Une grande maison se trouvant dans un quartier résidentiel.

C'était censé être un plan rapide et assez facile, c'était ce qu'avait dit le pote de son père.

Ça avait été tout le contraire.

Deux flics avaient fini avec une balle dans la tête pendant que son père et son pote tentaient de prendre la fuite sans se faire coincer.

Tommy ne savait pas si c'était son père qui avait appuyé sur la gâchette.

Ce n'était pas important.

Son père avait fait une connerie et devait maintenant en payer le prix. Mais Tommy en payait le prix aussi, puisqu'il devait se coltiner des connards comme Fender, qui baisait sa mère et s'asseyait à la table de la cuisine en caleçon moule-bite, trop occupé à gratter ses couilles pendantes et à roter comme le porc qu'il était pour aider sa mère à préparer le repas qu'il n'avait pas contribué à payer.

Ce sale connard de motard ne l'aidait jamais à payer les factures non plus. Quand Tommy lui en avait parlé un soir, Fender lui avait répondu qu'il payait sa mère en nature. Et qu'il ne passait la nuit chez eux qu'une fois par semaine, quand il était dans le coin.

Comme ce soir, la moto de ce connard était juste devant leur maison, ça voulait dire que Fender avait dû faire son « dépôt » hebdomadaire.

Tommy agrippa la sangle de son sac à dos un peu plus fort et serra la mâchoire. Il s'avança à grands pas vers la moto garée contre le bord du trottoir et la fixa longuement. Il la détestait presque autant qu'il détestait Fender.

Par-dessus son épaule, il jeta un coup d'œil vers la maison pour s'assurer que personne ne regardait, puis renifla sa morve jusqu'à ce qu'il ait un molard épais sur la langue. Ensuite, il le cracha au milieu de la selle.

Nan. Ce n'était pas suffisant.

Il jeta un autre coup d'œil par-dessus son épaule, puis s'appuya sur sa jambe gauche, leva le pied droit et, de toutes ses forces, balança un coup de pied dans la moto pour la renverser.

Le bruit que fit la moto en tombant sur le trottoir le fit grimacer. Il courut dans le petit jardin devant la maison et se cacha dans un coin d'ombre. Juste au cas où Fender sortirait pour voir ce qui avait provoqué ce vacarme.

Mais connaissant ce gros poivrot, il était probablement déjà ivre mort dans ce qui était autrefois le fauteuil inclinable de son père, avec une bière dans sa grosse paluche.

Tommy devrait entrer dans le salon et cracher un molard de la taille de son poing au milieu du visage de ce connard.

Il attendit encore quelques minutes dans l'obscurité et, comme il ne vit pas Fender sortir de la maison en braillant comme à son habitude, Tommy se faufila vers la fenêtre qu'il avait laissée ouverte.

Il cachait une petite caisse en bois derrière un buisson pour pouvoir grimper par la fenêtre de sa chambre. Une fois devant, il la souleva lentement et se glissa prudemment dans sa chambre en essayant de ne pas faire trop de bruit.

Après être descendu du rebord de la fenêtre, il atterrit doucement au sol et rangea son sac à dos dans un coin de sa chambre sombre. Il entendait la télévision beugler dans le salon alors qu'il retirait ses baskets, enlevait son jean et enfilait son pyjama. Ce dernier était maintenant un peu serré, car il avait beaucoup grandi depuis que sa mère le lui avait acheté quelques années plus tôt.

Il plaqua une main sur son ventre lorsqu'il se mit à gargouiller bruyamment.

Il pourrait peut-être se faufiler dans la cuisine,

trouver quelque chose à manger et le ramener discrètement dans sa chambre sans avoir à se coltiner cet ivrogne.

Il colla son oreille contre la porte de sa chambre, retint son souffle et écouta une seconde. Puis une autre.

Il n'entendait rien d'autre que le ronronnement de la télévision. Sa mère était probablement allée se coucher depuis un moment, comme elle devait se lever tôt pour aller travailler le lendemain.

Il avança dans le couloir sombre sur la pointe des pieds et fronça les sourcils lorsqu'il remarqua que la porte de la chambre de sa mère était entrouverte et que son lit était défait, mais vide.

Elle s'était probablement endormie sur le canapé. Au moins, si elle se réveillait et le surprenait debout, elle le verrait en pyjama et prêt à aller se coucher. Il pourrait lui faire croire qu'il était dans sa chambre en train de faire ses devoirs.

Quand il arriva au bout du petit couloir, il jeta un coup d'œil dans le salon.

Vide.

Il fronça les sourcils et tourna la tête pour regarder dans la cuisine. Ou du moins, pour regarder la petite partie de la cuisine qu'il pouvait voir d'ici.

Son cœur cognait dans sa poitrine, car il avait peur que cet ivrogne ne surgisse d'un coup et soit aussi agressif qu'à son habitude.

Tommy tendit l'oreille pendant quelques secondes de plus et, même si la lumière était allumée, il n'entendit pas un bruit.

Où est-ce qu'ils étaient ?

Pas dans la chambre, pas dans le salon, et la cuisine était silencieuse. Quand il était passé devant la salle de bain, il avait vu qu'elle était dans le noir et que la porte était ouverte.

Est-ce qu'ils étaient en train de fumer dans le jardin de derrière ?

C'était possible. Mais depuis quand est-ce que ce gros ivrogne puant se donnait la peine de lever son cul de sa chaise pour aller fumer dehors ?

Jamais, putain de feignasse.

Il avança vers la cuisine à pas de loup, jeta un coup d'œil à l'intérieur et se figea.

Il cligna des yeux.

Il cligna des yeux à nouveau.

Puis encore une fois pour essayer de s'éclaircir la tête.

Il devait avoir des hallucinations.

Parce qu'il ne pouvait pas avoir vu ce qu'il avait vu.

Ce n'était pas possible.

Il était fatigué et son esprit devait lui jouer des tours.

Ce n'était pas sa mère.

Ce n'était pas possible.

Elle ne lui ressemblait même pas.

C'était peut-être une de ses amies.

C'était impossible aussi. Elle n'avait pas d'amies.

C'était peut-être quelqu'un que Fender avait invité.

Ouais, c'était ça.

Une inconnue.

Une inconnue.

Ça devait être une inconnue.

Quelqu'un qu'il ne connaissait pas.

Quelqu'un qu'il ne reconnaissait pas.

Cette personne avait juste emprunté les vêtements de sa mère.

Mais il était impossible que ce soit sa mère.
Aucune chance.

Il ferma les yeux, se frotta les paupières avec le talon de ses mains, puis les rouvrit.

Cette femme était allongée sur le dos dans une grande mare de sang sombre. À son retour, sa mère aurait du mal à nettoyer le sang de ses vêtements. Peut-être qu'elle serait même forcée de les jeter.

Pourquoi est-ce qu'elle avait laissé cette femme porter ses vêtements ? Pourquoi est-ce qu'elle l'avait laissée entrer dans leur maison ?

Où était sa mère ?

Tommy tourna la tête et vit Fender évanoui sur la table de la cuisine. Un pistolet couvert de sang posé devant lui. Les doigts de sa main gauche semblaient avoir été trempés dans un pot de peinture rouge.

La joue du connard était plaquée sur la table, mais Tommy voyait quand même le sang éclaboussé sur son visage, sur son t-shirt déchiré et sur le gilet en cuir qu'il portait constamment.

Sauf que maintenant, il ne portait pas son gilet. Le vêtement était étalé sur la table, les écussons du dos tournés vers le haut. Un grand X avait été tracé dessus en sang. C'était fait exprès. C'était un message. Un avertissement.

Ce n'était pas important. Rien de tout ça n'était important pour Tommy. Il se foutait royalement de ce connard qui avait la bouche grande ouverte et les yeux fermés. Il avait aussi le front entaillé et en sang.

La femme allongée au sol avait également la bouche ouverte et en sang. Par contre, ses yeux n'étaient pas fermés.

Ses dents avaient été cassées et certaines étaient éparpillées au sol comme des grains de maïs congelés. Sa tempe droite était enfoncée, frappée tellement fort que son globe oculaire était sorti de son orbite. L'œil qui était encore dans son orbite fixait le plafond d'un air vide. Le globe oculaire droit, suspendu au bout d'un tendon, était braqué sur Tommy.

De la bile commença à lui brûler la gorge lorsqu'il reconnut la couleur de ces yeux.

Gris, comme les siens.

Ce n'était pas possible.

Ce n'était pas possible.

Mais il devait être certain que ce n'était pas elle. Que c'était quelqu'un d'autre, comme il l'avait pensé au début. Quelqu'un qui lui ressemblait, qui avait la même couleur d'yeux, de cheveux, qui portait le même type de vêtements.

Parce que ce n'était pas possible autrement.

Il s'approcha d'elle, en se moquant de sentir le sang au sol imbiber ses chaussettes.

En se moquant de l'odeur nauséabonde dans la cuisine. Une puanteur qui lui tordait l'estomac à tel point qu'il devait respirer par la bouche pour éviter de vomir.

En se moquant du branleur bourré toujours assis à la table de la cuisine, à portée de main.

Tommy s'arrêta près de la main tendue à côté du corps tuméfié de sa mère, prit une autre petite inspiration et baissa les yeux.

Il avait peur de la toucher.

De la bouger.

De la secouer pour voir si elle était encore en vie.

Mais il ne pouvait pas. Il ne pouvait pas.

Parce que ça ne pouvait pas être vrai.

Ça ne pouvait pas être réel.

S'il la touchait, ça deviendrait réel.

Au fond de lui, il sentit quelque chose bouillonner, monter. Une sorte de pression.

Comme lorsque son pote avait versé un rouleau entier de Mentos dans une bouteille de Coca de deux litres et l'avait secouée. Quand il avait dévissé le bouchon...

— Je t'avais dit qu'il te ferait ça, putain ! hurla Tommy. Putain ! sanglota-t-il entre deux hoquets.

Il ne put s'empêcher de tomber à genoux dans la mare de sang. Après avoir imbibé ses chaussettes, le sang imprégnait maintenant son pyjama en coton, mais il s'en moquait.

Il s'en moquait.

Rien de tout ça n'avait d'importance.

Rien n'avait d'importance.

Il ferma les paupières, mais ça ne changeait rien à ce qu'il voyait. L'image était la même, que ces yeux soient ouverts ou fermés.

Une image qu'il n'oublierait jamais.

Une image désormais gravée dans son cerveau.

Tout comme le sang sur les vêtements de sa mère, il ne pourrait jamais effacer ce souvenir.

Il ne pourrait jamais débarrasser ses narines de cette odeur nauséabonde.

Des doigts lui arrachèrent les cheveux tandis qu'un cri aigu remplit l'espace autour de lui.

Il ouvrit les yeux en pensant que Fender avait repris connaissance.

Mais ce n'était pas le cas.

C'étaient ses propres doigts qui lui tiraient les cheveux, ses propres cris qui résonnaient dans ses oreilles.

Il ne pouvait pas s'arrêter.

Il ne pouvait pas.

Sa douleur était si intense qu'il pensait être en train de mourir.

Il se plia en deux jusqu'à ce que son front soit presque collé au sol, tentant désespérément d'apaiser sa douleur, mais n'y parvenant pas.

Rien ne pouvait le soulager.

La seule chose qui pourrait le faire serait de voir sa mère se réveiller, lui tendre la main et lui sourire en lui disant que tout irait bien.

La voir écarter les cheveux de son front et lui dire que ce n'était qu'un cauchemar.

Parce que ça ne pouvait être que ça.

— Maman, articula-t-il au milieu d'un sanglot spasmodique.

Il attrapa son épaule et la secoua. Sa mère était froide. Raide.

Partie.

Elle était partie.

Son corps vide.

Ce n'était pas un cauchemar. C'était la réalité.

Il sanglotait tellement fort qu'il pouvait à peine respirer.

Ça lui donnait mal à la tête, lui nouait l'estomac et faisait couler son nez.

Mais il s'en foutait.

Il voulait mourir aussi.

Il n'avait plus personne.

Plus personne.

Tout le monde était parti.

Un bruit le fit se redresser et tourner la tête vers la table de la cuisine couverte de sang.

Il était encore en vie.

Le salaud était encore en vie.

Tommy parvint à se relever et à s'approcher. Il poussa la chaise avec le bout de son pied ensanglanté et entendit un grognement fébrile quitter la bouche du « bad boy » qui était maintenant tout sauf ça.

— Pourquoi t'as fait ça ? tenta-t-il de crier, mais seule une voix fébrile quitta ses lèvres.

Comme il n'obtint pas de réponse, Tommy redressa la tête de Fender en lui tirant les cheveux, pour essayer de déchiffrer les mots gravés sur son front. Des entailles étroites effectuées au couteau. Il avait du mal à les voir à cause du sang dont elles étaient recouvertes, mais il crut lire « VOLEUR ».

Pas étonnant.

Il baissa les yeux. La main droite de Fender était sur ses genoux et saignait encore abondamment. Tous les doigts étaient manquants.

Une partie du sang sur le sol de la cuisine n'était peut-être pas celui de sa mère, mais celui du connard aussi. Seul le sien aurait dû être versé. Celui de personne d'autre.

Le connard était en vie, mais à peine.

— Pourquoi t'as fait ça ?! cria-t-il enfin.

Il voulait des réponses. Il avait besoin de réponses.

— Pas... moi.

Bien sûr que c'était lui. Tout était de la faute de Fender. C'était lui qui avait causé ça. À cause de qui il était, de ce qu'il avait fait.

— Qui a fait ça ? demanda Tommy.

Comme il n'obtint pas de réponse, Tommy lui redressa la tête plus haut.

— Qui a fait ça ?! J'appellerai pas les secours tant que tu m'auras pas répondu ! lui hurla-t-il au visage.

Il réprima les sanglots qui tentaient de s'échapper.

— Blood Fury, parvint à peine à articuler Fender.

Qu'est-ce qu'il racontait ? Est-ce qu'il était encore plus con que d'habitude à cause de la perte de sang ?

Tommy secoua la tête, totalement perdu.

— Blood Fury.

Ça voulait dire quoi, Blood Fury ?

— C'est un autre MC rempli de losers comme toi ?

Une fois de plus, Tommy n'obtint pas de réponse à sa question.

— Dis à mon prez... Blood Fury, parvint à dire Fender.

Tommy ne comptait rien à dire à personne.

— Dis-lui, insista Fender fébrilement.

La lèvre de Tommy tressaillit à nouveau.

— Va te faire foutre.

Et si Fender survivait ? Les rares parties de sa peau qui n'étaient pas recouvertes de sang étaient blanches comme un linge, comme la mort. Mais ça ne voulait pas dire qu'il allait mourir.

Comment cet abruti pourrait survivre et pas sa mère ?

Tommy ne pouvait pas permettre que ça arrive.

Hors de putain de question.

Il lâcha la tête du connard et se plaça de l'autre côté de

la table. Il attrapa ensuite la main du motard, celle qui avait encore tous ses doigts.

Tommy ne s'était jamais servi d'une arme à feu. Il n'en avait vu qu'au cinéma et à la télévision. Il savait qu'elles avaient des crans de sûreté. Sans toucher l'arme, il vit qu'il était déjà désactivé, comme si Fender avait tenté de se protéger.

Mais bien sûr, il avait échoué, parce que c'était un gros putain de loser. Tommy l'avait compris tout de suite, contrairement à sa mère.

Est-ce que le pistolet avait servi à frapper sa mère au visage et au crâne ? C'était forcément ça, car il était recouvert de sang coagulé.

Tommy referma les doigts de Fender autour de la crosse du pistolet et plaça son index sur la gâchette.

Il voulait que ça ait l'air d'un homicide-suicide. Dans l'espoir d'envoyer les flics sur la mauvaise piste.

Comme ça, Tommy pourrait retrouver le ou les salauds du Blood Fury qui avaient fait le coup.

La main posée sur celle de Fender, il leva le pistolet et le plaça contre la tempe du motard.

Moins d'une seconde plus tard, avec l'index de Fender sous le sien, il appuya sur la détente.

Disponible ici: https://books2read.com/Ozzy-FR

Si vous avez aimé ce livre

Merci de votre lecture. Si vous avez apprécié ce livre, merci de publier un avis sur votre site de vente préféré et/ou catalogue en ligne de type Goodreads pour en informer les autres lecteurs. Les avis sont toujours très appréciés et quelques mots suffiront à aider énormément une auteure indépendante comme moi!

Livres en Français

Made Maleen: Un conte de fées moderne revisité
Toi mon tout : Une romance gay de la seconde chance
Endommagé
Raviver Chase

SÉRIE DES FRÈRES EN UNIFORME :
Des Frères en Uniforme : Max (livre 1)
Des Frères en Uniforme : Marc (livre 2)
Des Frères en Uniforme : Matt (Tome 3) - comprend aussi
Teddy (Nouvelle 3.5)
Des Frères en Uniforme : Noël Chez la Famille Bryson
(livre 4)

LA SÉRIE DARE MÉNAGE :
Osez doublement (livre 1)
Proposition osée (livre 2)
Osez être trois (livre 3)
Un désir osé (livre 4)
Oser s'abandonner (livre 5)
Un voyage audacieux (livre 6)

LES NOVELLAS OBSÉDÉES :
Forever Him (livre 1)
Only Him (livre 2)
Needing Him (livre 3)
Loving Her (livre 4)
Tempting Him (livre 5)

LA SÉRIE DIRTY ANGELS MC
Down & Dirty: Zak (livre 1)
Down & Dirty: Jag (livre 2)
Down & Dirty: Hawk (livre 3)
Down & Dirty: Diesel (livre 4)
Down & Dirty: Axel (livre 5)
Down & Dirty: Slade (livre 6)
Down & Dirty: Dawg (livre 7)
Down & Dirty: Dex (livre 8)
Down & Dirty: Linc (livre 9)
Down & Dirty: Crow (livre 10)

LA SÉRIE BLOOD FURY MC
Blood & Bones: Trip (livre 1)
Blood & Bones: Sig (livre 2)
Blood & Bones: Judge (livre 3)
Blood & Bones: Deacon (livre 4)
Blood & Bones: Cage (livre 5)
Blood & Bones: Shade (livre 6)
Blood & Bones: Rook (livre 7)
Blood & Bones: Rev (livre 8)
Crash: Un crossover Dirty Angel MC/Blood Fury MC
(livre 8.5)
Blood & Bones: Ozzy (livre 9)
Blood & Bones: Dodge (livre 10)
Blood & Bones: Whip (livre 11)
Blood & Bones: Easy (livre 12)

<u>La série Blue Avengers MC</u>

Au delà de l'insigne: Fletch (livre 1)
Au delà de l'insigne: Finn (livre 2)
Au delà de l'insigne: Decker (livre 3)
Au delà de l'insigne: Rez (livre 4)
Au delà de l'insigne: Crew (livre 5)
Au delà de l'insigne: Nox (livre 6)

<u>Crossovers</u>

Crash: Un crossover Dirty Angel MC/Blood Fury MC

La suite est à venir !

À propos de l'auteur

JEANNE ST. JAMES est une auteure de romances, dont les best-sellers sont en vente dans le monde entier et figurent au classement de *USA Today*. Elle adore mettre en scène des femmes fortes et des mâles alpha. Elle n'avait que treize ans quand elle a commencé à écrire. Son premier texte publié était une nouvelle érotique, dans le magazine *Playgirl*. Elle a écrit sa toute première romance en 2009. Depuis, elle est l'auteure de plus de cinquante romances contemporaines. Ses sujets de prédilection sont les histoires M/F et M/M, les trios M/M/F et les couples mixtes. Elle écrit aussi sous le nom de plume J.J. Masters. Envie de découvrir un peu plus ses œuvres ? Téléchargez un extrait gratuit en anglais : BookHip.com/MTQQKK

Pour ne rien rater de ses actualités et de ses parutions, consultez son site web www.jeannestjames.com ou inscrivez-vous à sa newsletter (en anglais): https://www.authorjean nestjames.com/

www.jeannestjames.com

Jeanne's Groupe de lecteurs: https://www.facebook.com/ groups/JeannesReviewCrew/

Double D Ranch (An MMF Ménage Series)

Dirty Angels MC®: The Next Generation

WRITING AS J.J. MASTERS
The Royal Alpha Series:

(A gay mpreg shifter series)